WEISSES FEUER, SCHWARZER SCHNEE

WEISSES FEUER SCHWARZER SCHNEE

Roman

Susanne Oswald

Für Leon Webber

TEIL I
IN JAPAN

1

Stille. Winzige Moossprossen liegen wie Schimmel dünn und schütter über der noch nassen Erde. An schattigen Stellen mischt sich ihr sattes Frühlingsgrün mit dem Grünspan von Flechten, die sich während des Winters haben durchsetzen können. Eine schuppige Moosart von dunklem Braun besetzt sich mit kleinen hellgrünen Sternen. Von unten herauf wachsen sie, strahlen auf erdigem Grund, während die alten Triebe wie winzige Tannen stehen: ein Urwald aus Moos, winzig und geheimnisvoll. Doch diese kleine und feine Welt wird bald überwuchert sein. Denn kräftiges Queckengras streckt seine scharfen Spitzchen überall aus dem samtigen Moosteppich. Einige der Graspflanzen sind schon reif und blühen mit unscheinbaren, kaum sichtbaren Blüten. Falls keiner jätet, wird das Moos bald einmal im Würgegriff des Unkrauts erstickt sein.

Noch aber umfasst es in weichem Schwellen Trittsteine, die in berechneter Unregelmäßigkeit durch den Garten zickzacken, in kunstvoller Absichtslosigkeit verlegt. Graue, blaue und rote Felsstücke sind es, die wahrscheinlich aus den verschiedensten Gegenden Japans hergeholt worden sind und ein Vermögen gekostet haben. Ihre Formen und Farben sind sorgsam aufeinander abgestimmt, um ein Bild von vollkommener Natürlichkeit entstehen zu lassen. Lange hatte der Gartenbaumeister darüber sinniert, wie er seine Absicht in Zufälligkeit verwandeln solle, wie er bewirken könne, dass die teure Anlage einfach und naturgewollt aussähe. Er war für seine Gärten berühmt, die selbstverständlich erschienen, wie frei durch Jahrhunderte gewachsen. Und er wurde für seine Kunst hoch gelobt und mit stattlichen Summen belohnt.

Doch nun war sein Werk geschändet. Denn Faulheit und Nachlässigkeit hatten neben den Steinen einen

Sandweg ins Moos getreten. Eine braune Furche verkürzte das poetische Schlängeln des Steinpfads zu einem prosaischen Strich, der den Garten brutal zerschnitt. Die Moosfläche war in zwei kümmerliche Teile zerfallen und damit der Raum zerstört, der hinter hohen Mauern versteckt, seine geheimnisvolle Wirkung entfalten wollte. Die Einheit war zerbrochen, der Bann verwirkt. Der Lärm der Welt drang ins Bewusstsein. Lastwagen dröhnten vorbei.

Der Garten lag mitten in einer Stadt an der Westküste Japans. Er gehörte keiner Gemeinschaft von achtsamen Mönchen. Er schmückte die Stadtvilla eines verstorbenen Politikers. Seine verwöhnten Kinder hatten den Trampelpfad hinterlassen, der jetzt nur noch von einem alten, fetten Hund für Kurzausflüge ins Grüne benützt wurde. Denn die Kinder waren längst erwachsen und in die Hauptstadt gezogen, zum Studium zuerst, danach um ein unabhängiges und unbeobachtetes Leben zu führen. Die Jahre waren vergangen, aber das Moos war nicht nachgewachsen.

Auch in dem Haus stand die Zeit. Es dämmerte vor sich hin, gefüllt mit einer Unzahl von Gegenständen, teils in Taschen und Kartons verpackt, welche die einstmals schönen Räume verstellten: Ausbeute einer reichen Vergangenheit, die ihre Bedeutung verloren hatte. Im gebrochenen Licht hinter Papierfenstern lagerte sie, aus der Erinnerungen gefallen und aus der Kontrolle geraten.

Die zweistöckige Villa in japanischem Stil stammte aus der Nachkriegszeit und ließ auf beachtlichen Wohlstand schließen. In sich verschachtelt bildeten die mit dunkelbraun glasierten Ziegeln belegten Dächer eine verwinkelte Landschaft. Ihre gerippten Firste glänzten im Licht und prunkten mit schön verzierten Abschlüssen. Die Dachtraufen waren kunstvoll geschmiedet und setzten mit ihrem Kupfergrün sanfte Farbtupfer ins

spiegelnde Dunkelbraun. Hinter glänzenden Scheiben
versteckten Papierwände, die kaum jemals aufgescho-
ben wurden, das geheimnisvolle Innere. Mauern und
ein hoher Holzzaun riegelten das Haus von der Außenwelt ab.

Im Innern verwirrten die vielen dämmrigen Räume,
die ineinander griffen und nur mit Schiebetüren abzutrennen waren. Mit Ausnahme der Eingangshalle, eines
Empfangssalons und der Küche waren sie alle mit
Reisstrohmatten auslegt und kaum möbliert. Die Türen
waren aus schönstem Holz gefertigt oder mit kostbaren, goldfleckigen Reispapieren überzogen. Alles strahlte Eleganz, Wohlstand und den Stolz des Bauherrn auf
traditionelle Werte aus. Doch in diesen Tagen beeindruckten mehr die Verlassenheit und Leere des Hauses
und die darin gestapelten Güter und Ableger einer fernen Vergangenheit.

Die Besitzerin hatte sich im Parterre in zwei kleinen
Räumen neben der Küche eingenistet. Weil es in dieser
einen Tisch mit Stühlen und eine moderne Lampe gab,
saß sie fast immer dort, wenn sie überhaupt Zuhause
war. Ein Gasofen bestrahlte sie im Winter beim Zei-
tungslesen und Essen und im Sommer stand ein Venti-
lator zur Kühlung an seiner Stelle. Auch das Telefon
war in Reichweite. Durch dieses hatte sie vor wenigen
Tagen erfahren, dass ein Fremder in der Stadt sei, der
gerne bei ihr wohnen wolle. Er berief sich auf ihren
Neffen, der Arzt im Krankenhaus war.

Yumiko hatte ohne Zögern zugesagt und im ersten
Stock zwei Räume freigeräumt. Sie ließ die vollen
Schachteln verschwinden, die Papierwände entstauben
und ein westliches Bett beziehen. Sie selbst stellte Ro-
sen auf den Schreibtisch und legte eine neue, zart ge-
blümte Decke aufs Bett. Und dann zog Robert ein.

Und so kam es, dass der magere, hochgewachsene
Amerikaner in Yumikos vernachlässigtem Garten saß

und sich von der Frühlingssonne bescheinen ließ. Die letzten Tage waren kalt und regnerisch gewesen, aber in dieser Nacht hatte der Wind gedreht: Robert war schon früh vom Rattern der Eisenbahn erwacht, die vordem nicht zu hören gewesen war. Und als er die Augen geöffnet hatte, war warmes Sonnenlicht weich durch die Papiervierecke des Fensters gesickert.

Der Garten aber lag jetzt noch zu weiten Teilen im Schatten und so erschienen die Eiben und Azaleenbüsche als dunkle Halbkugeln zwischen den noch dunkleren Steinen. Nur einige Sonnenstrahlen fielen zwischen den lockeren Zweigen der hochstehenden Föhren hindurch und zeichneten helle Flecken ins Moos, die wie grüne Neonlampen blinkten. Die Triebe der Funkien stachen als kleine, sperrige Stecken aus dem Boden und in der Ecke an der Mauer blühte eine rosarote Kamelie mit spärlichen, halboffenen Rosetten. Die traditionelle japanische Gartenkunst verlangt, dass dieser herrliche Busch, der den Frühling mit einer Farborgie zu feiern liebt, sich mit Zurückhaltung zeigt. Darum werden seine Knospen weitgehend herausgebrochen. Bescheiden nur soll er blühen. Nichts Einzelnes soll hervorstechen und die Aufmerksamkeit auf sich ziehen und so vom Gesamtbild des Gartens ablenken.

Jetzt setzte sich eine Schwebefliege auf Roberts Hand und holte ihn aus seinen Gedanken. Es war wie ein zweites Aufwachen an diesem Tag. Robert sah auf die Uhr: Höchste Zeit, sich auf den Weg zu machen.

Der Weg zum Krankenhaus führte ihn ein kurzes Stück am Fluss entlang, der im Sonnenschein badete und goldene Reflexe tanzen ließ. Die schrägen Böschungen der Ufer zeigten schon ein sattes Grün, während die ebenen Rasenflächen noch winterlich kahl und gelb waren. Und das Gelb wiederholte sich in den Inseln aus trockenem Röhricht, die das seichte Wasser in Hälften teilten und den Enten willkommene Buchten lieferten, in denen sie sich vom Schwimmen gegen die Strömung ausruhen konnten: Friedlich paddelten sie, ungestört vom lauten Verkehr, der den Fluss entlang brauste und vor dem sich Robert auf dem schmalen Straßenrand nur schlecht gesichert fühlte. Bei der nächsten Brücke bog er nach Süden ab und erreichte durch ein paar schmale, ruhige Sträßchen den Seiteneingang des Krankenhauses. Er folgte einem glänzend gebohnerten Korridor zur Eingangshalle und zum Empfangsfräulein, ein Weg, der ihm inzwischen zur Gewohnheit geworden war. Sie empfing ihn freundlich, in der adrett perfekten Aufmachung der berufstätigen Japanerinnen, tadellos gekämmt und frisch gepudert. In ihrem Blick waren aber Distanziertheit und Unverständnis als sie nun nach kurzem Gruß die Geste wiederholte, die sie ihm seit zehn Tagen täglich vorführte: Sie hob die Unterarme, kreuzte die gestreckten Hände und schlug mit der Handkante der rechten Hand hart auf den Daumenballen der linken. Dies bedeutete: verboten, durchgestrichen, unmöglich. Und Robert zuckte resigniert mit den Schultern und trottete ohne ein Wort davon. Eigentlich hatte er nichts anderes erwartet.

2

Und wieder folgte Robert dem Fluss, jetzt mit schnellen Schritten. Er brauchte dringend Bewegung, um die Lethargie abzuschütteln, die ihn im Krankenhaus plötzlich überfallen hatte. Bisher hatte er das Warten hingenommen, in der sicheren Überzeugung, dass sich die widrigen Umstände schließlich ändern würden. Der Moment musste kommen, wo der Zufall beginnen würde, zu seinen Gunsten zu spielen. Doch die Zeit verging und die Ereignisse schienen sich definitiv gegen ihn verschworen zu haben. Langsam schien es angebracht, sich zu überlegen, was dagegen zu tun sei.

Robert setzte sich auf einen Stein. Seine hagere Gestalt bewegte sich mit der selbstverständlichen Geschmeidigkeit eines Jüngeren, mit der runden Gelenkigkeit eines Tieres, das sich im Einklang mit sich und dem Augenblick befindet. Er war kein gewöhnlicher Mann, aber niemand beachtete das.

Ein Stück flussabwärts hatten sich Schulkinder zum Spiel versammelt. Ihre violetten und türkisblauen Trainingsanzüge stachen grell vom wintermüden Gras ab. Die kleinen Gestalten wimmelten schreiend durcheinander bis sie sich endlich in Gruppen ordneten. Violette und türkisblaue Reihen wechselten sich ab. Und dann begann ein kollektives Seilspringen, das von den Lehrern mit Trillerpfeifen rhythmisch begleitet wurde. Robert vergaß sein Problem. Und das war gut so, denn er würde schon bald ein anderes haben. Er saß und blickte auf die Kinder, dann auf das träge vorbeiziehende Wasser. Es war lautlos, wirkte bewegt und still zugleich. Und dieser Fluss der Ruhe trug ihn davon, strömte nun auch durch ihn, obwohl hinter ihm auf der Uferstraße Autos vorbeibrausten und von den nahegelegenen Brücken Verkehrslärm donnerte. Er ruhte in seiner Stille wie eingegossen in eine durchsichtige Masse. Und in dieser tanzten kleine Wellen, ließen das Licht auf ihren Kämmen blitzen und Schatten in ihre Täler sinken, säuselten im Röhricht und flüsterten von dunklen Durchgängen in kühlen Bergen und von strahlender Entgrenzung im warmen Meer. In der Entfernung hopsten noch immer die bunten Kinder, doch in Roberts Blickfeld gab es nichts als diesen Fluss, das Flüstern und das lebendige Sein des grauen Wassers, auf dem Lichtflecken schwammen, verschmolzen und sich trennten. Vielleicht fuhr ein leichter Wind über seine Hände und spielte mit seinem Haar, aber er spürte es nicht. Denn jetzt war er selbst der Wind und dessen Bewegung, gleichzeitig Körper und nichts, Dasein und Weite, Stillstand und Tanz. Er saß wie ein Toter, unfähig, sich aus seinem versiegelten Zustand zu lösen, aber er wusste es nicht und es störte ihn nicht. Drei oder dreißig Minuten vergingen, es war nicht zu ermessen, die Zeit existierte nicht mehr. Doch plötzlich brach die gläserne Hülle, zerrissen durch einen grauen Blitz. Robert schreckte auf und kam zu sich und dem Flussufer zurück. Etwas näherte sich.

Robert bewegte seine Augen, blinzelte, sah auf das Gras, dann auf seine Knie. Die violetten und blauen Kinder waren verschwunden, nun tummelten sich weiße Hemden und gelbe Kappen an jener Stelle. Robert öffnete und schloss seine Hände, um Blut und Gefühl in die Finger zurückfließen zu lassen, er blickte um sich. Da sah er Sean.

Der junge Mann stand zehn Schritte entfernt und hatte ihn offensichtlich beobachtet. Er starrte, stand einfach nur da und wagte es nicht, sich zu bewegen. Seine dicken, blonden Haare waren ihm ins Gesicht gerutscht und verdeckten fast seine Augen, die Robert in hungriger Unruhe fixierten. Dieser gequälte Blick schien nicht zu seiner kräftigen, sportlichen Figur zu passen, die Gesundheit, Stärke und Selbstvertrauen ausstrahlte. Irgend etwas stimmte nicht, irgend etwas war total schief.

Robert winkte den Jungen herbei. „Wo kommst Du her?" Er sprach streng, vermied jede Begrüßung und jedes Lächeln.

„Ich bin Ihnen gefolgt. Entschuldigen Sie." Sean war von fast unterwürfiger Demut, als ob er seine Kühnheit und Indiskretion entschuldigen wollte. „Ich habe vor ihrem Haus gewartet und ging hinter Ihnen her ins Krankenhaus und danach hierher."

„Und wie kamst Du in diese Stadt und zu meinem Haus?"

„Ein Mönch des Kongobuji sagte mir, dass Sie wahrscheinlich hier sind. Und Ihre Adresse erfuhr ich im Krankenhaus."

Das war eine ziemliche Leistung. Sean sprach nur wenige Brocken japanisch. Es war sicher nicht leicht gewesen, sich durchzusetzen. Robert zollte ihm widerwillig Anerkennung.

„Setz Dich", sagte er nun etwas milder. Dann blickte er geradeaus aufs Wasser und schwieg. Der Junge ließ sich zu seinen Füssen auf dem Rasen nieder. Nicht zu nahe, er wahrte vorsichtig Abstand. Seinen Rucksack legte er neben sich ins Gras. Auch er sagte nichts und sah nur still auf den Fluss. Es ging eine ganze Weile, bis er sich wieder regte. Robert bemerkte ein Vibrieren und leises Zucken. Und als er hinsah, sah er Tränen in Seans Gesicht.

„So schlimm ist es also?" fragte Robert nun etwas freundlicher und löste damit einen Anfall von heftigem Schluchzen aus, das den Jungen mächtig durchschüttelte. Robert reichte ihm sein Taschentuch und wartete geduldig, hörte zu, wie das Weinen anschwoll, seinen Höhepunkt erreichte und langsam wieder abzuebben begann. Er hatte nicht das Bedürfnis, einzugreifen. Er ließ geschehen, was geschah, hörte zu, war einfach dabei. Wieder floss Schweigen durch ihn, doch nun tanzten keine Lichtreflexe. Er atmete in ruhigen Zügen und langsam übertrug sich seine Ruhe auf Sean. Der Junge hörte auf zu schluchzen, seufzte mehrmals in die Stille, putzte schließlich umständlich und gründlich seine Nase und wischte seine Augen trocken. Und dann sagte er mit einer vom Weinen kratzigen, trostlosen, aber jetzt doch kräftigen Stimme:

„Sie ist tot. Sie hat sich umgebracht. Und ich verstehe einfach nicht, wieso."

Robert hatte keine Ahnung, von wem Sean sprach. Und eigentlich wollte er es auch gar nicht wissen. Er sah auf ein Entenpaar, das vorbei trieb, und suchte nach etwas, das ihm einen Hinweis geben könnte, auf das, was in diesem Moment das Richtige sein könnte. Er wollte in sich finden, was jetzt zu sagen oder zu tun wäre. Er hatte diesen Jungen schon einmal weggeschickt und eigentlich hatte er Lust, es wieder zu tun. Aber etwas hielt ihn davon und von jeder anderen Entscheidung ab. Sein Gefühl hieß ihn warten. Vielleicht gehörte Sean in die Serie seiner Schwierigkeiten, vielleicht war verlangt, dass er sich auf seine Geschichte einließ. Robert schüttelte sich kaum merklich in Abwehr. Er blickte nachdenklich und fast böse auf Sean.

„Ich bitte Sie", sagte dieser nun leise, aber mit einer Dringlichkeit, der sich Robert nicht entziehen konnte, „ich bitte Sie: Helfen Sie mir. Besuchen Sie mit mir ihre Eltern. Sie sprechen gut japanisch. Ich muss herausfinden, warum sie es getan hat. Vielleicht bin ich schuld, wer weiß. Vielleicht ist es meine Schuld. Ich muss es herausfinden, ich muss es wissen. Bitte helfen Sie mir. Ich werde Sie danach sicher nicht mehr belästigen, das verspreche ich."

Dieser letzte Satz traf Robert heftig und unangenehm. Etwas wie Scham kam auf. Sean schien in Not zu sein und er demütigte ihn. Das war nicht in Ordnung. Robert war unfreundlich und abweisend gewesen, damals und jetzt, dies wurde ihm nun peinlich bewusst. Und ihm war klar, dass er für sich herausfinden musste, warum er so ungeduldig und streng gewesen war. Er wusste, dass er sich des Jungen würde annehmen müssen. Sie waren noch nicht fertig miteinander. Robert seufzte unhörbar. Es gab Arbeit. Aber es spielte keine Rolle. Er war ja sowieso zum Warten verdammt. Also hatte er Zeit für Seans Geschichte.

„Gut", sagte er, jetzt ziemlich milde, „komm mit und erzähle mir alles."

Robert stand auf, mit einer Behändigkeit, die nicht zu

seinem weißen Haar passen wollte. Allerdings pochte sein Herz wild durch diese schnelle Bewegung. Er reckte sich zu seiner schmalen, beeindruckenden Größe. Sein Gesicht hatte tief eingegrabene Falten, darin alterslose Augen, die wach, forschend und aufmerksam um sich blickten. Ein paar seiner Strähnen plusterten sich lustig im Wind. Noch einmal drehte er sich gegen den Fluss und zeigte sein Profil, das sich kantig vom hellen Wasserspiegel abhob.

Im abgestorbenen Röhricht wuchs ein junger Weidenbaum, der eben zu grünen begann. Seine elastischen Zweige mit den noch winzigen Blättchen wiegten sich im Wind. Es war ein zartes, ein liebliches Bild.

„Kann ich bitte mein Taschentuch zurückhaben?" sagte Robert. Jetzt brachte er fast ein Lächeln zustande.

Traum

In der Linken trug er den schweren Wasserkessel, in der Rechten eine kleine Schüssel voll Reis. Langsam ging er den steilen Weg empor, wich sorgfältig lockeren Steinen aus und setzte seinen Fuß fest zwischen die Baumwurzeln, die unter den Bäumen wie Treppenstufen quer über den Weg wuchsen. Die Erde des Pfades war braun und rot, das Bambusgras unter den Bäumen raschelte trocken. Er erreichte die kleine Lichtung auf der Bergspitze. Mächtige Kiefernstämme bildeten einen Kreis, in dessen Mitte die einfache Hütte stand. Ein paar Trittsteine führten zu ihr hin. Er setzte seine Holzsandalen vorsichtig auf. Er wollte weder ausrutschen noch Lärm verursachen. Beim Haus angekommen, stellte er Kessel und Schüssel auf einen Stein und öffnete leise die Schiebetüre. Der Meister saß wie ein schwarzes Dreieck auf seiner Strohmatte. Wie immer kehrte er ihm den Rücken zu und rührte sich nicht. Er aber kniete sich auf die mattglänzenden Dielen und berührte mit seiner Stirn den Boden. Drei Mal verneigte er sich. Dann langte er nach dem Geschirr und kroch mit

*ihm zur Feuerstelle. Dort legte er neue Holzkohlen auf, blies die
Glut lebendig und hängte den Wasserkessel darüber. Den Reis
stellte er in die warme Asche am Rand. Rückwärts auf den
Knien kroch er nun zum Ausgang. Drei Mal beugte er sich.
Dann stieg er wieder in seine Sandalen und schob die Türe zu.
Erst jetzt gewahrte er das Rauschen des Baches. Es hatte in der
Nacht geregnet und es war lauter als sonst.*

3

Robert wunderte sich, über sich und Sean. Wie anders war dieser Junge, als er seinerzeit gewesen war.
Kräftiger, sportlicher und gleichzeitig kindlich unge-
hemmt, so kam er ihm vor. Robert fühlte etwas wie
Neid über diese angeborene Beweglichkeit und Selbst-
sicherheit, die er für sich erst in langen Jahren hatte
erarbeiten müssen. Er stammte vom Land, einziger
Sohn einer alleinerziehenden Mutter, die ihn mit Mühe
und einiger Verbitterung großgezogen hatte. Sein Vater, der sich schon abgesetzt hatte, als Robert noch ein
Baby war, hatte sich an der Ostküste im Laufe der Jahre ein beachtliches Renommee als Journalist erworben.
Er schrieb regelmäßig nette, stilsichere Briefe, schickte
auch etwas Geld, erschien aber nie in Fleisch und Blut
vor seinem Sohn, obwohl ihn seine Arbeit bestimmt
gelegentlich nach Kalifornien führte. Robert aber war
zu stolz, um an dieser Situation etwas zu ändern. Er
hätte sich die Gelegenheit verschaffen können, seinen
Vater zu besuchen, aber er verbot sich jeden Gedanken
daran. Ganz abgesehen davon, dass seine Mutter dies
als bösen Verrat empfunden hätte.

Als Robert auf den Campus kam, blühten die Blu-
menkinder. Ursprünglich wollte er englische Literatur
studieren, wie sein Vater – der dabei von Roberts Mutter, der etwas unbeholfenen und nicht sehr attraktiven

Zahnarztgehilfin, finanziert worden war – doch dann traf Robert auf all die jungen Leute mit langen Haaren und weiten Hosen, umwölkt von würzigen Rauchschwaden, die seltsame Weisheiten von sich gaben, die sie in östlichen Schriften zusammengelesen hatten. Robert war verblüfft. Diese Sprüche faszinierten ihn. Er ließ sein Haar ebenfalls wachsen, aber nur ein paar Wochen lang. Denn als seine dunklen, gewellten Haare sich über seine Ohren legten, sah Robert ein, dass er nicht zu diesen Leuten gehörte. Er war zu steif und zu verschlossen. Er hatte inzwischen die Bücher gelesen, die sie so gerne und so unvollständig zitierten. Und er hatte gemerkt, dass alles nur Dekoration war: Sie steckten sich die Weisheiten wie Blüten hinter die Ohren und ließen sie dort welken. Sie dachten keinen Moment daran, etwas anderes als sich selbst ernst zu nehmen. Robert fehlte diese Selbstgefälligkeit. Auch war er gründlich. Er wollte mehr und Genaueres wissen. Darum sattelte er um auf Japanologie. Er stürzte sich auf das Studium dieser seltsamen Sprache, büffelte die vielfältigen Formen der Verben und übte das Schreiben der seltsamen Schriftzeichen, die ihm fremdartige Welten und andere Arten des Verstehens vermittelten. Denn jedes dieser Kanjis oder Zeichen hatte eine Geschichte, jedes war ursprünglich ein Bild gewesen, und weil jedes Bild eine Geschichte transportiert und weil sich jede Geschichte mit tausend Verzweigungen ausbreiten kann, darum trug jedes dieser Kanjis eine Aura von Bedeutungen und Hintergründen mit sich, die sich wie eine Wolke von Ahnen und Fühlen um die eigentliche, begrenzte Aussage legte. Diese Vieldeutigkeit erschien Robert geheimnisvoll und unendlich reizvoll. Er konnte nicht genug davon kriegen. Er lernte und lernte. Er wurde gut und immer besser in seinem Fach. Und so war es gerecht, als er bei einem Wettbewerb ein Stipendium für eine Reise gewann.

Selbstverständlich flog er nach Japan. Ein kleines Büchlein, ein Reiseführer, war sein Begleiter und der führte ihn bald einmal auf den Berg Koya. Dort liegt eine kleine Stadt auf ungefähr 1000 Metern Höhe, von prächtigen Wäldern umgeben und von acht Gipfeln umringt, die als die acht Blätter einer Lotusblume gelten und den Ort zum heiligen Mandala machen: Ein Weltenzentrum, in dem sich der Kosmos spiegelt. In dieser sanft gerundeten Bergmulde entstanden im Laufe der Zeit Hunderte von Tempeln und Klöstern und das Zentrum der sogenannten Shingon-Schule, die die Lehren Kobo Daishis weitergibt. Dieser große Heilige starb im Jahre 834. Doch seine Anhänger glauben, er sei nicht tot, sondern sitze noch immer lebendig und in ewiger Meditation versunken in seinem Grabmal, bereit, aufzuwachen und denen zu helfen, die zu ihm beten. Sie glauben aber auch, dass sie an dem Tag, wo der große Heilige aus seiner Meditation erwacht, erlöst sein werden. Darum sind rund um Kobo Daishis letzter Stätte Hunderttausende begraben, in großen und kleinen Grabmälern, zwischen alten Bäumen oder an besonnten Hängen, unter verwitterten Steinen oder unter modernen Marmormonumenten, die ganze Hügelzüge überziehen und wie Steinbrüche wirken. Koyasan ist wahrscheinlich, neben den Schlachtfeldern des zweiten Weltkriegs, der größte Friedhof der Welt. Der Berg ist heute noch ein wichtiger Wallfahrtsort und spiegelt, wie Roberts Reiseführer richtig anführte, die ganze Geschichte Japans. Denn auf Koya liegen alle die Großen einer großen Nation: Regenten, Generäle, Despoten, Heilige, Künstler, Wirtschaftsführer, Adlige und gewöhnliches Volk. Im Tod vereint, unter dem Boden friedlich in Gleichheit versammelt.

Als Robert zum ersten Mal durch den Waldfriedhof ging, regnete es. Steine und Baumstämme glänzten im Dämmerlicht. Dampfschwaden hingen zwischen den

Bäumen und verwischten deren Umrisse. Zedern verbreiteten ihren würzigen Duft und eine einsam brennende Laterne setzte ein warmes gelbes Licht ins Düster. Doch trotz all der Toten war es nicht unheimlich. Es war einfach still. Als ob sich die Unregsamkeit des Todes, das Innehalten von Jahrhunderten, zwischen diesen Bäumen zusammengezogen hätte und sich nun in Robert ergösse, sein Denken und Fühlen fast bis zum Stillstand dämpfend. Kleine Figuren der barmherzigen Jizo-Boddhisattvas standen in Gruppen in den Baumwurzeln. Dass sie rote Lätzchen und bunte Mützchen trugen, ließ sie wie eine fröhliche Kinderschar erscheinen, wie ein munteres Zwergenvolk voll guten Willens. Der junge Robert nahm sie kaum wahr. Ihn hatte etwas ergriffen, etwas Festes und Sicheres, nicht benennbar zwar, aber klar zu unterscheiden von allem, was er in seinem Leben bisher gekannt hatte. Hier verloren sich Unsicherheit und verborgene Angst, hier stimmte alles und war in Ordnung.

Vielleicht war es das erste Mal, dass Robert den Tod tatsächlich zur Kenntnis nahm und als Gewissheit und einzige Sicherheit des Lebens anerkannte. Vielleicht zog er zum ersten Mal in Betracht, dass er selbst sterblich war. Und vielleicht war er in diesem Moment sogar bereit, den Tod, falls er käme, zu akzeptieren, sich aufzulösen in den Nebeln dieses Waldes, in der feuchten Dämmerung. Aber seine Gefühle blieben unterhalb der Schwelle von Gedanken, er war sich nicht bewusst, was in ihm vorging. Er spürte nur etwas: Er konnte den Berg nicht verlassen.

Er saß lange am Grabmal des Kobo Daishi und beobachtete die Menschen in ihrem inbrünstigen Beten und irrte danach im Wald herum bis es dunkel wurde. Dann riss er sich endlich los und suchte im Städtchen nach einem Nachtquartier. Man verwies ihn an eines der Klöster, wo er nach einigem Zögern und Hin und

Her als Gast akzeptiert wurde. Dabei half ihm, dass er leidlich japanisch sprach. Als sie ihn fragten, ob er an den Andachten am Abend und am Morgen teilnehmen wolle, geschah dies in einer Art, die es ihm richtig erscheinen ließ, zuzustimmen. Und so kam es, dass Robert ins Kloster eintrat. Denn er blieb nicht nur eine Nacht, er blieb ein paar Wochen lang. Und als er ging, war es nicht freiwillig.

4

Koyasan gilt immer noch als ein heiliger Berg, doch ist er heute nicht mehr ausschließlich kahlrasierten Mönchen zugänglich. Jetzt liegt dort ein Städtchen, das durch Eisenbahn, Seilbahn und Buslinien erschlossen ist und von einem reichen Pilger- und Touristenstrom lebt. Der Hauptstraße entlang reihen sich zwischen den Klöstern lückenlos zahlreiche Souvenir- und Devotionalienläden, Banken und Gasthäuser. Vor einem der Geschäfte bilden sich an schönen Tagen Schlangen. Hier wird der Koyatofu verkauft, eine schwammige Spezialität aus Soja, die im ganzen Land beliebt ist.

Noch immer gibt es weit über hundert Klöster, die meisten von ihnen rund um Koya in den Wäldern verstreut, und die Hälfte von ihnen empfängt zahlende Gäste zur Übernachtung. Diese genießen eine altjapanische, klösterliche Atmosphäre und köstliche vegetarische Mahlzeiten, die von jungen Mönchen in die mit Reisstrohmatten ausgelegten Zimmer serviert werden.

Diese Art von Klostertourismus war noch nicht bekannt, als der junge Robert auf Koyasan ein Nachtquartier suchte. Zwar gab es bereits viele Laien und auch Frauen auf dem Berg, aber nur wenige Westler hatten bis dahin den Weg hinauf gefunden. Und so war und blieb Robert ein Fremdkörper in dem Kloster, das ihn so offen und großherzig aufgenommen hatte.

Doch die Isolation machte Robert wenig zu schaffen, viel schlimmer setzte ihm das ungewohnt raue Klima zu. Die Kälte machte die Luft zwar herrlich frisch, fuhr dem jungen Kalifornier jedoch böse in die sonnenverwöhnten Glieder. Der Frühling war auf dieser Höhe noch nicht richtig zu spüren, obwohl schönstes Wetter herrschte. Jeder Morgen zeigte die braunen Rindendächer des Klosters mit einer weißen Schicht bedeckt, leicht und zart wie Puderzucker auf Schokoladegebäck. Aber es waren Schneekristalle, und das Wasser, mit dem sich die Mönche wuschen, war eiskalt. Und selbst in den geschlossenen Räumen bildete der Atem weiße Wolken.

Wenn dann die Sonne aufging, kam etwas Wärme auf. Der Schnee verschwand so unauffällig und still, wie er gekommen war. Doch an vielen Tagen wehte ein kalter Wind, der die Kraft der Sonne neutralisierte. Und dann gab es kaum eine Pause beim Frieren. Tagsüber bei der Arbeit war es noch auszuhalten, da wärmte sich Robert durch Bewegung. Doch in der Nacht war er der Kälte hilflos ausgeliefert. Sie legte sich als treue und stete Genossin zu ihm ins Bett und nistete sich unverfroren ein zwischen dem dünnen Futon und der noch dünneren Decke. Dann lag Robert mit klammen Füssen, steif vor Unbehagen und erlebte zum ersten Mal die demoralisierende Wirkung schwieriger Umstände. Seine Stimmung sank und er fragte sich, ob er eigentlich wahnsinnig sei, sich dieser Situation auszusetzen. Aber dann sah er auf die anderen Männer, die diese Umstände mit fröhlichem Gleichmut ertrugen und dachte sich, dass er wohl ebenso viel müsste aushalten können wie sie. Und tatsächlich, indem er sich überwand, besiegte er auch seine Schwierigkeiten. Langsam härtete er sich ab.

Warum nur nahm er diese Mühsal auf sich? Er hätte

es nicht erklären können. Er war ganz einfach unfähig, anders zu handeln. Er spürte etwas hinter der ruhigen Freundlichkeit dieser Mönche, das ihn anzog und festhielt. Er ahnte, dass es hier etwas gab, dem er sonst noch nirgends begegnet war. Darüber wollte er mehr erfahren. Er musste herausfinden, was es war. Wie ein Schatzgräber sich von keinen Schwierigkeiten auf seinem Weg nach El Dorado abhalten lässt und sich Meter um Meter einen Weg durch den Dschungel schlägt, so arbeitete sich Robert durch die Tage. Fleißig und willig erledigte er alles, was man ihm auftrug und verfolgte selbst die Andachten am frühesten Morgen mit heller Wachheit und begeisterter Aufmerksamkeit.

Es war jeweils noch dunkel, wenn sich die Mönche im Tempel versammelten. Kerzen verbreiteten etwas Wärme und Räucherwerk seltsame, würzige Düfte. Der goldene Altar leuchtete geheimnisvoll im spärlichen Licht. Die Wände verschwanden im Dunkel, nur die goldenen Beschläge der kostbaren Holzkästen, in denen sich eine Bibliothek von Schriftrollen verbarg, reflektierten das glimmende Leuchten.

Die dunkelgekleideten Gestalten der Mönche federten elegant in den Knien, bevor sie sich auf ihren Meditationskissen niederließen. Alle warteten schweigend. Schließlich kam der Abt, stieg souverän über die vielen, vor dem Eingang verstreuten Pantoffeln, und nahm seinen leicht erhöhten Sitz dem Altar gegenüber ein. Nun war das Quadrat, das die Mönche vor dem Altar bildeten, geschlossen. Dieses Geviert, dessen Seiten die vier Buddhas oder die vier Aspekte der Weisheit symbolisieren, steht als Ganzes für das fünfte Prinzip, den zentralen Buddha Dainichi Nyorai, die zentrale Gottheit und den universellen Weisheitsgeist des Shingon. Die Plattform im Innen des Quadrats war geschmückt mit Kerzenständern, fünf Lotosblumen, Wasserschalen und anderen Ritualgegenständen, unter anderem mit

Vajras, sogenannten Diamantzeptern oder Donnerkeilen, wie sie auch in tibetischen Klosterritualen verwendet werden. Von der Decke hingen lange Goldketten mit Glöckchen im Kreis herunter und bildeten ein Mandala, eines dieser Symbole, die Welt und Universum abbilden. Hinter diesem Goldgehänge war die Figur des Buddhas nur sichtbar, wenn man sich sehr tief verneigte.

Nach einem Schlag auf die riesige Klangschale begann die Rezitation. Die Mönche beteten mit singender Stimme Formeln und Anrufungen, nur selten unterbrochen vom Gongen der Klangschale oder dem Klingeln einer kleinen Glocke. Bei gewissen Ritualen, und die liebte Robert besonders, wurde auch die große Trommel geschlagen, in langsamem, gewichtigem Takt, der den Atem verlangsamte und vertiefte. Robert ließ sich forttragen von den Klängen. Er saß still und gerade – weil er es nicht lange genug auf den Knien aushalten konnte, war ihm das Sitzen erlaubt – und er vergaß sich und die Zeit, indem er einfach nur dem Singsang der Gebete zuhörte. Vor allem die Stimme eines Mönches drang aus allen heraus. Sie war nicht lauter, als die der andern, aber sie hatte einen ganz besonderen Klang. Ihr Umfang schien grösser zu sein. Sie tönte mehrstimmig, trug in sich Gesang, Geräusche und Töne, während sie doch einfach nur Worte rezitierte. Sie schien Welten zu öffnen und neue Erfahrungen zu schenken. Sie trieb Robert mit ihrem Orgeln in eine fast atemlose Aufmerksamkeit. Er gierte nach diesen Klängen wie ein Süchtiger, wollte einfach immer nur mehr davon und verlor sich darin. Und die Mönche verstanden, dass Robert eine besondere Gabe zur Versenkung hatte. Er schien sich besonders leicht öffnen zu können, er schien wie ein Fisch im Wasser zu schwimmen in der großen Leere und der großen Fülle, die sich jenseits dieser Welt ausdehnen.

Die Orgelstimme gehörte einem Mönch mit dem Namen Nichido und dieser wurde beauftragt, Roberts Lehrer zu sein und den jungen Mann in die ersten Stufen der buddhistischen Lehre und des Shingon einzuführen. Und Robert nahm all seine Hinweise aufmerksam und dankbar entgegen. Sein Interesse schien unermüdlich und seine Wissensbegier unerschöpfbar. Aber etwas Seltsames geschah: So sehr er auch die Lehren Kobo Daishis respektierte und die Mönche bewunderte, die ihnen folgten, er war unfähig, auch nur die einfachsten, für Laien gedachten Gelübde abzulegen. Das Gelöbnis, alles zu tun, um Erleuchtung zu erlangen, wäre ihm vielleicht noch über die Lippen gegangen. Aber das Versprechen, nicht zu ruhen, bis alle andern Wesen ebenfalls erleuchtet und befreit seien, dies wollte und konnte er nicht abgeben. Er fühlte sich viel zu schwach, um ernstlich die Verantwortung für alle anderen Wesen zu übernehmen. Auch war er sich nicht sicher, ob er überhaupt das Recht hatte, sich in ihre Belange einzumischen. Nichido merkte, dass dieser junge Mann offensichtlich alles sehr gründlich nahm und ließ ihn gewähren. Hatte nicht der große kosmische Buddha Dainichi Nyorai alle Formen des Universums geschaffen? Und hatte er nicht auch diese Form gewollt, die Robert darstellte? Die Toleranz dieses Mönchs war grenzenlos. Und auch der Abt meinte, dass sich in der Weigerung Roberts ein ganz besonders tiefer und kostbarer Ernst zeige, der vielleicht buddhistischer sei als jede noch so kostbare Formel. „Nicht jeder Fluss fließt durchs gleiche Tal. Aber Leben bringen sie alle", sagte er milde.

Nichido erzählte Robert von den verschiedenen Buddhas und von Kukai, aus dem der berühmte Heilige Kobo Daishi wurde. Auch zeigte er ihm die Schätze des Klosters: die Schiebewände der inneren Räume mit verblassenden Tuschezeichnungen alter Meister, Räuchergefäße in herrlicher Schmiedearbeit, um deren Sockel sich schnaubende, glückbringende Drachen wanden, Laternen, die seit Hunderten von Jahren am Brennen gehalten wurden, Lackschalen und Schüsseln mit Gold-, Perlmutt- und Eierschalen-Intarsien, in deren Glanz Bilder von dunstleichter Subtilität schwammen, und eine grobe Teeschale aus Ton, aus der große Heilige in der Vergangenheit getrunken haben sollen. Vor allem aber zeigte er ihm Schriftrollen, vergilbte und altersbrüchige, mit zum Teil kunstvollsten Illustrationen, viele davon in Sanskrit und wie Nichido sagte, noch nie übersetzt und seit Jahrhunderten nicht mehr gelesen. „Wer weiß", sagte der Mönch, „welche Schätze hier liegen und schon bald verloren gehen. Denn wie du siehst, diese Dinge stehen vor dem Zerfall. Und keiner hat genug Geld, sie zu restaurieren und zu erhalten." Er sagte es voller Gelassenheit, aber Robert wurde es zum Weinen zumute. „Ich habe schon einiges übersetzt, um es zu erhalten", fuhr Nichido fort, „aber meine Zeit und mein Wissen reichen nicht weit genug. Und es gibt nur noch wenige Leute, selbst in Indien, die diese alte Form des Sanskrit lesen können." Er schüttelte bedauernd den Kopf und verschloss sorgfältig den Holzkasten. Er polierte diesen mit seinem Ärmel, bevor er ihn auf seine Stelle im Regal zurück hob. In dieser Bewegung lag eine solche Resignation und so viel Liebe und Würde, dass es Robert noch elender wurde. Er spürte eine nie gekannte Trauer und gleichzeitig den kindlichen Wunsch, irgend ein Wunder bewirken zu können. Aber seine Kleinheit und Ohnmacht waren ihm deutlich und schmerzhaft bewusst.

Die Tage im Kloster vergingen, gleichförmig, mit immer ähnlichen Arbeiten in immer gleicher Abfolge. Robert glänzte mit den jungen Mönchen die Böden mit feuchten Lappen, klopfte mit dem Staubwedel Papiertüren ab, riss mit klammen Fingern winzige Unkräuter aus dem Moos und fegte mit Reisigbesen Garten und Wege. Und danach versenkte er sich in die vorgeschriebenen Meditationen. Doch eines Morgens war es damit vorbei. Nichido sagte ihm plötzlich und ohne Vorwarnung, dass es nun Zeit zu gehen sei. „Deine Lehrzeit bei uns ist herum", sagte er einfach. „Du bist kein Mönch und musst zurück."

Für Robert brach die Welt zusammen. Nun bedauerte er, dass er sich nicht angepasst und dass er sich geweigert hatte, die formellen Gelübde abzulegen. Gerne hätte er erklärt, dass der Grund seiner Verweigerung nicht mangelnder Respekt gewesen sei, sondern das Gefühl, unwürdig zu sein und zu schwach für eine solche Verantwortung. Doch jetzt war keine Zeit mehr für Diskussionen und Erklärungen. Nichido sagte: „Der Abt hat es so beschlossen." Und Robert fühlte, dass Nichido diesem Entschluss beipflichtete. Robert packte sein Bündel, erschrocken und zutiefst erschüttert über diese plötzliche Wendung der Dinge. Er fühlte sich schuldig und meinte, er hätte versagt.

Dann stand er in Socken auf der Treppe. Nichido holte Roberts Schuhe aus dem Kasten und stellte sie liebevoll unten auf dem Steinweg bereit.

„Buddha lehrte, dass nichts unverändert bleibt im Leben", sagte er, als er in seinen weißen Socken wieder die Stufen hochstieg. Er lächelte warm. „Aber vielleicht können wir Freunde bleiben. Schreib, wenn Du magst."

Er kniete jetzt oben an der Treppe, verbeugte sich und winkte. Und Robert dankte ihm stammelnd, sagte adieu, verneigte sich und schlich davon wie ein geschlagener Hund. Auf diesem Berg des Todes starb für ihn mit einem Schlag die Hoffnung, dazuzugehören. Der Schmerz war brutal und übermächtig und trieb ihm Tränen in die Augen. Aber er hielt sie zurück und ging, setzte halb bewusstlos einen Fuß vor den andern, fühlte sich tot und ging doch weiter. Schritt um Schritt.

Was Robert in jenem Moment nicht wusste, war, dass es keine Möglichkeit außerhalb dieses Schmerzes gibt. Denn Ausgeschlossenheit und Getrenntsein tun weh, aber auch das Aufgehen in einer Gemeinschaft ist ein schmerzhafter Tod für das Individuum, das Gehorsam geschworen hat. Es delegiert, was es hat und was es ist, an das größere Ganze der Gemeinschaft und darf keinen Moment zweifeln, dass diese sich sinnvoll verhält.

Robert wollte die Verantwortung für sich nicht abgeben. Aber er ahnte nicht, dass er dafür ein Leben lang mit einer Art von Heimweh bezahlen musste. Wenn immer er den Umkreis eines friedvollen Klosters betrat, auf welchem Erdteil auch immer, ergriff ihn erneut der Wunsch, sich aufzulösen und Teil zu sein, Teil zu haben an der Gemeinschaft. Vor allem aber überschwemmte ihn dieses Gefühl in Japan, wenn er in einen lichtdurchfluteten Raum mit goldgelben Reisstrohmatten blickte oder durch einen der wundervollen alten Gärten in Kyoto wanderte. Dann schloss sich um ihn wie eine Blase die Stille, selbst im größten Touristenstrom, und er genoss ein seltsames Glück. Er sah auf die dichten, beschnittenen Büsche und das sonnengesprenkelte Moos und studierte die Räume, die sich zwischen den dunklen, knorrigen Baumstämme zeigten, sich öffnend, sich wandelnd, sich schließend. Und es gab in diesen Momenten nur einen Wunsch: Dass der Augenblick dauere, dass der Zwang aufhöre, diese Blase immer und immer wieder aufzustechen und sich der lauten Welt außerhalb zu stellen, seinem Leben, wie es nun einmal war.

Seine Gefühle machten ihn einsam, aber er nahm mit zunehmendem Alter immer weniger Anstoß daran. Er wusste, dass sein Alleinsein ihn davor bewahrte, an Machtstrukturen teilzuhaben, die, das sah er im Laufe der Jahre immer deutlicher, kaum vermeiden konnten, auch missbräuchlich mit ihrer Autorität umzugehen. Jede Gruppe, jede Institution, Familien, Religionsgemeinschaften und politische Parteien, alle, die er im Laufe seines Lebens beobachtet hatte, schützten letzten Endes immer nur sich selbst. Wenn nötig ohne jede Rücksicht auf die hochherzigen Ideale, die einst zu ihrer Gründung geführt hatten. Überall sah er das gleiche: Am Anfang standen die Heiligen, am Ende Verwaltungsgebäude aus Beton und Stein.

5

Kukai bedeutet „Meer der Leere". Er war ein erstaunlicher, sehr begabter junger Mensch. Seine Reife fiel schon seinen Eltern auf, so dass sie ihn Totomono nannten, was Kostbarkeit heißt. Sie förderten seine Erziehung und ermöglichten ihm Studien, unter anderem an der Universität Kyoto. Er galt als brillanter Student und war schon in jungen Jahren der chinesischen Sprache mächtig. Er beeindruckte seine Zeitgenossen als Zeichner und Kalligraph. Mit achtzehn verfasste er ein erstes Werk, in dem er die Überlegenheit des Buddhismus über den Taoismus und Konfuzianismus postulierte. Damit fand er selbst in China Anerkennung. Aber alle diese Erfolge ließen ihn unbefriedigt. Er brach sein Studium ab, verließ Kyoto, die damalige Hauptstadt Japans, und zog als asketischer Wanderer in die Wildnis und durch die Berge, auf der Suche nach Erkenntnis und Seelenfrieden. Ein Priester, dem er begegnete, lehrte ihn die Morgenstern-Meditation. Und eines Tages, er meditierte in einer Höhle am Meer, sah er, wie der golden leuchtende Stern auf ihn zu flog und er spürte, wie dieser in seinen Mund eindrang. Dies war ein Erleuchtungsmoment, denn in diesem Augenblick, so beschrieb er es später, erlebte er das ganze Universum in sich und außerhalb von sich.

Sein Erlebnis trieb ihn nach China. Dort hoffte er, Erklärungen für sein Lichterlebnis zu finden. Er war auf der Suche nach einem Meister, der ihn verstehen und anerkennen würde. Dazu muss man wissen, dass nach der buddhistischen Lehre nur der als erleuchtet gilt, der von einem qualifizierten Meister anerkannt wird. Und Meister wiederum gelten als qualifiziert, wenn sie von einem Vorgänger anerkannt worden sind. Dies ist das Prinzip der Übertragung und Anerkennung, das im ganzen asiatischen Raum bis heute seine Gültigkeit hat. Seit jeher bestehen viele dieser Übertragungslinien nebeneinander, sie beziehen sich auf verschiedene Patriarchen, verschiedene Schriften oder verschiedene Offenbarungen.

Kukai war also auf der Suche nach Anerkennung, als er im Jahr 804 nach China reiste. Es war die Zeit eines weltweiten, kulturellen Aufbruchs: In Europa herrschte Karl der Große, der erste deutsche Kaiser und ein wichtiger Reformer; in Bagdad wandelte der berühmte Kalif Harun al Raschid, der Held vieler Geschichten aus 1001 Nacht, verkleidet unter seinem Volk; Japan stand am Beginn der Heian-Periode, in der Literatur und Künste eine Hochblüte erlebten, während in China die Tang-Kaiser bereits Akademien für Geschichtsschreibung und die schönen Künste gegründet hatten. Europa wurde christianisiert, in China verbreiteten Heilige und Gelehrte aus Indien und Tibet den Buddhismus. Japan war als Insel zwar isoliert, doch herrschte ein lebhafter Austausch mit dem Festland. Und so konnte sich Kukai einer Delegation des japanischen Kaisers anschließen, die sich für China einschiffte. Es dauerte lange, bis die Reisegesellschaft die damalige Hauptstadt Changan erreichte. Dort studierte Kukai Sanskrit und verschiedene Formen des Buddhismus. Und eines Tages traf er auf Hui kuo, einen vom chinesischen Kaiser hoch angesehenen Regenmacher und Priester, der ihn mit folgenden Worten empfing: „Ich habe auf Dich gewartet. Du kommst spät, ich habe nicht mehr lange zu leben, Dich aber vieles zu lehren."

Von Hui kuo lernte Kukai das, was er später zum Shingon, einer der beiden Schulen des Mikkyo, des japanischen esoterischen Buddhismus, ausbaute. Nach dem Tode seines Gönners und Lehrers kehrte er nach Japan zurück. Er brachte kistenweise religiöse Schriften mit, indische Sutren in chinesischer Übersetzung, Sanskrit-Texte und Ritual-Werkzeuge. Er versprach, dass Erleuchtung in einem einzigen Leben erreichbar sei, während die meisten anderen Schulen behaupteten, dass dazu viele Wiedergeburten notwendig seien.

Im Zentrum des Shingon steht Dainichi Nyorai, der kosmische Buddha, in Indien Vairocana genannt. Er ist der höchste und zentrale Ausdruck des Buddhageistes, der sich in allen Formen der Welt und des Universums verkörpert. Entsprechend besitzen alle Wesen Buddhageist und Buddhaschaft: Steine und Pflanzen so gut wie Menschen und Tiere. Es gilt nur, sich dieses göttlichen Anteils zu erinnern, ihn sich bewusst zu machen. Dann erwacht das einzelne Wesen zu seiner Buddhanatur und wird endlich ganz und gar das, was es schon immer war. Erlösung ist also zu jeder Zeit und in jedem Körper möglich. Der Shingon bietet nicht nur dieses Versprechen, sondern auch die Formeln und Inhalte, die helfen sollen, aufzuwachen und Befreiung zu erringen. Gebetsformeln (Mantras), Handstellungen (Mudras) und Vorstellungsbilder (Imagination der Sanskritsilbe A) werden kombiniert angewendet, um den gewünschten Effekt zu erzielen.

Der Glaube an den göttlichen Kern in allem und jedem brachte Kukai dazu, den weltlichen Dingen eine

Aufmerksamkeit zu schenken, die im Buddhismus wohl einzigartig ist. So gründete er Schulen, in denen er Kindern aller Schichten Zutritt gewährte. Und er unterrichtete sie nicht nur in allen damals bekannten Fächern, sondern machte sie auch mit sämtlichen Religionen bekannt. Denn wie alle Wesen, so waren nach seiner Ansicht auch alle Religionen gültiger Ausdruck des einen, großen Geistes. Kukai war ein weltzugewandter Pragmatiker und gleichzeitig ein großer Gelehrter. Er glänzte als Autor mehrerer Bücher und Übersetzungen, er hinterließ Kaligraphien und Bildwerke, aber auch Straßen und Dammbauten und es wird sogar behauptet, er hätte das japanische Hiragana-Alphabet eingeführt. Er schützte mit seinen esoterischen Ritualen das Reich und die Dynastie, bekämpfte Seuchen und ungünstige Wetterlagen. Zu jenen Zeiten waren die Heiligen nämlich auch noch Magier und ihre Religion wurde an ihrer Wirkkraft gemessen. Diese musste bei Kukai groß gewesen sein. Jedenfalls verlieh ihm der Kaiser nach seinem Tod den Titel Kobo Daishi, das heißt „Großer Meister der Verbreitung der Lehre". Damit war er als Religionsgründer anerkannt und viele Japaner verehren ihn heute als einen Heiligen.

Manche Legenden haben sich um ihn gebildet. Er erlöst nicht nur die Verstorbenen, die auf Koyasan begraben sind, sondern erhört auch die Bitten der Lebenden. Weil er lebendig in Meditation sitzt, erhält er jedes Jahr neue Kleider und Lebensmittel. Aber er hält auch seine Hand über alle, die ihm treu anhängen: Ein armes Mädchen, das am Fest der tausend Laternen teilnehmen wollte, das jeweils zu Kukais Ehren gegeben wird, musste ihr Haar verkaufen, um das für das Fest notwendige Lampenöl kaufen zu können. Und was geschah? Ein Windstoß löschte alle Lampen bis auf eine einzige: die des Mädchens. Nur ihre Lampe leuchtete noch als Zeichen ihrer treuen Gläubigkeit. Und diese Lampe wird seitdem, seit über tausend Jahren, am Brennen gehalten und kann heute noch besichtigt werden. Eine andere Legende bezieht sich auf die Gründung von Koya. Sie erzählt, wie Kukai kreuz und quer im Land herum zog, um einen Ort zu finden, wo er ein Kloster gründen könnte, das abgelegen und stille genug wäre, um dem Meditieren förderlich zu sein. Eines Tages begegnete ihm ein Jäger im Wald. Dieser sagte, er wisse, was Kukai suche und befahl seinen zwei Hunden, ihn dahin zu führen. Darauf verschwand der Jäger, der nichts anderes war als der Geist des Berges. Kukai aber folgte dem weißen und dem schwarzen Hund und gelangte schließlich auf den Berg Koya (Koyasan). Als er dort in einer Föhre einen Gegenstand hängen sah, den er vor Jahren in China als Orakel in den Wind geworfen hatte, da wusste er, dass er den richtigen Ort für sein Vorhaben gefunden hatte.

6

Nach dem Herauswurf aus dem Kloster kehrte Robert nach Kalifornien zurück, doch die Rückkehr ins alte Leben war schwierig. Er nahm seine Studien wieder auf, ungewisser denn je zuvor, was aus ihm werden sollte. Er hatte sich schon immer einsam und fremd gefühlt, aber nun war er auch sich selbst ein Fremder geworden. Um sich abzulenken, lernte er weiterhin fleißig japanisch, fühlte aber einen tiefen Mangel bei allem, was er tat und was man ihn lehrte. Seine Unzufriedenheit ließ sich nicht vertreiben, seine innere Unruhe nicht besänftigen. Dann kam ihm ein Zufall zu Hilfe: Der Professor für Japanologie erkrankte. Man glaubte zuerst, es sei nur vorübergehend, doch die Krankheit zog sich hin, die wichtigsten Vorlesungen fielen aus und schließlich verwaiste der Lehrstuhl. Die

Bestellung eines Nachfolgers dauerte längere Zeit. Da wich Robert ohne viel zu überlegen auf Sanskrit aus. In diesem Fach lehrte ein junger Dozent mit so viel Begeisterung, dass ihm viele Studenten hingerissen folgten, hinein in diese Sprache und in ihre Hintergründe. Auch Robert verfiel dem Zauber dieses Lehrers und seinem Fach. Er ertränkte sich förmlich in der neuen Sprache und in der indischen Weisheit. Und so kam es, dass er sich im Lauf der Jahre zum anerkannten Indologen und Experten für frühe Formen des Sanskrit entwickelte. Er übersetzte bedeutende alte Texte und schrieb populäre Bücher, die der westlichen Welt die alten Göttersagen und Legenden Indiens näher brachten und Einblicke gewährten in die reiche, geistige Welt, die sich im Lauf der Jahrtausende herausgebildet hatte, wuchernd und Blüten treibend, wie die Flora der Dschungel des Subkontinents.

Mit Nichido hielt er Kontakt. Sie korrespondierten abwechselnd in Japanisch oder Sanskrit und diskutierten die hinduistischen Wurzeln des Buddhismus. Sie verfolgten die Wege, auf denen die Patriarchen die Lehre über Tibet, China und Korea nach Japan gebracht hatten und studierten, wie diese sich unter dem Einfluss der einheimischen Religionen wie Bön, Taoismus und Shintoismus verändert hatte. Robert erhielt manch wichtigen Hinweis vom Mönch und machte diesen im Gegenzug mit tantrischen Texten des tibetischen Buddhismus bekannt, die aus den gleichen Wurzeln stammten wie der Shingon, dem Nichido anhing. Aber die beiden Freunde sahen sich nicht wieder. Nichido hatte sich in ein abgelegenes, im Wald versтecktes Kloster außerhalb von Koya zurückgezogen und wollte oder durfte dort nicht besucht werden. Er beschäftigte sich dort mit alten Texten, von denen er mit unterschwelliger Begeisterung und voll leiser Genugtuung berichtete. Und in einem seiner letzten Briefe hatte er angedeutet, dass ihm seine Studien eine ganz neue Sicht der Dinge eröffneten. „Ich arbeite mit besonderem Einsatz", schrieb er, „aber meine Gesundheit ist nicht gut. Wer weiß, ob ich noch Zeit habe, diese Arbeit zu beenden. Ich bin auf etwas gestoßen, das alles übersteigt, was ich bisher gekannt habe. Mir eröffnen sich neues Wissen und frische Ansichten. Das ist alles sehr wichtig. Ich würde es Ihnen gerne persönlich erklären. Bitte kommen Sie so schnell wie möglich." Doch bevor Robert sich darüber klar werden konnte, wie er eine Reise nach Japan in sein Programm einbauen könnte, erreichte ihn die Nachricht vom Tod des Mönchs. Das Kloster teilte ihm mit, dass Nichido Schriften hinterlassen und den Wunsch geäußert habe, dass diese Robert zugänglich gemacht würden. Robert trauerte. Er fühlte sich verwaist.

Robert war in den vergangenen Jahren nie mehr für längere Zeit nach Japan zurückgekehrt. Am Anfang war es Zufall gewesen. Seine Stipendien und Forschungsgelder waren jeweils für Indien bestimmt gewesen. Später, als sein Renommee als Gelehrter wuchs, und er in der ganzen Welt von Kongress zu Kongress flog, fehlte ihm die Zeit. Auch fürchtete er sich unbewusst davor, dass ihn dieses Land wieder überwältigen würde. Außerdem schien ihm Japan schal und leer ohne Nichido, den er nicht sehen durfte. So blieb es bei kurzen Aufenthalten und schnellen Besichtigungen am Rande der Kongresse. Doch immer, wenn er sich etwas Zeit gönnte, um durch einen Garten zu gehen oder einen der luftigen Tempel zu besuchen, ergriff ihn wieder das alte Verlangen, die Sehnsucht nach etwas, das er nicht zu benennen wusste; und das er schnell verdrängte, indem er zurück zu seinen Kollegen in die internationalen Hotels flüchtete.

Doch dann hatte ihm sein bester Freund, der auch sein Arzt war, eröffnet, dass seine Gesundheit gefährdet sei. „Es tut mir leid, Robert, Dein Lotterleben kann nicht mehr lange dauern", sagte er burschikos, mit einer Lockerheit, die seine Sorge überdecken sollte. „Deine Herzklappe ist einfach nichts mehr wert. Wenn wir nicht endlich operieren, kann ich für nichts garantieren."

Robert wusste, dass sein Herz nicht gesund war. Es war ein Geburtsfehler und er hatte bisher gut damit gelebt. Nur seine Ärzte störten sich daran.

„Du weißt, dass ich keine Zeit habe, um mich aufschneiden zu lassen", sagte Robert unerschrocken. Entweder glaubte er nicht an die Gefahr oder er akzeptierte Krankheit und Tod. Eigentlich wusste er selbst nicht, was von beidem stimmte. Er spürte nur einfach eine unüberwindliche Abneigung vor einer Operation.

„So lange ich unbehindert leben kann, bin ich auch bereit zu sterben", murmelte er.

„Ich finde das idiotisch", sagte sein Freund, „denk auch an die Leute, die Du hinterlässt." Aber er meinte eigentlich sich, denn Robert hinterließ niemanden. Er hatte weder Familie noch Verwandte und schon lange keine Frau mehr. Vielleicht war auch diese Tatsache ein Grund, dass Robert die Möglichkeit des Sterbens so leichtsinnig in Kauf nahm. Der Arzt merkte jedenfalls, dass sein Freund einmal mehr nicht umzustimmen war. Darum sagte er etwas verstimmt und hart: „Ich würde Dir jedenfalls empfehlen, bald zu erledigen, was Du noch zu erledigen hast."

Und dazu fiel Robert Nichido ein. Er fühlte, dass es nun Zeit sei, nach Japan zurückzukehren. Plötzlich rief dieses Land nach ihm und er hatte es eilig, dem Ruf zu folgen. Im Wald auf Koyasan warteten die Papiere des Mönchs darauf, von ihm gelesen zu werden. Hatte Nichido seine Arbeit abschließen können oder war er gestorben, bevor er zu Ende gekommen war? Robert fühlte plötzlich das dringende Bedürfnis, die Hinterlassenschaft zu studieren. Er wollte wissen, was seinen Freund so bewegt hatte. Denn plötzlich ahnte er, dass es ihn zutiefst betreffen könnte.

„Ich werde ein wenig verreisen", kündigte Robert leicht zerstreut an.

Sein Freund sah erstaunt von den wilden Linien des EKG auf. Dann zuckte er die Schultern:

„O.K. So hast Du etwas weniger Stress, wenigstens hoffe ich das."

Die beiden umarmten sich. „Ich würde mich so gerne um Dich kümmern", sagte der Arzt echt besorgt. Und Robert: „Ich weiß, ich weiß." Er klopfte seinem Freund liebevoll die Schultern, als ob er ihn trösten müsse, dass er in Todesgefahr schwebe. Und eigentlich war es auch so. Ärzte fürchten und hassen den Tod. Das ist ihre Aufgabe.

Robert hingegen hatte sich mit dem Gedanken an den knochigen Freund schon lange vertraut gemacht. Seine Studien stießen ihn immer wieder auf dieses Thema. Die Vergänglichkeit von allem, der Versuch, die Form zu verstehen, in der wir leben, sterben und wiedergeboren werden und die Befreiung von diesem Kreislauf sind die Hauptthemen sowohl der hinduistischen wie der buddhistischen Schriften. Letztendlich ist der Kreislauf von Leben und Tod Ausgangspunkt wie Triebkraft jeder Religion. Die Frage nach dem Sinn des Lebens, das so kurz und für viele so schwierig und ungerecht ist, soll beantwortet werden. Erklärungen für das schmerzhafte Geschehen werden versucht. „Philosophie ist, sterben zu lernen" hatte einer von Roberts Professoren immer wieder zitiert. Religion ist die Hoffnung oder das Wissen, dass im Sterben ein Sinn liegt.

Das war die Theorie. Doch was bedeutete es in der Praxis? Verdrängte Robert die Gefahr oder war sie ihm gleichgültig? War er bereit zu sterben? Oder wünschte er es sich sogar? Jedenfalls verschwendete er kaum einen Gedanken an seinen bedrohlichen Zustand. Er konzentrierte sich auf seine Arbeit, ein Leben lang war es so gewesen. Und jetzt richtete er sein Interesse auf Japan. Aber auch wenn Nichidos Schriften sein eigentliches Ziel waren, so näherte er sich diesem doch nur zögernd. Er beschloss, zuerst einmal möglichst viel von Japan zu sehen. Und so besuchte er alle wichtigen Sehenswürdigkeiten und folgte sämtlichen Stationen des japanischen Tourismus.

Mit bisher nie gekannter Muße schlenderte er durch die herrlichen Anlagen Kyotos. Er blickte in Teiche, die mit tiefen, grünen Augen zurückblickten, er wandelte kilometerweise über sorgfältig geharkte Kieswege, zwischen ehrwürdigen Steinen und noch ehrwürdigeren alten Bäumen, die vielleicht vor Jahrhunderten von Berggipfeln oder Meeresufern hierhergebracht worden waren. Er saß auf Holztreppen und betrachtete Sandflächen, rechts ein Baum und links ein Baum, Bitterorange und Pflaume meistens, mit wild gewundenen, vom Alter ausgehöhlten Stämmen. Und mit der Luft atmete er die Demut der Mönche, die diese Gärten seit Jahrhunderten pflegten, und die Hingabe der Pflanzen, die ihre harten Beschneidungen mit nicht ermüdender Wuchskraft beantworteten. Und Robert wunderte sich einmal mehr, was diese alten Gärten in ihm bewirkten. Er saß und schaute, zeitvergessen und gedankenverloren, seinem Atem hingegeben. Und die Gärten atmeten mit ihm und teilten ihm ihren Frieden und ihre Stille mit.

Unbewusst zögerte Robert seine Rückkehr nach Koyasan hinaus. Es war, als ob er irgend etwas scheute. Dabei wusste er nicht, wovor er sich fürchtete, was er zu vermeiden versuchte. Es war einfach so, dass er immer noch einen Punkt und noch einen Punkt in sein Programm einschob. Dass er immer noch etwas unbe-

dingt sehen musste, bevor er in Nichidos Kloster vorsprechen wollte. Hatte er tatsächlich Angst? Oder
kreiste er wie ein Raubtier, das sich absichernd seinen
Sprung verzögert, um eine unbekannte Beute? Oder
kreiste etwas um ihn, das ihn in Bann schlug?

Jedenfalls wanderte Robert in den sanften Hügeln
von Nikko, als ob er alle Zeit der Welt zur Verfügung
hätte. Und auch in diesen würzig duftenden Wäldern
residierte der Tod, in Schreinen und Mausoleen, die
Reichtum und Macht der darin begrabenen Herrscher
demonstrieren sollten, doch in ihrem Prunk seltsam
und deplatziert wirkten. Wie Meisterstücke eines großen Konditors lagen die sahnehellen Gebäude in den
ernsten und dunklen Zedernforsten. Sie strotzen von
Verzierungen: feinsten Schnitzereien, die kunstvoll in
zarten Farbschattierungen bemalt waren. Doch auch an
dieser Pracht fraß der Zahn der Zeit, ließ den Lack
platzen, die Schnitzereien verstauben, die Farben ver-
blassen. Und selbst das Gold verlor seinen Glanz. Es
würde ein Heer von Restauratoren brauchen und ganze
Staatsschätze, um den Zerfall aufzuhalten, falls die
Nachfahren sich die teure Renovation überhaupt leisten wollten.

Wie schmucklos und sparsam ist dagegen die traditionelle Architektur Japans. Sie verwendet die einfachsten Mittel: Holz, Stroh und Papier. Und die rohen
Hölzer altern in Schönheit, während sich die andern
Materialien leicht und erschwinglich ersetzen lassen.
Diese Gebäude sind nicht gegen die Vergänglichkeit
gebaut, sondern mit ihr. Das verleiht ihnen ihre tiefe
Würde, die noch gesteigert wird durch die Ausgewo-
genheit der Proportionen, die Klarheit der Struktur,
den Glanz der Strohmatten und den matten Schimmer
der hölzernen Oberflächen, den die tägliche Pflege der
Mönche und ihre nackten Füße hervorzuzaubern. Es war
die Kombination von gewöhnlichem Material und voll-

ständiger Zuwendung zu diesem Gewöhnlichen, das ausmachte, das diese Gebäude Robert kostbarer erschienen als alle Paläste, die er in Indien gesehen hatte. Und so wurde er nicht müde, kreuz und quer durch Japan zu reisen, Tempel und Villen zu besichtigen und sich zu ergötzen an luftigen Räumen und an den Gärten, auf die sie sich öffneten. Wie verzaubert saß er auf Veranden oder balancierte über holprige Trittsteine, zwischen sauber geschnittenen Pflanzen, die Durchblicke nach überall und nirgendwo zuließen. Das Geräusch der Wasserfälle und die stillen, in Sand geharkten Ozeane verwirrten seine Sinne wie einst die orgelnde Stimme Nichidos. Das Spiel von Tiefe und Weite, von gegeneinander gesetzten Farben und Strukturen öffnete ihm immer neue Ebenen, bis die transparente Tiefe sich im Unwägbaren verlor. Robert schaute und staunte. Und etwas wie Sehnsucht stieg in ihm auf, während seine Blicke armdünne Pflaumenbäume streichelten, deren Blüten feine weiß und rosarote Schleier vor die weißlichen Himmel woben. Stumme dunkle Steine lagen dazwischen, Zeugen des Unbenennbaren, Träger des nicht erreichbaren Wissens. Und Robert befiel der Wunsch, für immer auf dieser Stelle zu bleiben, hier zu sterben, sich in einen dieser kleinen Moospilze zu verwandeln, die schon am nächsten Tag in Fäulnis zerschmelzen.

Vor ihm lag ein Teich, das Nass ein stiller Spiegel. Nur dort, wo ein Windchen zärtlich über die Kühle strich, war die Oberfläche leicht gekräuselt. Wie eine fettig glänzende Schicht lagen Felder von Seerosenblätter auf dem Wasser. Zwei, drei von ihnen hatten sich senkrecht aufgerichtet und wurden von der Sonne hinterleuchtet. Sie flammten rot wie Blüten auf. Und dies verstärkte Roberts mit Schmerz gemischte Sehnsucht zu vergehen. Fast triumphierend dachte er, dass es ihm ja schon bald gelingen könnte, sich zu verabschieden.

Doch zuerst wollte er Nichidos Schriften lesen. Er fuhr endlich nach Koyasan. Und das erste, was er dort sah, war Sean.

7

Ein junger Mann mit glattem blonden Haar beugte sich herunter zum Schalter der Auskunftsstelle und sprach intensiv auf den Mann hinter dem Glas ein, er gestikulierte dabei und nickte. Eine abgetragene Wildlederjacke spannte sich über seinen breiten Rücken, der auf sportliche Aktivitäten schließen ließ – Muskeln eines Schwimmers oder Ruderers. Ein riesiger Rucksack lehnte am rechten Knie des Jungen, den dieser nun mit kräftigen Armen hochhob und mit ausladendem Schwung schulterte. Er strich sich sein dickes Haar aus der Stirn und kam zur Bushaltestelle, wo Robert wartete. Es gab sonst keine Passagiere und als zwei Fremde an fremdem Ort nickten sie sich zu. Der Junge hatte ein freundliches, offenes Gesicht und Robert fand ihn nicht unsympathisch. Doch er dachte nicht weiter über ihn nach, denn bereits kam der Bus, der sie die gewundene Straße hinunter in den Ort Koya führte. Es war noch alles wie in seiner Erinnerung und er erkannte ohne Schwierigkeiten die Haltestelle, wo er aussteigen musste.

Robert folgte der Straße, die immer noch von den gleichen Buchskugeln eingefasst war. Und ihm war wie vor 30 Jahren: Wieder erfasste ihn dieses Gefühl von ungewisser Getriebenheit, das ihn nur darum nicht erschreckte, weil er es kannte und gewohnt war: Wie ein Jäger war er voller Aufmerksamkeit hinter etwas her, ohne zu wissen, was er jagte. Sein Herz klopfte laut und unregelmäßig. Er sah sein Leben, von damals bis jetzt. Das war es also gewesen. Er betrachtete es mit

Verwunderung, ohne Bedauern, dass es bereits vorbei sein sollte. Was war das alles wert und was sollte das alles? Es gab keine Antwort auf diese Frage. Und wie damals, nach dem Besuch auf dem alten Friedhof erfasste ihn eine Stimmung, die keine Erklärung, sondern nur Handeln verlangte. Und so ging er zielsicher seinen Weg. Die erste Station war das Kloster, das ihm seinerzeit Gastfreundschaft gewährt hatte. Hier wollte er nach Nichidos Nachlass fragen.

Die Mönche empfingen ihn freundlich, er hatte sein Kommen im voraus angekündigt und sie wussten, wer er war. Doch der Abt war verreist. Und ohne den Abt war nichts zu machen. Er würde aber in den nächsten Tagen zurück erwartet, meinten sie, Robert müsse sich gedulden. Sie entschuldigten sich sehr und bedauerten, dass sie ihn nicht aufnehmen konnten. Ihr Kloster war dazu nicht geeignet. So schickten sie ihn in eines der Klöster, dass für die Aufnahme von Gästen eingerichtet war.

Damit begann Roberts Wartezeit. Nun rächte sich, dass er seine Ankunft so lange hinausgezögert hatte, nun bauten sich Hindernisse vor seinem Vorhaben auf. Robert zuckte die Schultern. Er hatte Zeit, es gab viel zu sehen. Er besuchte die wichtigsten Tempel des heiligen Berges und er machte ausgedehnte Spaziergänge in den umliegenden Wäldern, auf denen ihn Vogelgesang und das Rattern von Spechten begleitete.

Eines Tages führte ihn sein Weg auf einen der umliegenden Berge und auf dessen Spitze fand er einen verlassenen Schrein. Die typische, orangerote Bemalung der Tore und des Dachgiebels war schon lange matt geworden und das Seil aus Reisstroh, das über den Türen des Altars hing, war grau und unansehnlich. Wie Zahnstümpfe eines greisen Mundes ragten ein paar Kerzenstummel aus einem schwarzen Blechkasten neben der Treppe, auf deren Stufen als Opfergabe ein

Glas mit Reiswein stand. Vielleicht war es aber auch Regenwasser, das sich darin gesammelt hatte. Die Blumen in der Vase waren schon längst verwelkt. Doch diese heruntergekommene Verlassenheit des Tempelchens wirkte nicht deprimierend. Die starken, alten Bäume, die es schützend umringten, verliehen ihm Feierlichkeit und Ernst.

Roberts Herz klopfte wild und holperig vom Aufstieg. Ihn schwindelte und der Atem wurde ihm knapp. Er setzte sich an den Fuß einer Zeder, deren verzweigte Wurzeln hoch wie ein Sitz waren, und betrachtete einen großen, runden Stein, der ebenfalls mit einem vergrauten Seil umfasst war. Er liebte die Art der Japaner, Naturerscheinungen wie Bäume, Steine, Baumstrünke und Quellen als heilig zu betrachten und sie mit diesen armdicken, gewundenen Reisstrohseilen zu schmücken oder auszuzeichnen. Plötzlich wurde sein stilles Sitzen geräuschlos unterbrochen: Ein weißer Hund stand auf dem schmalen Pfad, der zum Tempelchen führte. Er witterte vorsichtig und betrachtete erstaunt den Fremdling, der bewegungslos in den Baumwurzeln saß. Dann verschwand er wieder. Doch nur kurze Zeit darauf tauchte das Tier wieder auf, diesmal aus den Büschen kommend und begleitet von einer Hündin und einer weichwolligen Welpe. Die Hündin musste vor kurzem geworfen haben, denn sie trug, wie das Reh seinen weißen Spiegel, einen großen runden Blutfleck unter dem Schwanz, der auf dem hellen Fell ein merkwürdiges Mal bildete und Robert seltsam berührte. Der junge Hund bewegte sich bereits mit einiger Sicherheit auf seinen Beinen und trottete unbekümmert und drollig hinter seinen Eltern her. Robert erinnerte sich an die Hunde, die Kobo Daishi auf diesen Berg geführt hatten. Er dachte zufrieden, auch er sei eben vom Berggeist freundlich begrüßt worden.

Die späten Nachmittage bis zum Sonnenuntergang

verbrachte Robert gerne in seinem Klosterhotel, auf der Holzveranda vor seinem Zimmer. Sein Blick ging in den kleinen Klostergarten, der zwischen den altehrwürdigen Holzkonstruktionen lag und eingerahmt war von deren dunkelbraunen Rindendächern und einer steilen Bergflanke, die mit mächtigen rundgeschnittenen Büschen und kunstvoll verbogenen Föhren besetzt war. Deren sorgfältig gestutzten Nadelbüschel strahlten weich und samtig im Abendlicht. In der Form großer Puderquasten hingen sie über dem kleinen Teich, in dessen Dunkelgrün geruhsam große graue Karpfen wie Unterseeboote dümpelten. Gelegentlich hielten sie eine Flosse oder das Maul über den Wasserspiegel. Dann ließen sie sich wieder in die Tiefe sinken, bis ihre Umrisse nicht mehr zu erkennen waren und ihre Schatten mit denen der Wasserrippel verschwammen. Unter den letzten Sonnenstrahlen leuchteten die Beeren eines wilden Holunderbusches signalrot auf. Und danach wurde es sehr schnell Nacht.

8

Es war unvermeidlich, sich wieder zu treffen, Koya war ein kleiner Ort. Wer nicht abgeschlossen in einem der Klöster lebte, war auf wenige Gaststätten und Läden angewiesen und fiel bald einmal auf. Und so konnten sich Robert und der Blonde nicht entgehen. Bereits am nächsten Tag geschah es. Der junge Mann saß im Kaffeehaus an der Kreuzung, das gleichzeitig Töpferei und Devotionalienhandel war. Er schrieb Postkarten. Und kaum hatte Robert sich gesetzt, rutschte er auf der Bank zu ihm hinüber und fragte, ob er sich an seinen Tisch setzen dürfe. Robert spürte weder Lust noch Unlust, konnte aber schlecht nein sagen, nachdem der Junge bereits neben ihm saß. Langweilig war es Robert zwar nicht, aber weil er schon lange mit niemandem mehr geredet hatte, war er aufgeschlossen für ein kurzes Gespräch. Also unterhielten sie sich über ihr Woher und das Wetter, bis die Konversation zu versiegen drohte. Aber das schien Sean, so hatte er sich vorgestellt, nicht dulden zu wollen.

„Ich komme von Kamakura herauf", erzählte er, „dort habe ich ein paar Wochen lang Zen-Meditation praktiziert." Er schien mächtig stolz auf diese Tatsache zu sein. Jedenfalls hielt er bedeutungsvoll inne und beobachtete erwartungsfroh Roberts Reaktion. Als dieser sich nicht besonders beeindruckt zeigte, fuhr Sean darum weiter, und es klang vielleicht sogar gewichtiger als er es meinte: „Jetzt will ich hier eine Weile den Shingon studieren."

„Eine interessante Sache, sicher", murmelte Robert. Er wollte sich jedoch nicht auf dieses Thema einlassen. Zum einen hatte er keine Lust, sich weltanschauliche Intimitäten anzuhören und zum anderen wollte er dem Jungen keine Gelegenheit geben, weiter zu prahlen. Aber Sean missverstand diese Zurückhaltung. Er fühlte sich bemüßigt, Erklärungen abzugeben.

„Der Shingon", dozierte er, „ist die esoterische Form des Buddhismus. Er geht auf sehr alte Überlieferungen zurück und ist vielleicht am ehesten mit dem tantrischen Buddhismus Tibets zu vergleichen. Wie dort wird mit bildlichen Vorstellungen und Formeln gearbeitet."

Robert fragte nicht, wozu, er blickte nur mit Erstaunen auf den jungen Mann, der offenbar seine Lektionen brav gelernt hatte und nun vor lauter Freude über sein Wissen glühte. Sean entnahm diesem Blick Interesse und fuhr darum selbstsicher weiter:

„Die Grundlagen des Shingon sind zwei altindische Schriften, zwei Sutren, die Kobo Daishi – Sie haben doch von dem großen Kobo Daishi gehört? Hier oben dreht sich doch alles um ihn – vor mehr als tausend Jahren aus China mitgebracht hat. Auf ihnen begründete er den Shingon. Er behauptete, dass seine Religion alle anderen in sich enthalte und übersteige. Aber da bin ich mir nicht so sicher."

Der Junge schaute einen Moment vage vor sich auf den Tisch. In seinen Augen lag eine traurige Gräue, eine Verlorenheit, die Robert rührte. Er verzichtete darum darauf zu sagen, dass er die beiden Sutren im Original kannte. Er fragte nur höflich: „Sie interessieren sich für Religion?"

„Ja, es mag seltsam erscheinen. Aber so ist es." Sean wurde plötzlich leise und seine ganze Gewissheit schien von ihm abgefallen zu sein. Er zeigte sich nun als das verletzliche und unsichere Kind, das er im Grunde war. „Und hier, hier kann man es zugeben. Das ist das Schöne an Asien."

Diese Erklärung gefiel Robert. Er fing unmittelbar an zu lachen, ohne dass ersichtlich wurde, wieso. Sein Zwerchfell fing an zu zittern, zu vibrieren und zu tanzen und das Lachen gluckste ungebremst und fröhlich aus ihm heraus. Und Sean, der ihn einen Augenblick lang fassungslos angestarrt hatte, nicht wissend, ob Robert sich über ihn lustig machte, konnte nicht anders, als in dieses Lachen einstimmen, so warm und gemütlich war die Atmosphäre, so offen und zustimmend strahlte es aus Roberts Augen. Sie lachten, beide erstaunt über sich selbst und über diesen Moment, der den beiden Fremden zutiefst wohl tat und ihnen ein leises Gefühl von Zugehörigkeit bescherte.

Von da an verabredeten sie sich und trafen sich regelmäßig. Zuerst zu kurzen Gesprächen bei Kaffee und Kuchen, später zu langen, gemächlichen Spaziergängen rund um Koya. Sean kannte viele Pflanzen und wusste einige Vögel an ihrem Ruf zu bestimmen. Und er freute sich, mit seinem Wissen vor Robert glänzen zu können.

Oft blieb er stehen und wies auf eine Pflanze oder einen Baum und dozierte kenntnisreich. Robert seinerseits war für jede Pause froh, in der er seinen aufgescheuchten Herzschlag besänftigen und seinen heftigen Atem beruhigen konnte. Er genoss es zudem, dass er den Wald plötzlich mit neuen Augen sah. Nun erhielt das Grün eine persönliche Note, die Bäume wurden zu Wesen, die man mit Namen ansprechen konnte und die in komplizierten Gesellschaften mit ihren Pflanzenbrüdern und -schwestern lebten.

Robert revanchierte sich mit seinen Kenntnissen der Vergangenheit Japans. Wenn sie durch die eindrucksvolle Totenstadt wandelten, übersetzte er Namen und Grabinschriften und erklärte die Bedeutung der Toten, die da begraben lagen, all der Mächtigen und Großen, die dem Land ihren Stempel aufgedrückt hatten. „Aber wie Du siehst", scherzte er, als der Junge gar zu beeindruckt schien, „gestorben sind sie alle, trotz ihren Taten und trotz ihrer Heiligkeit." Und Sean sah ihn erneut mit diesem vagen, verlorenen Blick an, der Robert wieder seltsam berührte. Die Vergänglichkeit war hier unausweichliche Realität. All diese vollen, reichen Leben waren reduziert auf ein einziges Merkmal: Vergangenheit. Vorbei. So viel Gelebtes lag hier, so viel Ehrgeiz, Streben, Groß- und Kleinmut, Zorn, Schäbigkeit und Gaunerei, Liebe, Würde und Größe vielleicht. Alles Sand am Meer, Staub, das Gewicht von Staub. So vieles, so Reiches, so schnell verwandelt ins Unwiderrufliche. Ins Nichts vernichtet. Ein Gefühl von rasender Geschwindigkeit erfasste Robert, dem einen Augenblick lang schwindelte, vielleicht weil er sich zu viel Bewegung zugemutet hatte, vielleicht weil er den Tod so nahe spürte. Es ging alles zu schnell, er konnte es nicht mehr fassen. Als ob er im berühmten Hochgeschwindigkeitszug Shinkansen säße und vergeblich versuchte, die vorbeihuschenden Stationsschilder zu lesen, so fühlte er sich, als er jetzt Leben und Ereignisse vorbeiflitzen sah und seine Unfähigkeit erkannte, sie zu entziffern. Gleichzeitig schien sein Schwindel, dieses spiralige Drehen, falsch zwischen den dicken Stämmen der Bäume, die unverrückbar fest standen, wenn nicht für die Ewigkeit, so doch mindestens für ein paar Jahrhunderte. Ihr Duft half ihm, sich wieder zu fangen.

„Hast Du schon einmal daran gedacht, dass uns Bäume, was das Überleben betrifft, weit überlegen sind?" fragte er Sean mit schon wieder fester Stimme. Dieser gab keine Antwort. Er beobachtete eine Maus, die auf einem der kleinen Altäre herumhuschte und unter den Opfergaben nach Essbarem suchte.

Mehrere Tage vergingen in Ruhe und Harmonie. Robert sprach jeweils am Vormittag im Kloster vor, wo weiterhin zutiefst bedauert wurde, dass der Abt noch nicht zurückgekehrt sei und dass man leider noch nicht genau wisse, wann er wirklich heimkehre. Aber lange würde, könne es sicher nicht mehr dauern. Sean seinerseits saß stundenlang im Tempel und versuchte zu verstehen und umzusetzen, was ihm aus Büchern bekannt war und was ein Mönch jeden Morgen einer Gruppe von interessierten Westlern mühsam erklärte. Aber eigentlich spürte er weiter nichts anderes, als sein Ungenügen. Seine Unsicherheit wuchs, seine Stimmung sank.

9

„Beim Zen wird verlangt, dass man gedankenleer wird, im Shingon muss man sich den Kopf mit vorgestellten Bildern füllen. Und beide behaupten, sie verfügen über die einzig richtige Lösung zur Befreiung des Menschen", murrte Sean eines Morgens, mehr verzagt als verdrossen. Er hatte in Kamakura für teures Geld

Kurse besucht und gegen die Wand gekehrt stundenlang still gesessen. Dank seiner Sportlichkeit war es ihm
ohne besondere Probleme gelungen, zumindest den
halben Lotossitz einzunehmen, das heißt mit angezo-
genen Beinen auf dem Kissen sitzend, den einen Fuß
auf den Oberschenkel des anderen Beins zu legen. In
dieser Stellung richtet sich die Wirbelsäule gerade auf.
Wenn nun dazu noch das Kinn leicht eingezogen und
der Kopf so gehalten wird, dass die Ohren oberhalb
der Schultern liegen, dann ist die Meditationshaltung
perfekt. In dieser Stellung werden Atemzüge gezählt,
von eins bis zehn und immer wieder von eins bis zehn.
Das ist eine der Grundübungen der Zazen-Meditation.
Was diese bewirkt, wird auf verschiedene und wider-
sprüchlichste Weise beschrieben, denn es handelt sich
um etwas, das die Sprache nicht wirklich wiederzuge-
ben vermag. Das Wesentliche liegt jeweils eher zwischen den Worten und Zeilen der Beschreibung. Aber
vielleicht ist es gerade dieses Unbestimmbare, das den
großen Zauber des Zen ausmacht. Dieser gipfelt im
Koan, einem nicht lösbaren Rätsel, das dem Schüler
vom Lehrer zum Lösen aufgetragen wird. An der be-
harrlichen Auseinandersetzung mit dem Unlösbaren
soll der Schüler wachsen. Wohin? Zur Befreiung, zur
Erleuchtung. Wobei auch dieser Zustand rätselhaft erscheint, denn Definitionen und Beschreibungen sind
unklar und weichen voneinander ab: „Befreiung von
den vier großen Übeln Vergänglichkeit, Alter, Krankheit und Tod", schreibt der klassische Buddhismus.
„Eine schwere Last, die du trägst, für einen Moment
abstellen", so erlebte es ein Erleuchteter. „Zu Dir
selbst werden, Dein eigentliches Wesen ausdrücken"
meinte ein Zweiter und „Eins-Sein mit der Natur"
fühlte ein Dritter. So erscheinen die Befreiung oder
Erleuchtung als subjektives, an nichts festzumachendes
Erlebnis.

Robert verstand Seans Verwirrung. Auch er hatte gesucht. Auch er hatte sich nach Frieden und Harmonie gesehnt und gehofft, sie in einem Erleuchtungsmoment zu finden. Er war ebenfalls auf dem Meditationskissen gesessen, regelmäßig jeden Morgen, wie es empfohlen wurde. Er hatte sich so gerade gesetzt, wie es ihm möglich war. Er hatte seine Gedanken und Gefühle beobachtet und war immer wieder zu seinem Atem zurückgekehrt. Er hatte alles gelesen, was ihm unter die Augen gekommen war und viele der empfohlenen Methoden ausprobiert. Bis ihm eines Tages so schwindlig wurde vor Ansprüchen und Widersprüchen, dass er aufgab. Er fühlte sich zu beschränkt, um nachzuvollziehen, was die Schriften der spirituellen Führer vorzeichneten. Er gab auf, saß da, fühlte sich dumpf und dumm und akzeptierte dieses Gefühl. Und in diesem Augenblick erkannte er, dass sich in seiner Suche und seinem Wunsch nichts anderes als der Drang nach Selbstbestätigung gespiegelt hatte. Große Erleichterung überkam ihn. Er war vielleicht dumpf und beschränkt, aber das war nur ein Problem, so lange er hell sein wollte. Jetzt akzeptierte er sich, so wie er war, und zwar nicht aus Stärke, sondern aus Verwirrung und Ermüdung. Aber plötzlich kam Frieden über ihn, ein Frieden, der ihn nie mehr verließ.

Trotzdem suchte er weiter. Er studierte die Schriften sämtlicher Religionen. Es wurde sein Beruf. Er studierte die Veden, übersetzte fast unbekannte Sutren, drang ein in das Gedankengebäude von Generationen von verehrungswürdigen hinduistischen und buddhistischen Heiligen und verglich ihre Überlegungen und Erfahrungen mit denen der christlichen Mystiker. Alle sagten das Gleiche und alle widersprachen sich selbst. Sie behaupteten, es gäbe keinen Unterschied zwischen gut und böse. Trotzdem klagten sie, die Menschen seien schlecht und verlangten, dass sie sich ändern müssten.

Endlich kam Robert, wiederum aus Ermüdung, zum Schluss, dass die Menschen und die Welt ein Rätsel sind, ein Koan, dass die Möglichkeit des Verstehens sprengt. Und er beschloss, den Versuch aufzugeben, irgend etwas in seinem Leben verstehen zu wollen, irgend ein Problem lösen zu können. Sein Leben wurde ihm zum Geheimnis, vor dem er mit dem gleichen Erstaunen stand wie vor dem Sternenhimmel in der Nacht. Nach vieljährigen Kämpfen hatte Robert sich und das Mäandern seines Schicksals akzeptiert. Aber er hatte nie vergessen, was es ihn gekostet hatte. Und darum sah er mit Sympathie auf Sean, der wie ein Ertrinkender in den Unwägbarkeiten des Lebens um sich schlug.

„Ich bin hierher gekommen", fuhr dieser mutlos fort, „in der Hoffnung, irgendwie Klarheit zu finden. Ich habe sogar daran gedacht, Mönch zu werden. Und jetzt merke ich, dass es hier auch keine Klarheit gibt."

„Was meinst Du mit Klarheit?" fragte Robert, dem der verwirrte Junge leid tat.

Sean hielt inne. Ja, was meinte er eigentlich? Suchte er nach klaren Werten, nach einer sicheren Aussage, was richtig und was falsch sei? Sean konnte Roberts Frage nicht beantworten. Er spürte einfach Unbehagen in sich, oder vielleicht war es sogar Schmerz und er wollte dieses Gefühl loswerden.

Robert sah in Sean hinein, als ob er es selbst wäre, der seinen weiteren Weg wählen müsse. Er begriff, dass Sean daran litt, erwachsen zu werden und dass er zögerte, die Verantwortung für seine Entscheidungen zu übernehmen. Wie gut erinnerte sich der alte Mann seiner Einsamkeit von damals, seiner Hilflosigkeit diesem inneren Druck gegenüber, der ihn vorwärts getrieben hatte, ohne dass er wusste, wohin und wieso. Koyasan war ein gefährlicher Ort. Hier bei diesen Hunderttausenden von Toten, bei diesen Berühmtheiten und Geis-

tesgrößen, die zu schwer lesbaren Inschriften geronnen
waren, hier stellte sich mehr als anderswo die Frage,
was ein Leben wert ist, das so schnell vergeht. Die Ahnung des eigenen Todes und die unbewusste Angst vor
dem Leben zogen den jungen Mann in einen Strudel, in
dem er hilflos kreiste.

„Was genau suchst Du?" fragte er sanft in das ratlose
und traurige Gesicht des Jungen.

Sie saßen auf Baumstrünken, auf der Flanke eines ab-
geholzten Berges. Die Landschaft öffnete sich weit,
man sah hinunter in ein tiefes Tal. Dahinter lagen Hügelketten und Bergzüge, die von ebenso tiefen Tälern
durchschnitten wurden. Die Sonne schien angenehm
warm, war aber fast zu heiß für ihre vom Aufstieg ver-
schwitzten Körper. Ameisen krabbelten aus ihren Lö-
chern. Es waren zentimeterlange, schwarze Tiere. Sean
zog seinen Fuß vor ihnen zurück. In seinem Gesicht
kämpfte es. Es war, als ob er etwas sagen wollte, sich
aber nicht getraute. Schließlich riss er sich zusammen
und stammelte fast unhörbar und beschämt:

„Vielleicht suche ich Erleuchtung."

Es war ganz still. Selbst die Natur schien innezuhalten. Erst nach einer Weile flog ein Rabe dunkel über
ihre Häupter hinweg und verscheuchte die Ruhe mit
dem Geräusch seiner Flügel.

„Wozu brauchst Du Erleuchtung?" Robert fragte es
fast so leise, wie Sean vorhin gesprochen hatte.

Und da geschah es. Eine Welle fuhr durch Seans
Körper, die ihn fast zu Boden streckte. Er erschrak.
Und plötzlich glaubte er zu begreifen und zu verstehen.
Das Land lag vor ihm, sein Leben lag vor ihm. Und
alles war klar und war gut. Ein Glanz lag über allem,
alles Drehen und Kreisen hielt an. In diesem Augenblick glaubte Sean, mit dem Universum zu atmen. Und
es sang in vielen Stimmen in ihm. Ein ihm bisher un-
bekanntes Ich wiederholte ununterbrochen: Das ist es:

Ich brauche keine Erleuchtung. Alles ist gut, wie es ist. Ich bin richtig, wie ich bin. Dies war ein Gefühl einer unbeschreiblichen Freude und eines Triumphs, das ihn vor Glück fast sprengte. Und gleichzeitig weinte in ihm Dankbarkeit dafür, dies erleben zu dürfen. Demut und Ehrfurcht erfassten ihn.

Während Sean in seinen Gefühlen badete, saß Robert unbewegt und sah in die Weite. Er genoss die Sonnenwärme auf seinen Beinen, aber er spürte auch, dass dies ein besonderer Augenblick war. Sein Bewusstsein schien mit dem des jungen Mannes verbunden. Auch er spürte Glück und große Dankbarkeit. Er begann fast unbewusst, seinen Atem zu kontrollieren, folgte aufmerksam seinem Ein und Aus. Und es war ihm, als ob die sanfte Bewegung seines Brustkastens die Zeit und das Geschehens dieses Momentes tragen würde. Und so blieb er still und gedankenleer und sah in die Berge und in den weißen Himmel darüber.

Und es war tatsächlich, wie wenn der Rhythmus des Atems das Geschehen dirigieren würde, denn langsam beruhigte sich Sean und seine Atemzüge passten sich unbewusst denen von Robert an. Plötzlich spürte Sean wieder, wo er war. Der raue Baumstrunk schnitt ihm in die Schenkel. Und nun erfasste ihn ein heftiger Impuls, dessen er kaum Herr werden konnte. Er warf sich in Gedanken Robert vor die Füße, wagte aber nicht, es tatsächlich zu tun. Er rutschte nur einfach von seinem Baumstrunk und kauerte sich auf den Boden. Er blickte zu Robert hoch mit einem klaren und geraden Blick und flüsterte:

„Meister, bitte akzeptiere mich als Deinen Schüler."

Dieser Satz traf Robert unvorbereitet. Panik schlug über ihm zusammen. „Du bist verrückt", antwortete er hart, „sag so etwas nie wieder." Er stand auf und rannte in den Wald. Und nur mühsam fand er den Weg zurück in seinen stillen Klostergarten, zu seinem Futon auf der Reisstrohmatte, der ihn zu einem unruhigen Schlaf empfing.

Am nächsten Morgen erfuhr Robert, dass der Abt erkrankt sei. Er lag im Krankenhaus einer Stadt im Westen des Landes. Die Mönche empfahlen Robert, ihn dort aufzusuchen, denn offenbar käme er nicht so schnell zurück.

Robert verließ den Berg Koya, ohne Sean wiederzusehen.

Traum

Es hatte in der Nacht geregnet, aber jetzt war das Wetter klar und es war angenehm warm. Der Wasserkessel zog schwer an seinem linken Arm, aber er achtete nicht darauf. Langsam stieg er den Pfad hinan, den Blick auf den Himmel gerichtet, der langsam von fahlem Weiß in cremiges Rosa wechselte. Er beobachtete, wie sich die Farbe vom Horizont aufwärts ausbreitete, bei jedem seiner Schritte ein bisschen stärker wurde. Dann, als er die Lichtung betrat, die nun von Farnkräutern dicht bewachsen war, ging die Sonne auf. Die Regentropfen, die noch in den Kräutern hingen, fingen das Licht spiegelnd auf und blendeten. Vor allem aber fesselte ihn eine kleine Pfütze in einem der Trittsteine, die glühend rot aufleuchtete. In diesem Moment strauchelte er. Die Reisschale hielt er fest in der Hand und der Deckel schützte den Reis, das Wasser aber vergoss er zur Hälfte.

Vielleicht hasste er sich in diesem Moment.

Als er in der Hütte das Feuer geschürt und den Wasserkessel aufgehängt hatte, beugte er seine Stirn auf den Holzdielenboden und flüsterte: „Meister, ich komme noch einmal und bringe mehr Wasser." Dann kroch er rückwärts hinaus, verbeugte sich dreimal und ging.

10

Der Frühling brach wie ein Delirium über das Land
herein. Auf den terrassierten Bergflanken schlugen
weiße Blüten aus dem scheinbar toten Holz der Pflaumenbäume. Zinnkraut schoss aus dem Asphalt und in
den Mauerritzen grünte es feucht und kräftig. In den
tieferen Lagen öffneten sich die Kirschblüten. Und die
Landschaft, die karg in winterlicher Kahlheit und ernst
im Dunklen der Nadelbäume lag, wirkte plötzlich wie
mit Schlagrahm garniert. Ganze Hügel schäumten auf,
rosa in allen Schattierungen, Knospen, Blüten und röt-
liche Blattkeimlinge tanzten auf von Frühlingslust ge-
peitschten Ästen und zerzausten die strengen Linien
des Horizonts. Der Übermut der Jahreszeit schien keine Grenzen zu kennen und überschlug sich dort, wo
sich das unbändige Rosa mit dem gelben Hellgrün von
fedrigem Bambus oder haarweichen Trauerweiden
vermischte. Es waren Farben, die kein besonnener Ma-
ler auf die Palette nähme, es war ein Fest des Süßen,
das die Natur zuckrig über das Land ausgoss. Fabriken
standen rosa verschleiert, Flüsse flossen durch rosarote
Tunnels, und Bergflanken schmückten sich mit rosaroten Wasserfällen oder Zickzackstreifen, die zu Tempeln
und Schreinen führten. Und die Einwohner, die einen
harten Winter lang in papierenen Häusern ausgeharrt
hatten – auch die dünnen Betonmauern der Wohn-
blocks schützten kaum besser als Papier – sie begrüßten den Frühling, der mit der Kirschblüte zurückkehrte.
Zu Tausenden spazierten sie unter rosa Himmeln, und
wo immer es einen freien Fleck unter einem Kirsch-
baum gab, wurde schnellstens ein Plastiktuch ausgelegt
und ein Gelage veranstaltet. Denn das Glück dauerte
nicht. Schon nach wenigen Tagen würden kleine, runde, mit blauroten Äderchen gezeichnete Blättchen wie
Schneeflocken durch die Luft taumeln. Rinnsteine

würden sich rosa auffüllen und Straßenränder mit dicken, rosaroten Teppichen belegt sein. Und in wenigen Tagen wüchsen die grünen Blätter hervor und machten die Bäume dicht und undurchsichtig. Alles würde zu wuchern anfangen, die streng geschnittenen Eiben und Azaleenkugeln würden hellgrün aufschießen und ihre saubere Form verlieren. Wie betrunkene Frauen würden sie aussehen, leicht verquollen, das Make-up verrutscht, während der rote Ahorn mit seinen neuen Blättern einen Farbfleck in die Gärten setzte, ein mattes Echo auf die rosa Explosion der Kirschen. Und bald ginge alles seinen geregelten Gang, die Reisfelder wären bepflanzt, die Gemüsegärten grün. Aber noch war es nicht so weit. Noch hatte der Frühling erst gerade begonnen.

Sean hatte den ersten, wirklich warmen Tag zu einem langen Spaziergang benutzt. Es war, als ob er das Ritual der Wanderungen mit Robert zu wiederholen versuchte, als er durch die schmalen Pfade stapfte und beobachtete, wie Kraut und Unkraut aus dem Waldboden hervorschossen. Er war guten Mutes. Seltsamerweise hatte ihn die schroffe Reaktion Roberts und dessen Abreise wenig erschüttert. Er spürte nichts als Dankbarkeit für den Mann, der ihm zu einem einzigartigen Gefühl von Stimmigkeit und Aufgehobensein verholfen hatte. Er konnte einfach nicht anders, als seinen Gefühlszustand Robert zuschreiben. Und, so sagte er sich, wenn sein neuer Freund es für angemessen hielt, ihn so zu behandeln, dann hatte dies auch seine Richtigkeit. Sein Vertrauen in Robert war grenzenlos. Er spürte eine Anhänglichkeit und Treue, wie er sie noch niemals empfunden hatte. Verwundert fragte er sich, ob dies wohl eine Art von Liebe war. Ja, er liebte diesen Mann. Er würde alles für ihn tun, er würde alles tun, was Robert von ihm forderte. Wobei er sicher war, dass dieser nichts verlangen könne, was nicht in Seans

Wohl läge. Nie. Sein Glaube war so stark, dass Sean überzeugt war, dass ihre gemeinsame Geschichte noch nicht zu Ende sein könne, trotz allem, was geschehen war. Er war überzeugt, dass ihre Beziehung schicksalhaft war und dauern würde. Darum fühlte er sich weder abgewiesen noch zurückgesetzt. Er blieb geduldig und heiter, in der Erwartung, dass bald irgend etwas geschehen würde.

Die Berge waren steil. Ein warmer Frühlingsluft wehte. Seans Kehle war ausgedörrt, als er nach Koya zurückkam. Er betrat das erstbeste Teehaus.

Teehäuser hatte er bisher gemieden, denn in ihnen wurde ausschließlich der grüne japanische Tee serviert und den trank Sean in der Klosterschule, wo er seinen Kurs absolvierte, bereits zum Frühstück und während des ganzen Tages. Wenn er ausging hatte er sich darum stets an die wenigen Kaffeehäuser gehalten. Aber nun hatte er Durst und er mochte keinen der süßen Drinks kaufen, die an jeder Straßenecke aus Automaten zu ziehen waren. Es war eine Art Konditorei, die er betrat, mit Glasvitrinen voll von seltsam geformten Kuchen, die er bisher noch nicht zu kosten gewagt hatte. Er setzte sich auf eine der einfachen Holzbänke aus kostbarem Holz. Das gehört nämlich zur Tradition des japanischen Teehauses: Es soll Demut durch rustikale Einfachheit hervorrufen, doch ist alles darin mit kunstvoller Raffinesse verfeinert. So müssen Geschirr und Möbel von herausragender Qualität sein. Und selbst die Kuchen werden in natürliche Blätter oder handgemachte Papiere eingewickelt, die mühe- und kunstvoll gefaltet werden. Dazu sind sie oft mit komplizierten Knoten aus Stroh verziert, die Glück bringen, die aber arbeitsaufwendig und entsprechend teuer sind.

Eine ältere, rundliche Frau nahm die Bestellung entgegen, die Sean mit seinen paar Brocken japanisch problemlos anbringen konnte. Sie verschwand hinter einem roten Vorhang. Er hörte Stimmen und das Ge-klapper von Geschirr.

Dann rührte sich der Vorhang und heraus kam sie. Sie war klein und schmal, sah aus wie sechzehn, und ihre langen schwarzen Haare ließen ihr feines weißes Gesicht wie das einer Porzellanpuppe erscheinen. Ihre Augen waren groß, unter schweren Lidern, und hatten einen Ausdruck, der Sean elektrisierte. Er saß erstarrt, während sie das schwarzrote Lacktablett mit dem Tee-kännchen und der groben Keramikschale vor ihn hin-stellte. Sie fragte ihn, ob er Kuchen dazu wünsche, aber er sah sie nur verständnislos an, und das nicht, weil er die Worte nicht verstand, was allerdings auch der Fall war. Er achtete einfach nur auf ihre Stimme, die in sei-nem Bauch vibrierte.

Sein Starren war ihr peinlich. Sie wiederholte ihre Frage auf englisch, das sie erstaunlich flüssig sprach, aber Sean war noch immer nicht fähig, zu sprechen. Er schüttelte nur den Kopf. Und sie verschwand hinter dem roten Vorhang.

Sean war vom Blitz getroffen. Er saß lange unbeweg-lich erstarrt, bis er sich erinnerte, dass er Durst hatte und Tee vor ihm stand. Das Geschirr klirrte angenehm beim Einschenken, der Tee dampfte und Sean genoss ihn in kleinen Schlucken, als ob er ein geheiligtes Ge-tränk zu sich nähme. Drei Tassen trank er, dann war das Kännchen leer. Aber Seans Durst war noch nicht gelöscht. Er wollte das Mädchen wiedersehen. Also rief er: „Sumimasen! Entschuldigung, kann ich bitte noch mehr Tee haben?" Und als der rote Vorhang die Mäd-chenfee wieder freigab, beobachtete er zufrieden ihren Gang, staunte über ihre kleinen Füße, die ihre Schritte weder zu klein noch zu groß setzten, ließ die runden Bewegungen ihrer weißen Hände auf sich wirken, die ihm jetzt Tee einschenkten, während sie das Gesicht gesenkt und die Augen fast verschlossen hielt.

Den nächsten Akt leitete Sean ein, indem er Kuchen bestellte. Ihr Haar hing ihr über das Gesicht, als sie sich nach vorne beugte und das Gebäck aus der Vitrine fischte. Sie war sich nun wohl des Manövers von Sean bewusst und reagierte mir einer Mischung aus Scheu und Koketterie. Jedenfalls schoss sie einen schwarzen Blick aus ihren Augen, als sie Sean die Kuchen hinstellte. Es waren zuckersüße Bohnenkuchen in der Form von Pagoden, gefüllt mit einer Bohnenpaste in der Farbe von gestocktem Blut.

11

Sean wäre am liebsten für alle Ewigkeit in dem Teehaus sitzen geblieben. Er schaute dem Mädchen zu, wie es hin und her ging, Kuchen verkaufte, die Auslage abstaubte und dabei immer wieder verstohlene Blicke zu ihm hinüber warf. Im Laufe der Zeit wurde immer deutlicher, dass es einem Flirt vielleicht nicht abgeneigt wäre, denn ein amüsiertes Lächeln wurde manchmal sichtbar, wenn es geradeaus schaute, in eine Richtung, wo es glaubte, von Sean nicht gesehen zu werden. Er aber hatte sich schon so in ihrem Wesen festgesaugt, dass er den Gesichtsausdruck der jungen Frau zu lesen meinte, selbst wenn sie von ihm abgewandt war. Schließlich rief er sie zu sich: „Darf ich Sie nach der Arbeit zu einem Eis einladen?" Er war nicht scheu, obwohl es ihm wichtiger als alles auf der Welt war, dass sie kommen würde. Noch immer fühlte er die Gewissheit, dass alles seinen richtigen, vorbestimmten Weg ginge. Darum war er auch nicht erstaunt, als er auf keine Hindernisse stieß.

Das Mädchen blickte ihn groß an, mit einem Ausdruck, den er nicht lesen konnte, der ihn aber verbrühte, wie das Wasser eines japanischen Bades. Nun wurde er doch rot. Sie aber sah ihn mit einer für eine Japanerin ungewöhnlichen Keckheit an und sagte bestimmend: „Dann sollten Sie jetzt aber besser gehen!" Das war ein Befehl und er gehorchte fügsam.

„Ich heiße Meiko", sagte sie, als sie sich drei Stunden später an der Bushaltestelle trafen, „und ich hasse Leute, die nicht wissen, was sie wollen."

Das klang aggressiv. Aber Sean war nicht verblüfft. Nichts erstaunte ihn an dieser Geschichte. Auch nicht, dass er jetzt ganz unverblümt sagte: „Ich will Dich." Sie sah ihn an und ihr Gesicht glich einer Maske aus dem No-Theater. Und es war tatsächlich, als ob sie Rollen spielten, als ob sie ein vor langer Zeit festgelegtes Ritual ausführten, jedes Wort festgelegt wäre, jede Geste und jeder Blick genau so sein müsste, wie sie waren. Beide standen unter einem Bann und spielten ein Spiel, das die normalen Regeln außer Kraft setzte.

„Komm", sagte sie. Sie zog ihn wortlos zur Bushaltestelle auf der gegenüberliegenden Straßenseite. Dort studierte sie den Fahrplan. „Wir müssen zehn Minuten warten", stellte sie fest. Dann sagte sie nichts mehr. Und auch Sean sprach kein Wort. Er sagte ihr nicht einmal seinen Namen.

Sie fuhren mit dem Bus den Berg hinunter. „Hast Du Geld?", fragte sie nach einer Viertelstunde plötzlich und schien fast erschrocken. Er nickte: „Kreditkarte." „Ist gut", sagte sie, und dann schwiegen sie wieder. Sean fragte nicht, was sie vorhatte. Er stellte sich auch selbst die Frage nicht. Er sah in den Wald, von dem er jede Einzelheit wahrnahm, weil der Bus in den Kurven sehr langsam fahren musste, und er spürte Meiko neben sich, aber es fühlte sich nicht anders an als ob er allein wäre, so selbstverständlich schien es, dass sie da war. Einmal nur fasste er nach ihrer Hand. Diese war erstaunlich kühl. Meiko streichelte ihn kurz und legte seine Hand auf seinen Schenkel zurück.

Dann waren sie im nächsten größeren Ort angekommen. Sie standen auf dem Bahnhofplatz und
Meiko musterte die Häuser. Sie entschied sich für eines
der Hotels. Als sie ein Visazeichen auf der Glastür
fand, zog sie ihn hinein.

Es war eines der ländlichen Hotels der schäbigen Art,
mit Kleiderbürste, Schuhlöffel und Televisionsapparat
im winzigen Zimmer.

„Zuerst ein Bad", sagte Meiko, schnappte sich die
Yukata, dieses in jedem Hotel bereitliegende Baum-
wollgewand und verschwand in der winzigen Plastikka-
bine. Während es dort drin rumorte, lag Sean auf dem
Bett und blickte auf die vergilbte Zimmerdecke. Er
wartete gedankenleer und immer noch ohne Verwunderung bis er an der Reihe war ins Bad zu gehen. Erst
als auch er frisch gewaschen zurückkehrte und Meikos
Baumwollmantel zu öffnen begann, staunte er. Einen
so weißen und so feinen Körper hatte er noch nie gesehen. Nun erfasste ihn ein Taumel, eine nie gekannte
Wildheit. Er stürzte sich auf ihre winzigen, harten
Brüste und biss in sie, als ob sie Kirschen wären. Und
als sie aufschrie, nahm er ihren kleinen Puppenkörper
auf und warf ihn gegen sich und küsste und biss, was
immer er davon erreichen konnte. Sein starker Arm
spreizte ihre Schenkel, seine Hand hielt ihren winzigen
Po und seine Muskeln zerdrückten den schmalen Streifen von kohlschwarzem Schamhaar, das einen Fremdkörper in ihrer Weiße bildete. Wie fast alle japanischen
Frauen war sie unparfümiert, so dass er ihren Geruch
unverhüllt wahrnehmen konnte, der Geruch ihres
schweren, dunklen Haares, das in der Luft baumelte,
und den ihres Geschlechts, das leise nach Meer und
Tintenfisch roch. Er wühlte sich mit seiner Nase in
dieses Meer, während sie ihn stöhnend an den Haaren
riss und japanische Worte schrie, die vielleicht Gebete
waren und vielleicht Verfluchungen. Dann warf er sie

aufs Bett und drang in sie ein, das heißt, er versuchte es, denn nun stellte sich heraus, dass sie noch Jungfrau war. Erschrocken hielt er inne, seine eine Hand war in ihr Haar verflochten und die andere legte er an ihre kleine Wange. Er hob ihren Kopf und sah sie ernsthaft an: „Willst Du es wirklich?" flüsterte er. Und sie sah ihn an, mit Augen so dunkel wie ein Himmel ohne Mond und Sterne und sagte rau: „Ja doch, ja." Und dann nahm Sean sie ganz sanft und als sie zusammen-zuckte, erstickte er ihren Schrei mit seinem Mund und hielt sie so bis sie sich befreite und „mehr, mehr" keuchte. Da ließ er seiner Kraft wieder freien Lauf und schüttelte sie wie ein Sturm und prasselte auf sie nieder wie ein schwerer Sommerregen, während sie sich in seinen Rücken krallte, bis er blutete. Aber das merkte er erst später. Beide weinten, als sie zum Ende kamen – vor Erschöpfung und Erleichterung und Glück und Unglück. Denn irgendwie war das alles zusammen ge-mischt in dieser Wildheit, in der alles verschmolz und alles auseinanderbrach.

„Ich liebe dich" sagte Sean, als sie sich endlich nach tausend Zärtlichkeiten unter die Decke kuschelten. „Ich werde mich nie mehr von dir trennen." Und Meiko seufzte und sagte: „Du nimmst mich tatsächlich mit nach Amerika?" „Wenn du willst nach Amerika", antwortete er, „aber eigentlich war eher England ge-dacht, da komme ich nämlich her. Aber wenn du nach Amerika möchtest, gehen wir nach Amerika." Sie lach-te und sagte: „Wir gehen überall hin, wir gehen in die ganze Welt wie die allerfreisten Vögel. Wir werden nicht aufhören, zu fliegen. Wir werden sämtliche Himmel der Welt durchfliegen."

Sie sah ihn unverwandt an und ihre lackschwarzen Augen schienen ihm eher traurig als fröhlich zu sein, aber er dachte, es sei, weil er sie nicht zu lesen verstün-de, er dachte, es sei alles in Ordnung. Und so schlief er selig ein. Meiko hingegen lag wach und dachte fieberhaft nach.

12

Das blieb ihre einzige Nacht. Meiko konnte zwar ihre Tante, bei der sie auf Koyasan zu Besuch war, mit Leichtigkeit davon überzeugen, dass sie eine Schulfreundin angetroffen und die Nacht bei dieser verbracht hatte. Dass sie diese nicht mit ins Teehaus mitbringe, liege daran, dass die Freundin bereits am Morgen abgereist sei, darum sei sie ja auch über Nacht bei ihr geblieben. Das brachte sie vor und ihre Augen blickten bei diesen Ausreden schwarz und unbewegt wie nasser Stein. Aber weitere Nächte konnte sie unmöglich wegbleiben und so blieben dem jungen Paar nur die Vormittage und die Abende, die Meiko schon in den vorherigen Tagen zu Spaziergängen benützt hatte. Sean wartete auf sie, im Wald versteckt, und auch wenn kein Mensch sonst diese Pfade ging, so blickte sich Meiko doch jedes Mal vorsichtig um, bevor sie zu ihm ins Gebüsch kroch. Dort hatte Sean bereits trockene Bambusblätter zu einem Polster zusammengetragen und mit einer Decke zum Bett gemacht. Und dort fielen sie nun übereinander her, in dieser verzweifelten Wildheit, die sie von Anfang an peitschte. Aber alles geschah vorsichtig und mit der Furcht, entdeckt zu werden. Und so sah Sean nie mehr Meikos weißen Puppenleib, sondern nur immer ein kleines Stück ihres Körpers, ihre kleine Brust oder ein Bein, das sie ihn streicheln ließ, während sie ihm Kopf und Gesicht abtastete, mit fiebrigen Händen, als ob sie etwas suchte, das ihr Halt geben könne.

Wenn sie dann, Erholung suchend nach fast gewalttätig heftigen Vereinigungen, nebeneinander lagen und in die Äste der noch kahlen Bäume blickten, dann sprach sie von ihrer Zukunft. „Wirst du mir ein Haus bauen?" fragte sie etwa verträumt. Und er sagte: „Wenn du es willst, alles was du willst", denn er hatte einen Vater und der hatte Geld und eine Fabrik und er brauchte nur dessen Wunsch zu erfüllen und in die Fabrik einzutreten und er hätte das Geld, um ein Haus zu bauen. Es waren also keine Luftschlösser, die er ihr versprach. Zwar hatte er sich ein anderes Leben vorgestellt, aber wenn sie es wünschte, dann würde er ihr diesen Wunsch erfüllen, diesen und jeden anderen. Er hatte keine Wahl, das spürte er deutlich. Dann sagte sie glücklich: „Wir werden viele Kinder haben." Und er lachte und sagte: „Dann wollen wir sofort eines machen" und griff wieder nach ihr und sie überließ sich im willig und bog sich wie ein Weidenzweig unter ihm und machte zitternd jede seiner Bewegungen mit. „Was soll unser Sohn einmal werden", keuchte sie, als sie einen erneuten Höhepunkt erreicht hatten und er küsste ihre geschlossenen Augen und scherzte: „Vielleicht Mönch. Oder vielleicht besser Bankdirektor." Da war ihm einen Moment lang, als ob sie sich versteifte, aber er begann schnell, sie zu küssen und als sie mit heftigen Lippen erwiderte, vergaß er es augenblicklich.

So genossen sie fünf Tage, ineinander verschlungen und ineinander gedrungen. Danach würde Meiko nach Hause reisen müssen, aber das war kein Problem für Sean, denn er wusste, das war nur der Anfang einer Geschichte, die niemals mehr ein Ende nehmen konnte. Und es würde irgend einen Weg geben, um dieses Mädchen aus der Gefangenschaft ihrer Umstände zu lösen und für sich zu behalten für immer und alle Zeit.

Sean war gerade zwanzig. Er hatte schon viele Mädchen gehabt, aber noch keines geliebt. Die konventionelle Oberflächlichkeit seiner Kameradinnen stieß ihn ab und selbst ihre Freundlichkeit ließ ihn ungerührt. Sie waren vielleicht lustig und nett und meistens sehr angenehm, wenn sie ihn zu sich ins Bett ließen. Er liebte es, ihre Brüste und Bäuche zu liebkosen und sich in sie zu ergießen. Aber damit hatte es sich. Er wagte ihnen kaum ins Gesicht und in die Augen zu sehen, aus Furcht, dort diesen Blick zu sehen, der ihn einsam und traurig machte. Sean hatte sich noch von keiner Frau verstanden gefühlt. Und entsprechend misstraute er auch sämtlichen Liebesschwüren. Wie sollten sie ihn lieben, wenn sie doch gar nicht wussten, wer er war.

Bei Meiko war alles anders. Sie war mit ihm gekommen ohne wenn und aber. Und wenn sie ihn mit ihren dunklen Augen musterte, erfasste ihn ein Taumel von Unsicherheit und Nichtwissen, aber er spürte ganz deutlich in ihr eine Kraft, die seiner ebenbürtig war. Sie war ein Mädchen vom Land, eine achtzehnjährige Jungfrau, die aussah wie sechzehn. Ein fremdes Wesen in einem fremden Land. Aber sie hatte ihn ohne zu zögern genommen und ihm damit demonstriert, dass es Brücken gab, die das Fremde überwinden können. Und selbst wenn sie ihn ausdruckslos schwarz ansah, so glaubte er, sie bis ins Innerste zu verstehen. Und so sehr er sich dabei täuschte, so sehr hatte er auch Recht. Denn die Ebene, wo alles ein Missverständnis war, schien hauchdünn im Vergleich zu dem Kern, den sie gemeinsam hatten: Diese erbarmungslose Härte sich selbst gegenüber, wenn es um das Absolute ging. So hatte Sean auf alle Annehmlichkeiten seiner Herkunft verzichtet, um nach einem Weg zu suchen, der ihm sinnvoll erschien. Er war mit kleinem Budget quer durch die Welt gereist und hatte nicht aufgehört, nach dem zu suchen, was er nur ahnen, aber nicht benennen konnte. Und plötzlich hatte er es gefunden: In einem alten Mann, der ihn wegjagte und bei einer jungen Frau, die ihn aufnahm.

In diesem Augenblick war Sean am Ziel angekommen. Nun hatte sich alles gefunden. Nun ging es nur noch darum, es zu behalten. Sean war so aufgeräumt und zufrieden mit sich wie noch nie in seinem Leben. Die Zukunft lag vor ihm wie eine breite Straße im goldenen Licht. Alles war gut und alles würde gut werden. Das Leben war herrlich.

13

Die fünf Tage vergingen wie ein einziger Augenblick. Es war, als ob es in diesen Tagen keine Trennung gegeben hätte, keinen Unterbruch ihres Liebens, obwohl Meiko jeweils zu ihrer Arbeit im Teehaus zurückkehren musste. Sean verbrachte die Stunden ihrer Abwesenheit und die einsamen Nächte im gleichen Rausch, wie wenn sie in seinen Armen lag und er ihren Meeresduft atmen konnte. Aber jetzt war der Tag des Abschieds gekommen, es gab keine Möglichkeit mehr, dieser Tatsache auszuweichen.

Zum letzten Mal lagen sie in ihrem Versteck und liebten sich mit einer Intensität, die durch die kommende Trennung noch verstärkt wurde. Seans Leidenschaft war fast grob, doch Meiko war nicht weniger bestimmend. Es war, als ob sie beide sämtliche Möglichkeiten des Liebens in einem Augenblick zusammengefasst erleben wollten. Als sie endlich zum Ende kamen, hatte Meiko Tränen in den Augen. Lange sah sie Sean an, mit diesem unergründlichen dunklen Blick zwischen schwarzen Wimpern. Zum ersten Mal wurde Sean der asiatische Schnitt ihrer Augen richtig bewusst und er fand, dass die Augenlider ihren Blick beschwerten. Während sie sein Gesicht mit weichen Händen streichelte, waren ihre Augen hart und glänzend wie polierte Kieselsteine. Sean verspürte einen Stich von Angst, zum ersten Mal war etwas Fremdes zwischen ihm und dieser Frau. Seine Augen trübten sich plötzlich, schnell schloss er sie, um seinen Schmerz und seine Verwirrung zu verstecken. Er wollte diese Gefühle jetzt nicht haben, er wollte nur seine Liebe spüren und diese letzten Augenblicke auskosten. Er wollte das Glück und sein Delirium in sich festschreiben, damit es bei ihm bliebe, auch wenn Meiko gegangen wäre. Er betrog sich und sie um seine wahren Gefühle und statt von Angst sprach er von Hoffnung. „Wir trennen uns nur für kurz", flüsterte er, „es gibt keinen Grund, traurig zu sein. Schon in wenigen Tagen bin ich wieder bei dir." Und er lachte und rieb sich die Augen und zog sie am Haar und küsste sie. Doch sie lächelte nicht.

Meiko musste jetzt ins Teehaus zurück. Sie langte in ihre kleine Tasche und zog einen Zettel hervor. „Meine Adresse", sagte sie, „aber bitte, ruf mich vorläufig nicht an. Ich muss zuerst mit meinen Eltern reden." Aber Sean wollte sich nicht damit abfinden. „Wann seh ich Dich wieder, wann kann ich kommen", beharrte er und hielt sie an beiden Händen fest. Sie sah ihn nachdenklich an, sie schien plötzlich verwirrt und unsicher zu sein. „Es ist einfach schwierig", murmelte sie. Doch dann fasste sie einen Entschluss. Plötzlich wurde ihr Gesicht klar und lächelnd. Die Fremdheit verschwand, Seans Herz weitete sich. „Warte übermorgen im Teehaus meiner Tante. Dann rufe ich Dich an." Ihre Stimme war nun ganz weich. Sie streichelte ihn wieder. „Versprich, bleib vorher ganz ruhig." Und Sean versprach es, weil ihr so viel daran gelegen schien und weil er auch keine andere Wahl hatte. Eine letzte Umarmung. Sie drückten sich aneinander, als ob sie sich auflösen, als ob sie ineinander übergehen wollten. Noch einmal bäumte die Lust sich auf und zog heiß durch sie, doch sie rissen sich los, trennten sich atemlos. Und dann ging Meiko, sie rannte davon.

Wie immer wartete Sean eine Weile im Wald, damit

ihn niemand mit Meiko zusammen sähe. Er warf sich stöhnend vor Schmerz ins Blätterbett. Ihm war, als ob mit ihr seine Kraft und sein Leben davongingen. Er fühlte sich bröckeln und in Stücke zerbrechen aber er lehnte sich auf: Er hasste alles abgrundtief, was diese Trennung von ihm verlangte. So lag er und schaute durch die Baumwipfel in einen nichtssagenden Himmel bis es endlich zu dunkeln anfing.

Meiko half der Tante wie jeden Tag beim Aufräumen des Ladens. Sorgsam fegte sie die Tische und wusch die Tabletts, auf denen die verschiedenen Kuchen ausgestellt gewesen waren. Dann saugte sie den Boden und wusch ihn auf. Sie spülte alle Lappen sorgfältig aus und hängte sie hinter dem Haus auf. Danach ging sie ins Bad.

Das öffentliche japanische Bad! Gewisse Dinge muss man erlebt haben, um zu verstehen, was sie sind. Kein Wüstenbewohner wird jemals ermessen können, wie sich Schwimmen anfühlt und wie das Wasser trägt. Wer nie meditiert hat, kann nicht glauben, wie viel einfaches Stillsitzen in Bewegung setzen kann. Und wer nicht im Sento, im japanischen Bad war, kann nicht erahnen, was es heißt, unter vielen Menschen ganz bei sich und seinem Körper zu sein. Unter all den Nackten empfindet man stärker als je Einsamkeit und gleichzeitige Zugehörigkeit. Nie spürt man sich abgegrenzter und eingebundener zugleich.

Wenn irgendwo in einem großen Eingang viele Schuhpaare neben- und durcheinander stehen, dann ist es wahrscheinlich ein Sento. Kleine Kästen, in denen die Schuhe unentgeltlich eingeschlossen werden können, böten sich zwar an, aber kaum jemand benützt sie. Und so beweist gleich beim Eingang die formlose Ansammlung von Schuhen wie beliebt und stark frequentiert der Ort ist.

Hinter ihrem Tresen sitzt die Kassiererin, mit dem

wissenden Blick einer Puffmutter, der nichts Menschliches fremd ist. Kühl zieht sie die Gebühr ein, thronend überblickt sie Männer- und Frauenabteilung, ganz Königin der Dämpfe. Zwei Klapptüren geben ihr schnellsten Zutritt in die beiden Bereiche, doch sie braucht kaum jemals ihren Sitz zu verlassen, denn niemand stört die Ordnung oder verletzt die Regeln.

Bereits im Garderoberaum herrscht feuchte Wärme. Hier stehen in Stapeln Körbe bereit, in denen die Kleider abgelegt werden können. Auch für diese Körbe gibt es Schließfächer, doch die meisten stehen einfach, sorgfältig bedeckt zwar, aber wild verstreut auf Boden und Bänken herum. Zusammen mit Haartrocknern, Getränkeautomaten und seltsamen Massagemaschinen bilden sie eine Unordnung, die häuslich anmutet, wie ein Blick auf ein ungemachtes Bett. In dieser Garderobe entledigen sich die Badenden ihrer textilen Schale und damit jeden abgrenzenden Schutzes. Im Korb sehen auch die teuersten Kleider nach nichts mehr aus. Jetzt zeigt die Nacktheit, dass man eine Frau oder ein Mann in einem bestimmten Alter ist, dass man zu große Brüste oder einen zu kleinen Pimmel hat. Niemand guckt. Es gibt nur wenige Spiegel. Und die anderen Nackten sind auch nicht alle ideal gebaut. Die angenehme Wärme entspannt. Eine Glasschiebetür führt ins Bad.

Hier wabern Dampfwolken zwischen den nackten Gestalten. Es gibt so viele davon, dass man in die Anonymität dieser Leiber eintaucht wie in die feuchtigkeitsschwangere, überhitzte Luft. Einige kauern am Boden und waschen sich vor den niedrig angebrachten Wasserhähnen, andere gehen zwischen den Becken herum, in denen Wasser mit verschiedenen Zusätzen dampft und sprudelt. Von den Badenden sieht man nur die Köpfe, die oft von einem Turban aus Frottiertuch umwickelt sind.

In diesem Raum begann Meiko ihr tägliches Ritual. Sie setzte sich auf einen Schemel aus Plastik und füllte das kleine Waschbecken, das sie mitgebracht hatte, mit heißem und etwas kaltem Wasser. Nun schüttete sie das Wasser langsam und sorgfältig über sich. Diesen Vorgang wiederholte sie mit stiller Bedächtigkeit mehrere Male: Füllen – heben – schütten – und immer dem Wasser und dem Fließen nachspüren. Wie es warm wird auf dem Kopf – dem Rücken – auf dem Bauch – auf den Schenkeln. Wie es am Anfang schneller fließt und danach langsamer. Wie es auf dem Boden aufklatscht. Wie es rauscht beim Füllen des Beckens. So war sie ganz versunken, eins mit dem Wasser und ihrem Körper. Sie spürte ihr Dasein, ihre Form und ihre Konturen. Dann seifte sie sich ein. Mit der gleichen, sorgfältigen Bedächtigkeit verteilte sie Seife von Kopf bis Fuß und schäumte sie mit langsamen, kreisenden Bewegungen auf. Sie schrubbte und fegte sich gründlich und konnte kein Ende finden. Und neben ihr schrubbten und fegten sich andere schneeweiße bis honigbraune Körper, puppenhaft schmale oder behäbig breite, Brustknospen neben Hängebusen, satte Schenkel neben faltigen, trockenen Pos, Babys, alte Weiber, kostbare Puppen. Hier zeigte sich Weiblichkeit in all ihren Formen und Graden, Fleisch und Haut in allen Qualitäten, und es war, als ob die Luft nicht nur vom Dampf, sondern von all dieser schweren Weiblichkeit triefen würde, und so waren die dunstigen Schwaden, die aus den heißen Becken aufstiegen, zum Ersticken dick. Schwarze Haare in allen Längen wurden geknetet und gewendet in hellstem Schaum, harte Massagetücher schrubbten die zartesten Stellen, einige hantierten mit Bimsstein und Rasierapparat. Nur wenige sprachen, die meisten genossen es, so ganz allein mit sich und ihrem Körper zu sein.

Und dann begann das Spülen: wiederum ein Ritual

des Genusses. Wasserbecken um Wasserbecken wurde gefüllt und mit der gleichen geduldigen Lust über Kopf und Körper geschüttet. Und immer noch ein Becken und noch ein Becken und noch einmal dieser warme Schwall von Kopf bis Fuß. Liebeserklärung um Liebeserklärung an das eigene Sein, das nun endlich bereit ist für das Bad. Beim Hereinsteigen brennt das heiße Wasser. Nun werden die Bewegungen noch langsamer, wie träge, wie zu mühsam, um noch gemacht zu werden. Die Frauen lassen sich sinken und schließen die Augen. Wärme dringt in sie ein, Wärme löst die verkrampften Muskeln. Haben sie sich nicht den ganzen Tag geduckt, sind sie nicht durch weite Straßen gestöckelt, haben sie nicht während Stunden langweilige Arbeit verrichtet, sind sie nicht hundert Mal auf die Knie gegangen und wieder aufgestanden? Jetzt ist alles vorbei. Sie sind im Bad, sie sind bei sich. Sie gehören allein sich und der Wärme. Und für diesen Augenblick hat es sich zu leben gelohnt.

Meiko legte sich ins Sprudelbad und ging danach in ein Becken, das von einer warmen Quelle gespeist wurde. Sie sah hinauf zum Glasdach, vor dessen Dunkelheit sich die Dunstschwaden stauten. Als sie aus dem Becken stieg, blieb sie wie im Traum. Sie spülte noch einmal lange ihr Haar, das ihr schwarz und glänzend an der Rückenhaut klebte, dann kämmte sie es eben so lange und sorgfältig. Schließlich ging sie hinaus in die Garderobe und trocknete es, nachdem sie ein paar Münzen in den Apparat gesteckt hatte. Den dicken Strang ihres endlich trockenen Haares wickelte sie auf und steckte ihm mit einem Kamm am Hinterkopf fest. Dann behandelte sie ihren Körper von Kopf bis Fuß mit einer weißen, nährenden Milch. Streichelnd fast berührte sie ihre Haut, mit größter Andacht und Vorsicht. Danach zog sie sich an und ging hinaus in die kühle Luft.

In der Wohnküche der Tante lief die Fernsehübertragung eines wichtigen Baseballmatches. Meiko schminkte sich sorgfältig. Sie gehe noch aus, sagte sie. Sie legte sich ein helles Make-up auf, puderte sich, zog am unteren Lid einen feinen Strich und formte die Lippen blutrot mit einem Pinsel. Noch einmal kämmte sie sich, drehte das Haar zusammen und steckte es auf.

Sie verließ das Haus. Ihr Weg führte sie steil den Berg hinauf und bald schloss sich das Dunkel des Waldes um sie. Der Ort und der Hügel mit Seans Liebesnest lagen in ihrem Rücken. Sie ging langsam. Sie wollte schön sein und sich nicht erhitzen. Sorgsam wich sie Wurzeln und Zweigen aus. Der Pfad wurde schmäler und war nur noch an der Lücke zu erkennen, die sich zwischen den Bäumen öffnete und einen Streifen des kaum besternten Himmels freigab. Der Verkehrslärm wurde lauter, denn in die Flanke dieses Berges war die große Einfallsstraße nach Koya gehauen worden. Wie eine würgende Eisenfeder lag das glatte Asphaltband um den Hügel, bis es sich in einen Tunnel bohrte und unsichtbar wurde. Hoch über diesem Tunneleingang stand Meiko nun und sah die Lichter eines Autos unter sich verschwinden. Noch einmal ordnete sie ihr schweres schwarzes Haar. Dann sprang sie.

14

Robert ließ sich nicht abspeisen, als ihm die perfekt geschminkte Empfangsdame sagte, dass der Sensei, das war der Abt, unmöglich jemanden empfangen könne. „Man hat mich von seinem Kloster in Koyasan hierhergeschickt und ich finde, er sollte zumindest wissen, dass ich hier bin", beharrte er. Aber die Dame sagte nur, dass er in diesem Fall mit dem Arzt sprechen müsse. Sie telefonierte mit verschiedenen Personen, bis sie offensichtlich den richtigen Ansprechpartner gefunden hatte. „Um ein Uhr können Sie den Arzt sehen", sagte sie schließlich ohne einen Hauch von Nachgiebigkeit in ihren Augen, „kommen Sie wieder um ein Uhr."

Jetzt war zehn. Drei Stunden waren nichts im Vergleich zu der Zeit, die Robert bisher auf den Abt gewartet hatte. Er benutzte die Zeit für einen Spaziergang durch die Stadt.

Es war eine Stadt wie alle japanischen Städte: Betonhäuser in verschiedenen Größen und allen Stufen der Abnützung, behängt mit bunten Reklametafeln und Girlanden von elektrischen Leitungen. Diese Häuser entwickelten ihre Magie erst in der Nacht, wenn blinkende Neonlichter die alltägliche Schäbigkeit überstrahlten. Selbstverständlich gab es ein paar Prachtstraßen mit Glaspalästen für die Banken, auch ein paar Warenhäuser mit den teuersten Produkten der ganzen Welt, aber gleich hinter ihnen lagen enge Parallelsträßchen mit winzigen Restaurants, Fischläden und Friseuren, die blaurote Spiralen in Glaszylindern kreisen ließen. Es gab kleine Werkstätten, in denen Handwerker schweißten oder Körbe flochten, aus chemischen Reinigungen drangen Dampfwolken, Konditoreien lockten mit Auslagen voll erdbeerbesetzten Kuchenstücken. Ein weißer Strich am Straßenrand ersetzte den Gehsteig und eigentlich war er wenig mehr als eine Einfassung für die Betonstämme der Straßenbeleuchtung und der Stromleitungen. Aber Robert gefielen diese Straßen. Aus ihrer langweiligen Durchschnittlichkeit ließ sich etwas vom Leben dieser Menschen erraten. Er sah den Familienvater gähnend in seinem Laden voller Bettdecken, aber leer von Kunden, er sah die junge Mutter mit dem kleinen Kind, das stets etwas betrachten musste und nicht weitergehen wollte, er sah die Schulkinder in ihren strengen, dunklen Uniformen, die sich um einen Getränkeapparat scharten und sich gegen Münzen einen flüssigen Imbiss holten. Daneben gebeugte Großmütter beim freund-nachbarschaftlichen Klatsch. Grüne Telefonapparate und die Getränkeautomaten bildeten die einzigen her-ausstechenden Farbflecken im Alltagsgrau.

Das kam aber auch daher, dass der Frühling in die-sem Jahr, nach einem fulminanten Auftakt, ins Zögern geraten war. Noch konnten die vielen, in kleinen Ecken auf ihr Ergrünen wartenden Büsche die Gassen nicht schmücken. Und die Pflanzen in den Plastikkistchen und Blumentöpfen, die in Massen vor Hauseingängen und Geschäften standen, gaben noch nicht viel her. In wenigen Wochen würden sie aber diese Straßen mit Buntheit und Grün betupfen. Robert empfand Sympa-thie für die Leute, die dafür verantwortlich waren. Viel-leicht floss in ihnen das Blut der alten Tempelgärtner.

Gelegentlich stieß Robert in diesem Meer aus As-phalt und Beton auf Inseln reiner Schönheit: ein altes Holzhaus, mit feinen Holzgittern vor den großen Fens-tern, mit kostbaren Hölzern belegte Eingangstüren, die mit ihrer Maserung ganze Geschichten erzählen woll-ten, und Tempel, die mit ihren riesigen, ausladenden Dächern aus Rindenschindeln oder glasierten Ziegeln Schutz und Sicherheit versprachen. Die dunklen Trag-konstruktionen dieser Dächer schienen organisch ge-wachsen, breite Stufen führten auf überdachte Veranden, von denen aus man ins Innere, auf im Dun-keln glühende Buddhastatuen blicken konnte. Und auch wenn die Gärten oft asphaltiert und zu Parkplät-zen umfunktioniert worden waren, so gab es doch im-mer noch ein paar herrliche alte Bäume, manchmal sogar noch ein Moosbeet, akzentuiert mit ein paar mächtigen Steinen.

Als sich in Robert der Hunger regte, betrat er eine der kleinen Imbissstuben, die sich mit roten Laternen an ihrem Eingängen zu erkennen gaben. Er bestellte

Soba, die braunen Buchweizennudeln, die in einer salzigen Brühe zusammen mit etwas Gemüse und ein paar Pilzen schwammen. Sie hatten Biss und schmeckten ihm herrlich.

Danach war es Zeit für seine Besprechung beim Arzt.

Dieser war ein noch jugendlicher Mann mit sportlichen Aussehen und klugen Augen hinter einer Goldrandbrille. „Der Abt weiß, dass Sie hier sind", sagte er nach einer schnellen, informellen Begrüßung, die in einer knappen Verbeugung bestand. „Man hat ihm von Koyasan her bereits Nachricht gegeben, dass Sie auf ihn warten. Aber er sieht sich im Moment nicht in der Lage, Ihnen zu helfen."

Robert wusste nicht, ob aus medizinischen oder aus anderen Gründen. „Ist er ernsthaft erkrankt?" fragte er vorsichtig.

Der Arzt blickte unbestimmt vor sich hin und sagte: „Ziemlich ernsthaft."

„Wissen Sie ...", erklärte nun Robert, obwohl es sonst nicht seine Art war, Unbekannten seine Lebensumstände zu erzählen „...eigentlich brauche ich den Abt gar nicht zu sehen. Was ich brauche, ist seine Zustimmung, dass ich bestimmte Schriften seiner Bibliothek lesen darf." Und er stellte sich vor als Sanskrit-Experte und erzählte von Nichidos letztem Brief und Nachlass.

Der Arzt blickte ernst und unentschlossen. „Ich kann diese Tatsache übermitteln", sagte er schließlich, „aber das ist alles, was ich für Sie tun kann. Außer...", er schien erleichtert, dass er doch etwas Positives zur Situation beitragen konnte: „Sind Sie gut untergebracht?"

Robert erwähnte das Hotel, in dem er logierte, doch der Arzt hörte gar nicht richtig hin.

„Ich habe eine Tante, die Zimmer vermietet. Sie hat ein sehr schönes Haus am Fluss."

Das tönte verlockend. Robert ließ sich die Telefonnummer geben. Und so kam es, dass er Yumiko kennen lernte.

15

Yumiko war die Witwe eines Ministers, der aus einer der einflussreicheren Familien der Präfektur stammte. Ihre Herkunft war nicht so glänzend. Sie war das Kind einer ärmlichen Bauernfamilie, zeigte aber eine so brillante Intelligenz, dass sie von verschiedenen Seiten gefördert wurde und die besten Schulen besuchen konnte. Und dort traf sie auch den Mann, der sie, gegen beträchtlichen Widerstand seiner Familie, heiratete. Sie vergaß ihm das nie und diente ihm geduldig und unterwürfig, wie dies von einer japanischen Frau erwartet wurde. Sie wollte seine Lage nicht erschweren, auch wenn dies auf ihre Kosten ging. Allerdings hatte sie auch kaum eine andere Wahl, denn schon bald kamen Kinder. Und ein Leben als alleinstehende Frau mit Kindern war fast undenkbar.

Der unbeugsame Wille ihres Mannes, der Yumiko bei seiner Familie durchgesetzt hatte, verhalf ihm auch zu einer beachtlichen Karriere. Er wurde Politiker, arbeitete in der Hauptstadt und kehrte erst in seinen späteren Jahren wieder ganz in seine Heimatprovinz zurück. Dort lebte Yumiko mit ihren drei Kindern in dem geräumigen, verschachtelten Haus, dass er für sie gebaut hatte.

Der beste Gartenbauer jener Zeit gestaltete den für japanische Verhältnisse großen Garten davor. Und es wurde weder an teuren Steinen noch an kunstvoll verwachsenen Pflanzen gespart. Es entstand eine Teichlandschaft, in der statt Wasser eine Fläche aus Moos zwischen markigen Steinen lag, die wie Kliffs das Ufer begrenzten. Vor der Veranda des Teeraumes lag ein luftiges Wäldchen, abgegrenzt durch einen Bambuszaun, an dem wenige Büsche standen, die alle zu verschiedenen Zeiten blühten, so dass stets ein Farbfleck das sanfte Grün akzentuierte. Ein gewundener Weg aus Steinplatten verließ das Gärtchen und bildete eine fiktive Brücke im Teich aus Moos.

Doch die sorgsam entwickelte Landschaft des Gartenarchitekten war nur mehr zu erahnen. Die Fläche des Moosteichs war nicht mehr als solche zu lesen, denn sie wurde in desillusionierender Geradheit vom sandigen Braun des lieblos getretenen Weges zerschnitten. Ein wenig fachkundiger Gärtner hatte die runden Büsche ins Kraut schießen lassen. Sie lagen wie aufgeblähte Bäuche zwischen den Steinen und verdeckten diese über weite Strecken. Und auch die Bäume hätten dringend eines Rückschnitts bedurft. Anstatt in transparenter Anordnung standen sie in dicken Paketen und ließen dem Sonnenlicht an gewissen Stellen keinen Durchgang mehr. Damit verschwanden aber auch die wandernden Schatten, die leuchtenden Sonnenflecken und damit die kostbaren Muster auf dem Moos.

Im fünfzehnten Jahrhundert sammelte der Mönch Zoen in einer illustrierten Schrift, was im Zusammenhang mit dem Entwurf von Berg-, Wasser- und hügeligen Feldlandschaften bekannt war. Es ist, neben einer weiteren Anleitung zum Gartenbau aus dem elften Jahrhundert das älteste Lehrbuch für japanische Gartenbaukunst. Zoen sagt: Wie viele Bäume es auch in einem Garten geben mag, man muss sie alle auf einen einzigen Blick erfassen können. Entsprechend dieser Vorschrift werden in Japan Bäume und Sträucher rigoros geschnitten. Vor allem die tieferen Äste werden vollständig entfernt, so dass die einzelnen Stämme deutlich sichtbar bleiben. Meistens wird auch kein Unterholz geduldet. Die Stämme stehen vereinzelt auf leerem Untergrund, als ob sie aus den Dielen eines

Fußbodens wachsen würden. Dies verleiht ihnen eine melancholische Künstlichkeit, eine Aura der Einsamkeit, die sich auf das Gemüt des Betrachters überträgt.

Robert fand, dass diese Gärten der japanischen Gesellschaft glichen, die das Individuum beschneidet, um es in der Gruppe zur vollen Wirkung zu bringen. Er dachte an die kleinen Mädchen, die sittsam, mit nebeneinander gestellten Füssen in den Zügen saßen, immer noch kontrolliert und auf Ordnung bedacht, nach langen Stunden in der Schule, die Socken schneeweiß und sorgfältig hochgezogen, vielleicht sogar in der richtigen Höhe an die Waden geklebt. Er dachte an ihre niedergeschlagenen Augen und ihr Kichern hinter vorgehaltenen Händen. Bald würden sie erwachsene Damen sein und mit künstlich hochgehaltener Stimme zwitschern, sie würden kleine Schritte machen und immer noch mit eng verschlossenen Knien in den Zügen sitzen, manche mit glattem Gesicht, zufriedene Ruhe und Würde ausstrahlend, andere mit scharfen Furchen neben den Lippen und traurigen, leeren Augen, in den seltenen Momenten, wo sie die Lider hoben um nach einem Kind zu schauen oder nach dem Namen der Bahnstation. Nicht jeder Mensch erträgt das Gestutzwerden gleich, nicht jeder findet in der Beschneidung seine Würde.

Die Pflanzen in den japanischen Gärten strahlen Würde aus. Sie reagieren auf das rigorose Stutzen mit einer Verdichtung des Laubes, das pelzig wie Tierfell wirkt. Sie entwickeln Formen, die von der unaufhaltbaren Kraft des Wachsens berichteten, vom Sieg des Lebens über das Sterben, von überwundenen Widerständen und ausgestandener Todesgefahr. Ihre Verstümmelung und Verkrüppelung erinnert an die Baumgrenzen in den Bergen, wo Bäume gegen Wetter und Vereisung kämpfen oder an sturmgepeitschte Küsten, wo salzige Winde die Pflanzen verbrennen. Diese

Bäume erzählen Geschichten. Ihre einsame Melancholie spricht vom Schicksal, das sie durch Leiden zu unverwechselbaren Individuen gestaltet hat. Diese Bäume sind stark, traurig und schön. Warum nur, fragte sich Robert, macht das Leiden die einen schön und die anderen hässlich, warum verleiht das Schicksal den einen Würde, während es die andern zerquetscht und zerstört?

Yumiko hatte nicht gelitten im Leben. Und falls doch, so war es ihr nicht anzusehen. Sie war eine dralle Fünfundsechzigjährige mit schnellen Bewegungen und den wachen Augen eines neugierigen Kindes. Sie hatte ihre Rolle als Ehefrau zwar mit der geforderten Demut gespielt, aber sie hatte sich schon bald Nebenschauplätze für ihr Leben verschafft. Am Anfang genoss sie es, Geld zu haben. Sie vertrieb sich die Zeit mit Einkaufen, doch als das Haus mit Schachteln vollgestopft war, fand sie es an der Zeit, sich Wesentlicherem zuzuwenden. Sie besuchte Kalligraphie- und Ikebana-Blumensteck-Kurse, beides beliebte Beschäftigungen traditioneller Japanerinnen, doch auch dies befriedigte sie nicht. Sie konnte weder ihre Vitalität ausleben noch ihre Klugheit nähren. Als nächstes versuchte sie es mit freiwilliger Sozialarbeit. Sie besuchte zweimal pro Woche einen Alten und half ihm, seinen Haushalt in Ordnung zu halten. Dieser Mann aber war ein Gelehrter. Er merkte bald, wie es um Yumiko stand und er begann, ihren Verstand herauszufordern. Er gab ihr seine Bücher zu lesen und stellte ihr knifflige Fragen, die sie manchmal fast in Verzweiflung trieben. Manchmal hasste sie ihn dafür. Aber er hielt sie davon ab, im Alltagskram mit den Kindern zu versumpfen. Mit der Zeit erkannte sie es mit Dankbarkeit.

Als die Kinder das Haus verlassen hatten, ließ sich Yumiko in Komitees für Sozialarbeit wählen. Sie kam in den Aufsichtsrat der Schulbehörden und schrieb regelmäßig Artikel in den wichtigsten Tageszeitungen. Dies trotz der Anfeindungen in der Familie, die es nicht gewohnt war, dass sich eine Frau exponierte. Ihr Mann aber, der sowieso meistens abwesend war, nahm sie in Schutz. Solange sie das Haus nicht vernachlässigte und ihn in Ruhe ließ, war ihm alles Recht. „Lieber eine zufriedene Frau als eine, die nörgelt", sagte er einmal zu seiner Mutter, als die sich beklagte. Und diese schwieg beleidigt, weil sie nicht sicher war, ob sie diesen Satz auf sich beziehen sollte.

Als Yumikos Mann starb, waren die Kinder bereits verheiratet und in den Großstädten der Ostküste etabliert. Der Witwe blieben das Haus und ein kleines Vermögen, auch nachdem sie mit ihren Kindern geteilt hatte. Dass sie Zimmer vermietete, lag nicht daran, dass sie Geld brauchte. Sie war einfach neugierig auf andere Menschen und vor allem auf Ausländer. Sie wollte aufholen, was die jahrhundertelange Abgeschlossenheit Japans bewirkt hatte, Brücken bauen, ihre Insel mit der Außenwelt verbinden. Und so nahm sie Robert mit großzügiger Freundlichkeit auf.

16

Die zwei Tage, die Meiko ihm zu warten vorgeschrieben hatte, verbrachte Sean im Aufruhr widersprüchlichster Gefühle. Da war einmal das Nachwirken ihrer Begegnungen, die Seligkeit, die er noch in seinem Körper verspürte, das seidige Gefühl in seinen Händen und sein Herz, das offen war wie der Himmel über den Hügeln von Koya. Gleichzeitig zerstörte ihn Sehnsucht: Das Berühren, sich Annähern, das Drückenwollen, dieser Drang in seinen Armen, sich zu öffnen, sich auszustrecken, etwas zu halten. Und die Vergeblichkeit dieser Gefühle, das Wissen, dass da nichts ist, was um-

armt werden könnte, die Angst, die diese Tatsache aus-
löste und das schreckliche Leeregefühl, das sich hinter
dieser Angst ausbreitete. Es war fast nicht auszuhalten.
Seine Gedanken rasten zwischen Gegenwart – wo war
sie jetzt? was tat sie jetzt? – und Vergangenheit. Er
wiederholte sich immer wieder, was sie gesagt hatte,
damals und damals und damals. Wie sie ihn dabei angesehen hatte, wie sie ihn berührt hatte. Und er verwandelte die Vergangenheit, baute die kurzen Gespräche
aus, stellte Fragen und beantwortet sie an ihrer Stelle.

Doch Seans Aufgewühltheit war nicht alles. Es gab
immer noch den Nachklang seines Geisteszustands, in
dem er sich befunden hatte, bevor er Meiko traf. Als
ob es Gegenwart wäre, sah er Robert vor sich, wie dieser ihm gegenüber gesessen hatte, ihn mit scharfen Augen musternd und murmelnd: „Wozu brauchst Du
Erleuchtung." Es war eigentlich keine Frage gewesen,
sondern eine Feststellung und sie hatte in Sean etwas
zum Anhalten gebracht. Endlich war Ruhe, alles stand
still und Sean hatte für diesen kurzen Moment begriffen: Er brauchte nichts. Er war eins mit sich und der
Welt.

Doch jetzt war dieser innige Frieden verloren,
schwarzes Haar hatte sich wie ein schwerer Vorhang
über alles gelegt, der Duft von Muscheln und Meer und
Frau hatte jede Gewissheit weggespült. Zurückgeblieben waren Ratlosigkeit, Aufruhr und das Gefühl eines
überflüssigen Körpers, der nicht mehr zu gebrauchen
war, jetzt wo er nichts und niemanden mehr halten
konnte. Die Welt, die so voll gewesen war, die sich ihm
geschenkt hatte in jenem Blick von Robert, in den Be-
rührungen Meikos, sie war leer und sinnlos.

So trauerte Sean um zwei verlorene Zustände gleichzeitig, noch ohne zu wissen, wie viel Grund er dazu
hatte.

Er schwänzte Unterrichtsstunden und Andachten im

Kloster, er blieb den vorgeschriebenen Arbeiten fern. Er dämmerte im Halbschlaf auf seinem Blätterbett im Wald und zauberte sich immer wieder Bilder vor Augen, die ihm für kurze Augenblicke Erleichterung verschafften. Oder er sah in die Baumkronen und in den Himmel, der immer noch der gleiche war, doch jetzt so fremd schien. Und zu seinem inneren Aufruhr kam noch das schlechte Gewissen über seine Unzuverlässigkeit. Die Spirale der Depression drehte sich tiefer und tiefer und senkte sich wie eine Schraube in sein Fleisch. Noch aber ahnte er nichts.

Als er am zweiten Tag, am späten Nachmittag wie abgesprochen, zum Teehaus ging, fühlte er sich so niedergeschlagen wie noch nie in seinem Leben. Die ganzen Vorstellungen und inneren Bilder hatten sich zu einem diffusen Gedankennebel verdichtet, der auf ihm lag wie eine Giftwolke, nein, schlimmer noch, wie eine Decke aus Beton, die alles in ihm erdrückte und erstickte. Er hasste sich, sein eigenes Ungenügen schnitt ihm die Luft ab. Genau so, wie er ein paar Tage zuvor triumphierend die Richtigkeit von sich und von allem empfunden hatte, so spürte er jetzt, dass alles verflucht war. Alles entwickelte sich in die falsche Richtung, sagte sein Gefühl. Und er gab sich die Schuld daran.

Dass das Teehaus geschlossen war, verstärkte seine elende Stimmung. Er erschrak nicht einmal. Es passte alles zusammen, es schien vorbestimmt, dass das Teehaus geschlossen war und Meiko ihn nicht anrufen konnte. Er setzte sich auf die kleine Bank, die vor dem Laden stand. Er war weder fähig, sich zu entschließen zu klopfen, noch wegzugehen. So saß er einfach bis es dunkel wurde. Und als es Nacht war, weinte er, still ohne Tränen und nur ganz innen. Denn jetzt ahnte er mit einem Mal, dass ein Unglück geschehen war. Jetzt sah er Meiko liegen, still und schmal, und weiß, schneeweiß, noch weißer als sonst. Und er roch Weihrauchschwaden und den Duft von Räucherstäbchen und sah halb irre seinen Gedankenbildern zu, die ihm zeigten, wie Meiko beweint, verbrannt und begraben wurde. Er hörte den Gong und sah das Kommen und Gehen der buddhistischen Priester, hörte die langen Gebete, sah dunkle Gestalten, die mit schwarzen Schriftzeichen besetzte Hölzer trugen. Und hinter der Fremdheit dieser Rituale verschwand das, was doch eigentlich ihm gehörte. Meikos weißer Leib löste sich auf, ihr Duft verging in den Schwaden des Weihrauchs. Und keiner wusste, dass er, Sean, zusah, dass er der Hauptleidtragende war. So dachte er jedenfalls in seiner jugendlichen Egozentrik, indem er den Schmerz von Eltern und Geschwistern übersah.

Als am Morgen das Klostertor geöffnet wurde, saß ein halb verwilderter und offensichtlich verwirrter Sean davor. Der Mönch führte ihn in die Küche und gab ihm Tee zu trinken, dann holte er einen der englisch sprechenden Mönche, die bisher zu den Lehrern von Sean gehört hatten. Dieser sah ungerührt, was die Kräfte aus der Welt der Erscheinungen einmal mehr aus einem Menschen gemacht hatten. Verstrickung führt zu Verwirrung, hier zeigte es sich offensichtlich. Doch der Mönch fühlte nur Mitleid und keinen Triumph. Behutsam fragte er nach dem Grund von Seans Schwierigkeiten. Dieser war fast zu müde, um zu sprechen. Er stammelte mit tonloser Stimme von Meiko, dem geschlossenen Teehaus und seiner Angst.

„Ach ja, die Liebe", lächelte der Mönch milde. „Ich finde, Du solltest Dich jetzt zuerst einmal waschen und in Ordnung bringen. Danach können wir vielleicht herausfinden, was wirklich geschehen ist." Dieser Mönch kannte die Menschen aus dem Westen und wusste, dass sie sich gerne wilden Gefühlsstürmen hingeben. Sie sind wie Kinder, dachte er, die man bei Kummer ablenken muss. Er war aber auch ein durch und durch gütiger Mensch und darum dazu bereit, Sean zu helfen.

Als er alle seine Verpflichtungen im Kloster erledigt hatte – Sean hatte in der Zwischenzeit geschlafen – begleitete er den Jungen zum Teehaus. Es war noch immer geschlossen. Doch ein paar Nachbarn wussten Bescheid und gaben die traurige Nachricht weiter. Meiko hatte sich umgebracht. Sie hatte nur zwei Sätze hinterlassen. „Bitte lasst mich hier auf dem Koyasan. Vater und Mutter, verzeiht mir bitte, dass ich Euch Schmerzen bereite." Keiner wusste, was sie zu diesem Selbstmord getrieben hatte. Aber dass jetzt dieser Mönch mit einem jungen Mann auftauchte, gab den mittrauernden Nachbarn sehr zu denken. Ihre Augen, die bisher in unbestimmter, trauriger Wässrigkeit geschwommen waren, wurden plötzlich scharf. Sie witterten einen schrecklichen Skandal.

17

Schon am ersten Abend lud Yumiko Robert zum Essen ein. Friedlich saß er am Küchentisch und sah zu, wie sie geschäftig zwischen Spüle und Kochherd hin und her ging. Sie goss Wasser, Sake und Sojasauce in eine flache Pfanne, legte zwei hölzerne Stäbchen hinein und auf diesen improvisierten Rost bettete sie zwei Fische. Dann riss sie Blätter von einer nesselartigen Pflanze und warf die fleischigen Stiele in einen Topf voll Wasser. Mit einem riesigen Messer wurden danach Erdbeeren von ihrem Grün befreit und Robert wunderte sich, wie geschickt diese kleine Frau mit der großen Klinge hantierte.

Gesprochen wurde nicht viel. Robert betastete einen Keramikbecher, dessen Oberfläche sich durch die unregelmäßig aufgetragene Glasur abwechselnd rau und glatt anfühlte. Er hatte feine Hände mit kräftigen Fingern, die sich mit der gleichen Geschmeidigkeit bewegten wie sein Körper. Er saß gerade, die Haare aus der Stirn gestrichen, sein mit nur wenigen aber tiefen Furchen gezeichnetes Gesicht offen, die Augen aufmerksam.

Es war lange her, seit jemand für ihn gekocht hatte. Marcy war eine gute Köchin gewesen, mit einem Hang zur scharfen Küche ihrer Heimat. Auch sie pflegte sich mit großer Emsigkeit in der Küche zu bewegen, aber nicht mit der Gelassenheit, die Yumiko ausstrahlte, die sich weder von Telefonanrufen noch herunterfallenden Salatblättern irritieren ließ. Marcy hatte immer in einer fast tranceartigen Konzentration gekocht, und jede Unterbrechung ließ sie unwirsch auffahren. Wenn man sie etwas zu fragen wagte, schüttelte sie ihre rote Mähne, bellte ein paar Laute, die, selbst wenn sie eine Antwort waren, doch unfreundlich klangen, und wandte sich, in sich gekehrt, wieder ihren Töpfen zu. Nein, beim Kochen wollte sie nicht gestört werden. Aber es lohnte sich auch, geduldig zu warten bis sie fertig war und strahlend ihre Gerichte zu Tische trug. Es waren Speisen, die mehr befriedigten als nur den körperlichen Appetit. Es waren kleine Kompositionen aus überraschenden Formen, Farben und einem Geschmack, der diffuses Ahnen an fremde Welten hervorzauberte. Marcy. Wie lange hatte er nicht mehr an sie gedacht? Und nun schien sie hin und her zu gehen als Schatten der drallen und freundlichen Yumiko. Und etwas Rotes wehte durch den Raum und Yumiko fragte unvermittelt: „Kennen Sie das japanische Wort *en* ? Natürlich kennen Sie es. Gibt es in irgend einer anderen Sprache etwas, das Beziehungen zwischen Wesen so umschreibt und deutet wie *en* ?" Robert dachte nach und sagte schließlich, seine Kenntnis der japanischen Sprache sei nicht gut genug, um den Begriff wirklich zu erfassen. Aber er meine, dass es für diese bestimmte Art von

Beziehung keinen tatsächlich gleichwertigen Begriff in einer ihm bekannten Sprache gäbe. Alle Begriffe, die er kenne, seien neutraler. Und da lachte sie und sagte, neutral sei *en* wirklich nicht. „Auch wenn eine Begegnung nur kurz und zufällig ist, so bindet sie doch so stark wie Blut, Vergangenheit und Familie, wenn *en* im Spiel ist", sagte sie und wendete die Fische geschickt mit einem Paar großer Essstäbchen, „die gemeinsame Erfahrung von *en* schafft Verwandtschaft, mehr als Verwandtschaft sogar." Dann fischte sie die Pflanzenstiele aus dem Wasser, zerschnitt sie mit dem großen Messer in kurze Stücke und warf sie in die brodelnde Sojabrühe.

Robert stutzte. Es wäre logisch gewesen, anzunehmen, dass Yumiko auf die augenblickliche Situation in der Küche anspielte, aber seltsamerweise dachte Robert keinen Moment daran, sondern er dachte an Marcy, die ihren Weggang damit begründete, dass sie sich zu nahe standen. „Wir sind wie Geschwister", hatte sie gesagt und dazu die Fäuste geballt und geöffnet und geballt, als ob sie ihre Kraft trainieren wollte, „wir sind verwandt wie Schwester und Bruder. Wir sind Zwillinge. Das ist nicht normal. Wir müssen uns voneinander emanzipieren." Robert hatte nicht verstanden, was sie gesagt hatte, und er hatte es niemals akzeptiert. Er hatte es schön gefunden, dass sie sich so nahe waren.

„Take", sagte jetzt Yumiko und traktierte eine mächtige, kiloschwere Bambussprosse mit ihrem Messer. „Wenn alle andern Pflanzen Frühling haben, wird der Bambus gelb und verliert seine Blätter. Das Geschehen in der Natur ist manchmal schwer zu verstehen." Robert fing es an zu dämmern, dass sie seine Gedanken mit Kommentaren begleitete, aber es war ihm nicht unangenehm. Es war schön, ihr zuzusehen, wie sie souverän Töpfe herumschob, da etwas zufügte und dort etwas weggoss, mit einer Geschicklichkeit, die man ihrer gedrungenen Figur kaum zugetraut hätte. Eine heitere Leichtigkeit lag über ihrem Tun, die sich von der traumhaften Schwere unterschied, die jetzt auf Robert lastete. „Noch etwas Tee?" fragte Yumiko und ließ heißes Wasser aus dem immer vollen Wasserkocher ins winzige Kännchen zischen. Sie wartete nicht, sondern füllte den Aufguss unmittelbar danach in die Keramikbecher. Dann brachte sie Schalen und Schälchen und Töpfe und Schüsseln und setzte sich zu ihm an den Tisch. „Itadakimasu! Lassen Sie es sich schmecken." Robert wiederholte dankend sein Itadakimasu. Dann begann er sorgfältig, das Fleisch vom Skelett des Fisches zu lösen, was mit den Essstäbchen kein leichtes Unterfangen war.

Das Essen schmeckte himmlisch. Es war warm in der Küche und Robert genoss es, so verwöhnt zu werden. Obwohl Yumiko kaum zehn Jahre älter war als er, kam sie ihm vor wie eine gute Mutter, wie eine liebe Fee aus dem Märchen, eine Frau Holle, die freundlich für ihn sorgte in einem Moment, wo sein Leben zu stocken schien.

Er hatte bisher nicht an sein krankes Herz gedacht. Bewusst und gerne hatte er sich von den Ereignissen ablenken lassen. Aber jetzt fragte er sich, was das alles eigentlich solle. Falls er nächstens stürbe, hätte er überhaupt gelebt? In seinem Leben hatte es nur wenige Momente der Art gegeben wie diesen in Yumikos Küche, zu wenig wohltuende Ruhe, zu wenig dieser häuslichen Freundlichkeit. Keine Gemeinsamkeit. Erst jetzt, wo Robert sich so glücklich fühlte, wurde ihm klar, wie selten dieses Gefühl in seinem Leben gewesen war.

Er nahm noch einmal von den Auberginen, die Yumiko in Sake, Sojasauce und Zucker dunkelbraun geschmort hatte. Sie schmeckten würzig und süß. Er ließ sie auf der Zunge zergehen. Yumiko sah ihn erwartungsvoll an.

„Sie sind köstlich", sagte er glücklich. Und sie antwortete mit festem Blick: „Manchmal braucht es fast nichts für ein erstaunlich gutes Resultat."

Traum

Das Gehen fiel bei diesem Wetter leicht. Der Sommer war gekommen, die Regenzeit vorbei. Der Tag war jung und noch angenehm kühl. Auch ging ein leichtes Lüftchen und trocknete den Schweiß von seiner Stirn. Wie gewöhnlich rissen Wasserkessel und Reisschüssel an seinen Armen, aber er war dieses Zerren so gewöhnt, dass er es gar nicht mehr spürte.

Ein großer Vogel flog auf und brachte für einen Moment die Luft zum Rauschen. Sonst bewegte sich nichts im Wald. Nur der Gesang der Zikaden zeichnete sein gleichtöniges Muster in den frühen Morgen. Er atmete tief durch und genoss sein Gehen.

Auf der kleinen Lichtung war es wärmer als im Wald. Die Hitze ließ die Luft stocken und es schien schwierig, sich durch sie zu bewegen. Als er die Schiebetüre zur Hütte öffnete, sah er, dass der Meister die Läden zur Veranda weit geöffnet hatte. Im bläulichen Dunst zeichneten sich Hügelketten ab, eine hinter der anderen, ein Gewelle wie ein riesiger, eingefrorener Ozean. Der Meister saß unbeweglich davor, ein schwarzes Dreieck wie gewohnt. Doch ihm, ihm blieb der Mund offen stehen. Er hatte gar nicht gewusst, dass diese Hütte einen solchen Ausblick bot. Vielleicht hatte er überhaupt noch nie zur Kenntnis genommen, wie unendlich weit die Welt war.

18

Dem Mönch war nicht entgangen, dass er und Sean auf die kleine Versammlung von trauernden Nachbarn einen ungünstigen Eindruck machten. Er zog sich darum unter Beileidsbezeugungen und Entschuldigungen so schnell wie möglich zurück. Zwar wollte eine der Nachbarinnen noch etwas fragen und lief ihnen hinterher, aber der Mönch tat so, als ob er es nicht bemerkte. Er schubste Sean fast grob und zwang ihn schneller zu gehen und dieser stolperte unbeholfen vor ihm her. Ihm war entgangen, welchen Aufruhr ihr Erscheinen hätte auslösen können. Das Schicksal der Teehausbesitzer war schon hart genug, der Mönch wollte sie nicht auch noch ins Gerede bringen. Auf dem Rückweg zum Kloster brachte er darum Sean schonungslos bei, dass er umgehend abreisen müsse.

„Es hat keinen Sinn, dass Sie unter diesen Umständen Ihren Kurs weiter verfolgen", meinte er. Und Sean, der in den letzten Tagen außer sich und wie von Sinnen gewesen war, wurde plötzlich ganz kalt und klar im Kopf und verstand, dass seine Anwesenheit als Provokation verstanden werden könnte. Er war bereit zu gehen, wollte ja auch gewiss niemandem Schwierigkeiten machen, aber es war ihm unmöglich, diesen Ort zu verlassen, ohne mehr zu wissen, ohne Hintergründe zu erfahren. Er dachte angestrengt nach, während er auf das Trottoir stierte, das so uneben war, dass er jeden seiner Schritte sorgfältig setzen musste. Neben ihm rauschte der Verkehr vorbei und Gruppen von Touristen und Pilgern strömten in Richtung des Waldfriedhofs und des Grabes von Kobo Daishi. Die Stimme eines Passanten klang ihm plötzlich im Ohr. Sie erinnerte ihn an Robert. Und plötzlich wusste er: Robert war die Rettung.

Als sie im Kloster ankamen, bedankte er sich demütig beim Mönch und fragte bescheiden, ob er noch eine Bitte anbringen dürfe. Und dann erzählte er ihm von Robert, einem Professor, der in Koyasan den Nachlass des Mönches Nichido studieren wolle. Und er sagte, dass er erst abreisen könne, wenn er Roberts Aufenthalt kenne. Er müsse ihn nämlich unbedingt aufsuchen.

Der Mönch war ein freundlicher und hilfsbereiter Mann, aber dass er jetzt so schnell versprach, zu versuchen, den Verbleib des Amerikaners herauszufinden, lag vor allem daran, dass er Sean vom Berg herunter haben wollte. Er sagte, er würde am Nachmittag im Hauptkloster nachfragen, ob sie dort etwas wüssten, und fügte mit großer Bestimmtheit an: „Und gehen Sie bitte auf keinen Fall ins Teehaus zurück." Doch dies war keine Bitte, sondern ein Befehl – und der Mönch war sich seiner Grobheit bewusst, wusste sich aber nicht anders zu helfen, wenn er ein noch größeres Unglück vermeiden wollte.

Und so packte Sean sein Bündel. Die Wartezeit bis zum Nachmittag verbrachte er noch einmal im Wald der Toten.

Wie anders erlebte er nun alles. Nun waren diese Toten plötzlich alle lebendig. Sie geisterten im Wald herum und kümmerten sich nicht um die schweren Grabsteine, die sie unter der Erde halten sollten. Meiko, Meiko rief es und ihm war, als ob ihn die Geister der vielen Toten verhöhnten. Warum sollen nur gerade wir tot sein, lärmten sie und tanzten zwischen den alten Zedern, Ihr gehört alle auch dazu. Bildet Euch nur nichts ein: Ihr seid schon so gut wie tot, jauchzten sie und wirbelten um Stupen und Stelen. Das Leben ist kurz und der Tod ist lang, sangen sie in munteren Wechselgesängen. Und Sean stand wie festgenagelt auf dem Steinweg. Meiko, Meiko, schrie es, doch nun war die Stimme in ihm, Du kannst doch nicht einfach verschwinden. Warum bist Du gegangen, ich habe dich doch geliebt. Und er verstand nicht, warum seine Liebe sie nicht hatte zurückhalten können. Das Schönste und Größte, das er je erlebt hatte, ihr war es nichts wert gewesen, nicht genug jedenfalls, um dafür weiterzuleben. Ist die Liebe so wenig wert, fragte er sich. Und falls dies der Fall wäre, was hätte dann Bedeutung?

Sean war leer vom Nachdenken, bleiern vor Müdigkeit, dumpf vor Überforderung. Er sah auf die kleinen Jizofiguren, gute Geister, die ins Leben zurückgekommen sind, um anderen zu helfen, um sie zur Erlösung zu führen. Jizo hilft den Wanderern und den Verstorbenen auf dem Gang zwischen den Welten. Er kühlt den Brand der Hölle und sorgt sich vor allem um die Rettung von Kindern. Deshalb sind die Statuetten wohl wie kleine Kinder oder Wichtel ausstaffiert. Sean betrachtete sie mit stieren Augen. Wenn er doch nur an etwas hätte glauben können.

Schließlich trieben ihn die wandernden Menschenscharen weiter, bis zum Okuno-in, wo wie immer tausend Laternen brennen. Hinter diesem Tempel gibt es ein kleines Gebäude, in dem die Asche von Verstorbenen aus ganz Japan gesammelt wird. Hierher würde wohl auch die Asche von Meiko gebracht werden. Sean wurde plötzlich übel, als ihm klar wurde, dass ihr schöner weißer Körper nur noch Staub war. Er setzte sich auf die Bank bei Kobo Daishis Mausoleum. Seine Glieder kribbelten, sein Kreislauf schien zusammenzubrechen. Sean versuchte, tiefer zu atmen. Als es ihm ein wenig besser ging, beobachtete er eine Frau, die mit einem Bündel brennender Räucherstäbchen zwischen den Händen laut und flehend vor dem kleinen Tor des Mausoleums betete. Sean war zu müde und zu geschwächt, um noch irgend etwas zu spüren. Aber falls er zu einem Gefühl fähig gewesen wäre, so hätte er blanken Neid empfunden.

Am Nachmittag brachte ihm der freundliche Mönch und Lehrer die Adresse eines Krankenhauses im Westen des Landes. Dorthin sei der Professor auf seiner Suche nach dem Sensei geschickt worden. Sean dankte ihm von ganzem Herzen. Robert war jetzt die einzige Hoffnung, die ihm geblieben war. Sein Instinkt sagte ihm, dass er die Kraft seines Freundes brauchte, um weiterleben zu können. Denn er spürte, dass die Toten des heiligen Berges ihn nicht mehr loslassen wollten, dass sie ihn in seiner Müdigkeit und Verzweiflung verfolgten.

Sean floh mit der nächsten Bahn.

19

Es blieb nicht bei diesem einen Nachtessen. Robert wurde ständiger Gast in Yumikos Küche. Sie stellte ein Glas mit Essstäbchen auf den glänzend lackierten Tisch, legte ein nasses Frottiertuch daneben und brachte dann kleine Schalen mit allerlei feingeschnittenem Gemüse, Fischstückchen, Tofu und gelegentlich auch etwas Fleisch herbei. Eine große Tasse voll Reis und eine leichte, wässrige Suppe gehörten fest zum Menü. Und Mengen von hellgrünem Tee, den sie aus dem winzigen Kännchen goss, das sie immer wieder mit Wasser auffüllte. Und während sie aßen, Yumiko durchaus auch glücklich schmatzend, erzählten sie sich aus ihrem Leben, sie von ihren Kindern, er von seiner Arbeit. Als er von seinem Problem mit Nichido und dem Abt sprach, wurde Yumiko nachdenklich und still. Etwas schien in der Luft zu hängen. Schließlich sagte sie, und sie versuchte, es leicht klingen zu lassen: „Vielleicht weiß der Abt gar nicht wirklich, was Sie wollen. Oder aber er ist eifersüchtig, dass Nichido Ihnen Zugang zu seinen Schriften gewähren wollte."

Robert sah sie erstaunt an. Hatte sie einmal mehr seine eigenen Gedanken und Bedenken ausgesprochen oder wusste sie mehr? Sie war immerhin die Tante eines der Ärzte, die den Abt behandelten. Vielleicht wusste sie, wie es tatsächlich um die Gesundheit des Abtes bestellt war, vielleicht hatte sie Informationen, dass der Abt ihn unter keinen Umständen empfangen wollte? Aber es war für Robert unmöglich, direkt nachzufragen. Und Yumiko sah mit gesenkten Augen in ihre Reisschüssel, so dass ihrem Blick nichts zu entnehmen war.

Wie auch immer, Robert blieb gelassen. Er akzeptierte als Ironie des Schicksals, dass er sich um den Gesundheitszustand eines anderen Gedanken machen musste, wo es doch angebracht gewesen wäre, sich um das eigene Herz zu sorgen. Und während er wartete und täglich im Krankenhaus vorsprach, wurde er immer gelassener. Seine Geduld wuchs mit jedem Tag, er erwartete schon gar keinen positiven Bescheid mehr. Eigentlich war es nur noch eine Art Spieltrieb, der ihn zu seiner regelmäßigen Nachfrage im nahegelegenen Krankenhaus verpflichtete.

Schuld an dieser geruhsamen Ziellosigkeit war wahrscheinlich Yumiko, die ihm in ihrer Küche Nahrung und Geborgenheit bot, was jedes andere Bedürfnis vergessen ließ. Auch wenn sie sich meistens nach den Mahlzeiten schnell entschuldigte, weil sie irgendwo zu einer Besprechung oder Sitzung erwartet wurde, so waren ihr Hantieren in der dunklen Herdecke und die Düfte, die sie dabei produzierte, ein tagerfüllendes Erlebnis. Robert beobachtete sich und sie zufrieden und wunschlos. Er vertrieb sich die Zeit bis zur nächsten Mahlzeit mit einem Spaziergang am Fluss. Oder er setzte sich in den Garten und bestaunte, was der Frühling dort vorantrieb. Innerhalb von kurzer Zeit hatten die Hortensien handgroße Blätter aufgesetzt und die kleinen Stecken der Funkienschösslinge zeigten beachtliche grünweiß gestreifte Ohren. Das Moos wurde jeden Tag heller und dort wo es dünn und der Sonne ausgesetzt war, trocknete es und hob sich von der Erde wie abgestorbene Haut von einer Brandwunde. Das Unkraut wuchs in atemberaubendem Tempo. Einige Büsche, die vorher nichts als graue Skelette gewesen waren, besetzten sich mit weichen hellgrünen Tuffs, aus denen bereits weißliche Blütenknospen blitzten. Und auch die Azaleen setzen Knospen an, grün noch wie Blätter, aber bald würden sie sich in den unverschämtesten Rot- und Violetttönen kugeln. Noch aber boten die weichen Blätter des Blutahorns als einzige Farbe. Ihr mattes Dunkelrot hob sich prächtig vom gelblichen Hellgrün der frischen Blätter ab. Und über all dieses Wuchern zogen Sonnen- und Schattenflecken, und mit ihnen wanderten Roberts Gedanken.

Nein, es waren eigentlich keine Gedanken. Robert verfolgte ein Bild, ein Gefühl. Es war wie das Wahrnehmen von einem weiteren Farbton, der nirgends und überall aufschien. Der Rotgoldreflex von Sonne in Frauenhaar wehte durch den Garten. Und Robert fragte sich, wie Marcy jetzt wohl aussah, ob ihre Haare schon grau geworden waren und ob viele Falten ihre dünne, weiße Haut durchfurchten, und ob diese tief seien oder nur fein wie mit einer Nadel geritzt. Hatte sie hinunterhängende Mundwinkel mit scharfen Strichen, wie viele vom Leben enttäuschte Frauen, oder nur Lachfalten, die ihre Schläfen fächerten? Er konnte es sich nicht vorstellen. Er konnte nicht glauben, dass Marcy so alt geworden war wie er.

Ob sie überhaupt noch lebte? Ob er sie wiederfände, wenn er sie suchen würde?

Solche Ideen hatte Robert sich bisher strikt verboten. Was vorbei war, war vorbei. Marcy hatte ihn verlassen und er wollte und konnte sie nicht zurückhalten. Marcy brauchte etwas, was er nicht besaß und von dem er nicht einmal begriff, was es sein könnte. Marcy war ihm fremd geworden. Etwas Unerklärliches war in ihr wohlgeordnetes Leben eingebrochen und hatte alles zerstört. Dabei schien alles so festgefügt. Marcy hatte einen Beruf, sie war erfolgreiche Ärztin, sie bewohnten ein Haus, von dem sie sagte, dass sie es liebte, und sie hätten Kinder haben können, wenn sie es gewollt hätte. Aber sie hatte immer gesagt, sie müsse noch warten, es sei noch nicht Zeit.

Was war falsch gelaufen? Hatte er als Liebhaber versagt? Er konnte es nicht glauben. Sie war stets weich und hingebungsvoll gewesen, manchmal auch wild und heftig, aber nie hatte er mit ihr die Trauer gefühlt, die sich so oft nach dem Liebesakt über die Betten legt, dieses Gefühl der Ernüchterung nach dem Rausch, die Enttäuschung, dass die Wirklichkeit noch wirklich war, sich nicht verändert hatte durch die Verschmelzung. Er hatte es vorher erlebt, das Rasen nach Befriedigung, die Hoffnung auf das Wunder, und das Gefühl der Leere danach, Trauer und Verlust, auch wenn der Körper auf seine Rechnung gekommen war. Mit Marcy war es nie so gewesen. Da war ihre Rückkehr aus der Ekstase ein Heimkommen. Aus ozeanischen Tiefen, in die sie gereist waren, ineinander verwickelt wie Seetang, tauchten sie auf, sich suchend in der Realität, die über sie hereinbrach, schockierend zuerst, wie all zu grelles Licht die Augen erschreckt, die auf Dunkelheit eingestellt sind. Nur ungern kehrten sie in ihre Körper zurück, suchten Gefühl in Armen, Beinen und Zehen, spürten dann die aneinandergepressten Bäuche und endlich, ganz zögerlich, wie ein Versuch nur, öffneten sie die Augen, als kleine Schlitze nur, die es möglich machten, sich ganz schnell wieder zu schließen. Aber da war er dann jeweils schon, der Blick des andern, zwischen den zusammengezogenen Lidern, der sagte, ich bin auch da, ich ertrage es mit dir, komm nur zurück, ich liebe dich. So war es gewesen. Für ihn – aber offensichtlich nicht für Marcy. Und er hatte geglaubt, dass er es akzeptieren müsse, weil er sie liebte. Aber jetzt fühlte er, dass er seine Unfähigkeit zu verstehen, noch immer als tiefe Verletzung in sich trug. Warum hatte das Schöne und in seinen Augen Perfekte vergehen müssen? Und es war perfekt gewesen. In diesen Tagen wurde es ihm wieder deutlich. Er hatte sich versteckt hinter seinen Interessen und seiner Arbeit. Er hatte seine Gefühle zum Schweigen verurteilt. Aber jetzt spürte er wieder seine Liebe und die Schwermut über deren Unmöglichkeit. Und seine bisherige Gelassenheit und Zufriedenheit wichen einer melancholischen Nachdenklichkeit.

Und an all dem war Yumiko schuld, die für ihn kochte wie eine Mutter. Und Yumikos Garten, in dem er saß und beobachtete, wie alles wuchs. Und der Fluss vor dem Haus, der ihn daran erinnerte, dass die Zeit unwiederbringlich verging.

20

Jetzt saß also auch Sean an Yumikos Küchentisch. Sie hatte ihn ohne Zögern in ihr Haus aufgenommen, ihm ein Zimmer angeboten, und dafür nur halb soviel verlangt wie für das von Robert, ohne diese Vergünstigung irgendwie zu begründen. Robert fragte auch nicht. Sean hingegen war dankbar, mehr noch, dass er irgendwo unterkriechen konnte als dass es so wenig kostete.

Er saß schweigsam da, wie ein verdattertes Kind und starrte in seinen Teebecher. Ein seltsames Dreieck waren sie: Yumiko klein und gedrungen, mit runden Wangen und ohrlangen, noch ganz schwarzen Haaren, wach und aufmerksam wie ein junger Hund, Robert, lang und fast hager, die leicht gewellten Haare schon fast ganz ergraut, in diesen Tagen müde wirkend, auch wenn er sich sehr gerade hielt, und Sean, die Augen von seinem schweren Blondhaar verdeckt, in sich zusammengesunken mit hängenden Schultern. Der kräftige junge Mann, den Robert vor zwei Wochen auf dem

Koyasan am Kiosk hatte gestikulieren sehen, war nicht wiederzuerkennen.

Sean hatte seit ihrer Wiederbegegnung am Fluss noch keine Gelegenheit gehabt, sich auszusprechen. Robert war schnell und immer ein paar Schritte vor dem Jungen her zur nächsten Telefonkabine gehastet und hatte Yumiko angerufen. Er tat dies mit finsterem Blick, als ob er eine lästige und unangenehme Pflicht erledigen müsse. Sean war dankbar hinter ihm her getrottet, einfach froh, dass jemand anderes die Verantwortung für irgend eine Art von Handeln übernahm.

Yumiko hatte keineswegs erstaunt reagiert: „Bringen Sie ihn her", hatte sie ohne Überlegungspause gesagt, „dann sehen wir weiter."

Und nun saßen sie da, knabberten harte Crackers mit braunglänzender Salzkruste, die man kaum zerbeißen konnte und die, wenn es doch endlich gelang, in tausend Stücke zerbarsten und alles mit Krümeln übersäten. Lange Zeit war das Krachen dieser Crackers das einzige Geräusch in der Küche. Schließlich verlor Robert die Geduld: „Erzähl endlich", sagte er streng.

Sean begann stockend. Er hatte also dieses Mädchen getroffen, Meiko hieß sie. Und sie hatten etwas zusammen, nein keine Affäre, etwas das mehr war, etwas, das Sean noch nie erlebt hatte. „Es war ..., es war ..., es stimmte einfach alles, es war einfach alles richtig. Ich spürte, dass es so sein musste, dass es so gemeint war." Es war das Du, auf das man immer wartet, es war das andere, das die eigene Fremdheit auflöst, es war das, was einen von sich befreit und einen doch mehr sich selbst werden lässt, als je zuvor. „Es war ...", Sean rang mit Worten, um zu sagen, dass es verschieden war von allem, was man versucht, auszudrücken. Er wollte die Einzigartigkeit einer Sache betonen, die schon tausendmal beschrieben, für die alle Worte schon gebraucht geworden und abgenützt waren. Er fühlte die

Abwertung, die darin lag, ein zartes, außerordentliches Erlebnis ins Gefängnis von Begriffen zu sperren. Er spürte erniedrigt, dass Worte das ganz Besondere, das Wunder, zum Gemeinplatz schrumpfen ließen. Er sah mutlos und verloren auf Robert.

Dieser Blick ließ Robert auffahren. Heftig fühlte er Seans Ratlosigkeit, Offenheit und dessen gefährliche Verwundbarkeit. Da schaute eine Kinderseele, die die Welt nicht mehr begriff. Und Robert sah sich selbst in diesem Blick, er spürte sein eigenes Erschrecken darüber, dass die Dinge so sind, wie sie sind. Und sein Schrecken löste ein starkes Echo aus: Eine Antwort meldete sich, unbändig kraftvoll, etwas Fremdes und doch ganz Bekanntes, etwas wie Liebe, Vatergefühle vielleicht, Beschützerinstinkt jedenfalls. Wie ein Wettersturz überkam es Robert. Er würde Verantwortung übernehmen, kämpfen, auch wenn er nicht wusste wofür oder gegen was. In diesem Augenblick war Sean ihm so nahe wie er sich selbst.

Dies alles geschah in einem Bruchteil einer Sekunde und war weder Sean noch Robert verständlich, aber beide spürten, dass etwas geschehen war, das unumkehrbar und nicht zu beschreiben ist. Es zeigte sich darin, dass die fast feindselige Zurückhaltung Roberts jetzt verschwand. Er wandte sich dem jungen Mann zu, bereit anzuhören, was Sean erzählen wollte.

Viel gab es nicht zu berichten. Seine Bekanntschaft mit Meiko hatte nur fünf Tage gedauert und die kurze gemeinsame Zeit hatten sie auf dem Blätterbett im Wald verbracht, mit anderem als mit Reden beschäftigt. Aber, und hier begann Seans Stimme zu kratzen und nur mühsam unterdrückte er einen Schluchzer, es war einfach nicht zu fassen, dass sie sterben wollte, und dass er nichts davon gemerkt hatte. Hatte sie die ganze Zeit, als sie in seinen Armen lag, an ihren Tod gedacht oder war es eine plötzliche Kurzschlusshandlung gewesen? Waren alle ihre Liebesschwüre Täuschungen und Lüge gewesen? Warum hatte sie von der Farbe der Bettwäsche gesprochen und von den Namen, die sie ihren Kindern geben wollte? Warum hatte sie ihn so angenommen, so in sich willkommen geheißen, ihn mit so zärtlichen Händen gestreichelt, ihn mit dieser Inbrunst geküsst? Weil sie schon wusste, dass sie sich töten wollte? Hatte sie die ganze Zeit mit dem Tod geflirtet, während er glaubte, er sei gemeint? Während er sich in ihrer Wärme sonnte?

Seans Denken kreiste seit Tagen im Strudel dieser Fragen und sein gequälter Blick zeigte, dass sie ihn in die Nähe eines Zusammenbruchs führten. Robert ließ ihn sprechen, unterbrach nicht, versuchte nichts zu erklären, nicht zu begütigen. Die schwierigen Fragen und die schrecklichen Tatsachen wurden nicht vom warmglänzenden Holz des Küchentischs gewischt.

Als Sean endlich erschöpft und ausgeleert innehielt, war es zunächst still. Dann griff Yumiko nach einem Cracker und ließ ihn zwischen ihren Zähnen krachen. Sie behauptete stets, dass sie kein englisch verstünde, aber es war, als ob ihr kein Wort entgangen wäre. Sie hatte Sean und Robert die ganze Zeit aufmerksam beobachtet und folgte ihrem Gespräch mit wachem Blick. Sie schien weder gelangweilt noch verständnislos. Im Gegenteil: Etwas in ihrem Blick schien wissend. Sie war sehr ernst.

„Ich werde jetzt etwas Kochen", sagte sie, klopfte auf den Tisch und stand auf.

21

Robert gehörte zu den Menschen, die sich in ihrem ganzen Leben nie jung und unbeschwert gefühlt hatten. Vielleicht kam es daher, dass er ein unerwünschtes

Kind gewesen war. Er hatte sich stets überflüssig gefühlt. Seine Mutter tat zwar ihr Bestes, aber er fühlte Dankbarkeit dafür, er nahm es nicht wie andere Kinder als selbstverständlich hin, umsorgt zu sein. Schon von klein auf spürte er, wie sehr seine Mutter überfordert und verbittert war. Und er suchte die Schuld bei sich. Seinetwegen war sie einsam, musste sich abmühen. Seinetwegen war ihr Leben schwierig. Vielleicht war es sogar seine Schuld, dass sein Vater sie beide verlassen hatte. Als Robert dann ins Teenagealter kam, durchschaute er bald einmal verstandesmäßig, dass die Sache so nicht stimmen konnte, dass nicht er die Verantwortung für das Leben seiner Mutter trug. Trotzdem blieb das Gefühl von Entfremdung und Distanz. Ob er es wollte oder nicht, er erlebte sich immer abgetrennt vom Geschehen und selbst von den Personen, die ihm lieb waren. Stets blieb er ein Beobachter von außerhalb, der vieles nicht verstand, der manches unvernünftig fand. Diese Haltung machte ihn frühreif und alt zugleich. Und fremd in seiner Welt.

Seine Versuche, dazuzugehören, scheiterten. Damals, als junger Mann auf dem Koyasan, hatte er eine Weile geglaubt, dass sich das ändern könnte. Er schwebte in der Harmonie der Klostergemeinschaft und plusterte sich wohlig wie ein Küken unter der Zuwendung von Nichido. In den Andachten und Ritualen im Tempel gab es etwas, das die Distanz zwischen ihm und der Welt verkleinerte und sein Fremdsein schmelzen ließ. Denn Dhyana, das Sitzen in Meditation, das sich Zurückziehen von der Außenwelt auf einen Punkt im Innern, auf die Bewegung des Atems zuerst und dann auf die Stille, die sich dahinter auftut, das war etwas, das Robert schon von Kind auf spontan für sich praktiziert hatte, ohne dass ihm bewusst war, das er einer alten, spirituellen Methode folgte. Inzwischen wusste er, dass selbst westliche Mediziner anerkannten, dass regelmäßige Meditation den Blutdruck senkt und die Konzentrationsfähigkeit und Leistungsfähigkeit fördert. Damals aber, im Kloster von Koyasan, erhielt er zum ersten Mal eine Beschreibung für sein Tun und sein Empfinden. Die buddhistische Doktrin erklärte ihm sein Erleben. Und was ihn zum Außenseiter unter den Seinen machte, war hier, was alle übten. Robert war zum ersten Mal nicht fremd. Es war ein wunderbares Gefühl gewesen.

Aber dann hatten ihn die Vorschriften des Ordens doch wieder aufgeschreckt und in die alte, distanzierte Einsamkeit gescheucht. Es waren Kleinigkeiten zuerst, die ihm Mühe machten: Er begriff nicht, dass es darauf ankommen sollte, was man aß. Er liebte die vegetarische Kost, verstand aber nicht die Wichtigkeit, die man ihr beimaß. Auch ein Salat stirbt nicht gern, sagte sich Robert, und: Das Leben lebt nun einmal vom Leben. Warum sollten Tiere geschont werden, nicht aber die Pflanzen? Und was war mit den Eskimos? Sollten sie für ewig verdammt sein, nur weil so hoch im Norden kein Gemüse wuchs?

Diese Fragen um Gut und Böse verwirrten ihn. Einerseits verkündete die Lehre, dass beides eins sei, dass die Unterscheidung von schwarz und weiß nur im Zustand der Täuschung möglich sei, andererseits lehrten die Mönche, dass es Fehler und Sünden gäbe, von denen sich der Gläubige reinigen müsse. Robert verirrte sich in diesen Widersprüchen. Hatte er etwas falsch verstanden? Er hatte diese Fragen jedenfalls sein ganzes Leben lang weiterverfolgt. Das Studium der alten indischen Schriften und die Vergleiche, die er zu anderen Religionen zog, boten ihm Gelegenheit dazu. Er fand vieles, das ihn begeisterte, er bewunderte die Vorstellungskraft und die Moral der Autoren aus der Vergangenheit, aber nie hatte er eine wirkliche Antwort gefunden, nie wäre er fähig gewesen, ja zu sagen, sich anzuschließen, zu fühlen: Hier gehöre ich dazu. So war er für sich geblieben. Und mit den Jahren mit immer mehr Überzeugung. Denn bald einmal stellte sich heraus, dass dieser Zustand wichtige Vorteile bot: Die innere Distanziertheit von allem ermöglichte es Robert nämlich auch, von sich selbst Abstand zu nehmen. Er war seinen Gefühlen und Gedanken nicht blind ausgeliefert, er konnte sie als von sich getrennt betrachten und akzeptieren oder ablehnen. Er hatte die Wahl und das gab ihm Freiheit. So hatte er sich eingerichtet in seinem Leben. Es wurde ein Leben am Rande der Klippe, die die zwei Welten, die innere und die äußere, trennt. Er hatte hinübergeschaut in die Leere, wissend, dass man darin fliegen könnte, aber niemals gewagt, wirklich abzustoßen, abzuheben ins Nichts. Er fühlte sich wohl an dieser Grenze, tat seine Arbeit und kümmerte sich nicht um das, was in der Welt und hinter seinem Rücken geschah.

Nur einmal, für ein paar Jahre, war er von der Grenze ins Innenland vorgestoßen. Marcy hatte ihn dazu verlockt. Sie lebte natürlich in beiden Welten, dort wo alle und Robert waren, aber auch dort, wo der Verstand nicht mehr weiterkommt und fliegen oder fallen muss. Marcy hatte ihn über die Grenze gezogen, denn diese hatte sich in ihre Augen hinein verlegt. Und wenn sich Robert in deren Spiegeln verlor, dann meinte er abzuheben. Dann ließ er sich fallen und kümmerte sich nicht mehr darum, wohin.

Doch wie gesagt, dies war lange her und war vorbei. Irgend etwas war zu groß geworden und hatte Angst gemacht. Ihm nicht, aber ihr. Vielleicht weil er naiv blieb, vielleicht weil er trotz allem noch so etwas wie Abstand bewahren konnte. Jedenfalls kehrte er zurück an seinen Platz. Und er vergaß, dass er die Grenze je überwunden hatte. Er beklagte sich nicht. Er liebte seine Arbeit und er erledigte sie gewissenhaft. Das war, was er konnte. Mehr wollte er nicht mehr vom Leben.

Und jetzt war da Sean, der ihn erneut wegholen wollte von seinem gewohnten, sicheren Ort. Robert sah sich wieder als Jüngling, verloren in einer fremden Welt voller Widersprüche, unerfahren, hilflos, jung und uralt zugleich. So wie Sean. Gequält wie der Blick des Jungen, der ihn nicht nur traf, sondern festband, freiwillig verpflichtend. Robert war gerührt und spürte den Impuls, zu Hilfe zu eilen.

Aber da war noch etwas in diesem Blick: Etwas, das Grenzen verwischte und auflöste, etwas, das sang und schwang. Neben der Angst ein Versprechen. Als Sean und Robert sich in Yumikos Küche angesehen hatten, da waren Konturen zerronnen und Trennungen geschmolzen, da hatte sich etwas gemischt oder gelöst, es war nicht auseinanderzuhalten. Jedenfalls schien es plötzlich unmöglich zu sagen, wer mit wessen Augen schaute, wer wen oder was erblickte, wer auf welcher Seite des Tisches saß. Eine Öffnung brach über sie herein, etwas Glühendes ergoss sich wie flüssiges Metall, das alles wegbrannte, was vorher gewesen war. Das etwas bedeutete oder auch nicht. Es geschah in einem Augenblick, in der Zeit, wo sich Wimpern senken, um Tränenflüssigkeit über dem Augapfel zu verteilen. Doch als sich die Wimpern hoben, war die Welt nicht mehr gleich. Robert und Sean hatten sich gefunden, Verwandtschaft war entstanden, eine Bindung aus gemeinsamer Erfahrung, die nur noch zerschnitten aber nicht mehr gelöst werden kann.

Das ist *en*, dachte Yumiko, aber sie sagte nichts. Sie wusch den Reis unter dem rauschenden Wasserhahn und setzte ihn in einer dünnen Aluminiumpfanne auf den Herd. Ihr Klappern war wie ein frischer Wind in einem stickigen Raum. Es lockerte die überdichte Atmosphäre. Nun brachte sie Schalen und Schälchen, eingelegte Gemüsestreifen und rohen Fisch. Sie legte

Essstäbchen vor die beiden Männer hin. Dann gab sie in ein Tellerchen mit Sojasauce ein Häufchen einer hellgrünen Paste. Dies war Wasabi, der brennendscharfe, japanische Meerrettich. „Davon musst Du tüchtig essen", sagte sie ungerührt zu Sean, „dann weißt Du, dass Du Grund zum Weinen hast." Robert übersetzte, und alle drei lachten herzlich.

22

Beim Frühstück saßen sie erneut beisammen. Sean hatte endlich wieder einmal durchgeschlafen und sah besser, geradezu rosig aus. Nur in seinen Augen war etwas Trübes, Unbestimmbares, wie Nebel, wie Leere, zurückgeblieben. „Diese Adresse ist alles, was ich von ihr habe", sagte er und legte einen Zettel auf den Tisch. „Ich möchte hingehen und mit ihren Eltern reden. Aber ich brauche Sie, um mich zu verständigen. Meine paar Brocken japanisch reichen nicht aus." Er sah Robert mit einem schnellen, bittenden Blick an, der nicht unterwürfig war, aber doch sehr bescheiden und verunsichert.

Robert strich mit einem Kratzgeräusch Marmelade auf seinen Toast. Yumiko langte nach dem Zettel, las laut und sagte zu Robert: „Ich weiß nicht, wo das ist. Iwate-Provinz. Irgendwo im hohen Norden."

„Weißt Du, wo dieser Ort liegt?", fragte Robert zu Sean hinüber. Yumiko schlürfte laut und lustvoll ihren Tee.

„Sie sagte, es sei ein Dorf. Mehr hat sie nicht gesagt. Es muss auf dem Land sein."

Yumiko stellte ihren Keramikbecher heftig ab und zeigte plötzlich ein sehr ernstes, fast böses Gesicht. „Das ist schwierig", sagte sie in warnendem Ton. Sean hatte sie verstanden. „So schwierig kann das nicht sein", protestierte er. „Wir können am Bahnhof oder auf einem Postamt herausfinden, wo dieses Dorf liegt. Und dann können wir im Dorf selbst nachfragen."

Robert gab seine Worte an Yumiko weiter, neutral wie ein Simultanübersetzer. Diese blickte finster. Dann warf sie einen Blick, schwarz wie Kohle, auf den jungen Mann und sagte: „Das ist nicht gut, das geht nicht." Dazu brauchte sie nur zwei Worte, nicht einmal scharf ausgesprochen, aber sie besagten alles. Es war ein Verbot. Die beiden Männer blickten überrascht auf. Es brauchte eine Weile, bis sie sich von Yumikos hartem Ton erholten. Dann fragte Robert vorsichtig: „Warum geht das nicht?"

„Es ist nicht gut für die Eltern. Und es ist nicht gut für das Mädchen."

Mehr sagte sie nicht. In der Küche herrschte bedrückte Stille. Robert versuchte zu verstehen und langsam dämmerte ihm: In der Familie herrschte Trauer und Entsetzen über Meikos Tod. Ein fremder Jüngling, der plötzlich aus dem Nichts auftauchte, würde die Verwirrung vergrößern.

„Glauben Sie nicht, dass die Eltern die Wahrheit erfahren möchten?" fragte er Yumiko sanft. Sie sah ihn unverwandt an mit Augen, die er nicht lesen konnte. Doch plötzlich meinte er, ihren Ausdruck erraten zu können: Glaubst Du, sie wollen wissen, dass ihre Tochter eine Affäre hatte, glaubst Du, sie wollen, dass das ganze Dorf es weiß und darüber tratscht? Robert meinte fast, sie sprechen zu hören. Und plötzlich wusste er, das Problem weniger die Affäre an sich war als dass Sean ein Mann aus dem Westen war, ein Fremder und damit ein Unwürdiger. Romantische Liebe und die Tragödien, die sie auslöst, waren der Dorfbevölkerung durchaus geläufig, einen Fremden zu lieben war aber nach wie vor so etwas wie Verrat. Es verletzte das Gebot, auf keinen Fall auffallen zu wollen. Dies konnte

Yumiko ihnen aber unmöglich sagen, weil es eine grobe Unhöflichkeit gewesen wäre und einen Gesichtsverlust für ihre Gäste bedeutet hätte. Erst jetzt wurde ihm klar, dass Meiko sich in den Augen ihrer Angehörigen verwerflich verhalten hatte und er vermutete, dass dies vielleicht sogar das Motiv für ihren Selbstmord gewesen sein könnte.

Robert sah Sean nachdenklich an. Wie sollte er ihm erklären, was er vermutete? Schließlich sagte er: „Hast Du Dir schon einmal überlegt, was es für Meiko bedeutet hat, Dich zu lieben?"

Seans Gesichtszüge schmolzen. Er wollte eben anheben zu bestätigen und von seinen und ihren Gefühlen zu sprechen, aber Robert schnitt ihm mit einer Handbewegung das Wort ab. „Ich meine nicht das", sagte er streng. „Anders gefragt: Glaubst Du, Ihre Eltern wären glücklich über Dich als Schwiegersohn gewesen?"

Diese Frage zerstörte Seans Gesicht. Sein Leuchten erlosch wie eine Lampe, die man ausknipst. Ganz offensichtlich hatte er sich diese Frage nie gestellt. Er war ein verwöhnter Junge und ein netter Junge, alle liebten ihn. Sein Vater hatte Geld. Ihm war noch nie in den Sinn gekommen, dass er irgendwo unerwünscht sein könnte.

Robert sah sein Erschrecken und versuchte es zu mildern.

„Wir sind hier in Asien", sagte er leise.

„Aber..." Sean wollte sagen, sie liebte mich doch, sie wollte es doch, sie wollte ein Haus haben und Kinder. Sie hatte es doch gesagt. Sie sprach immer vom Heiraten. Aber er ließ keinen dieser Sätze über seine Lippen. „Aber..." Diesmal wollte er sagen, sie darf sich doch nicht deswegen umgebracht haben, sie darf sich doch nicht umgebracht haben, weil sie mich liebte. Aber wieder sagte er nichts. Er saß versteinert da, die Hände ineinander verkrampft. Eine einzelne Träne löste sich im Zeitlupentempo von seinem linken Auge und zeichnete eine glänzende Spur auf seine Wange.

Robert war in Gedanken immer noch bei Meikos Eltern und merkte nicht, was Sean so durcheinander brachte. „Wir dürfen auf keinen Fall einen Skandal verursachen", sagte er wiederum ganz sanft. Und Sean nickte still und vernichtet.

„Warum wendet Ihr Euch nicht an eine Auskunftei", meldete sich nun Yumiko in die bedrückte Stille.

Auskunfteien sind in Japan, wo viele Ehen noch durch Eltern, Verwandte oder Vorgesetzte vermittelt werden, ein probates Mittel, um Heiratskandidaten und deren Familienhintergründe zu durchleuchten. Dabei zählen nicht nur Vermögen und Status der Eltern, sondern auch sämtliche Schulabschlüsse vom Kindergartenalter an. Die spätere Karriere hängt davon ab, ob man die richtigen Schulen und eine der hoch bewerteten Universitäten besucht hat. Um sicher zu sein, dass die zur Heirat vorgeschlagene Person allen Anforderungen genügt, bedienen sich besorgte Eltern gerne der Dienste von Auskunfteien. Für eine solche wäre es ein Leichtes, in Meikos Dorf zu Informationen zu kommen, meinte Yumiko. Ganz abgesehen davon, dass es für jede Art von Besuch viel zu früh sei, weil die buddhistischen Rituale, die einen Tod begleiten, noch nicht abgeschlossen seien. Es waren ja noch keine sieben Tage vergangen seit Meikos Tod.

Robert und Sean nickten stumm. Sie sahen ein, dass sie sich hier auf einem Gebiet bewegten, wo sie so fremd waren wie auf dem Mond. Sie verstanden weder die Heiratssitten noch die Beerdigungsrituale. Sie fühlten sich wie unbedarfte Kinder. Sie hatten gar keine Wahl, als Yumiko das Handeln zu überlassen. Diese griff bereits zum Telefon.

Es folgte ein Schwall von Worten, von denen Sean nur einzelne isolieren und verstehen konnte. Robert hingegen hörte, dass sie gewunden erklärte, dass es sich um eine äußerst delikate Angelegenheit handle, nicht um die gewöhnliche Abklärung eines Kandidaten. Nach einer Weile, während der sie still zuhörte, verdeckte sie den Hörer und flüsterte in Richtung Robert: „Es kostet mehr." Der winkte ungeduldig Zustimmung. Geld war jetzt nicht das Problem.

„Die Auskunftei sagt zu, innerhalb einer Woche erste Resultate zu liefern", sagte Yumiko, als sie den Hörer auflegte. Ihr Gesicht war immer noch bis zur Unfreundlichkeit verschattet. Auch Sean und Robert waren in gedrückter Stimmung durch die plötzliche Fremdheit, die Yumiko ausstrahlte. Aber dagegen war nichts zu tun. Es galt zu warten.

Traum

Es war heiß. Der Schweiß rann ihm von der Stirne. Aber wenigstens konnte er ihn jetzt aus den Augen wischen, denn er hatte Wasser und Reis bereits in der Hütte abgestellt. Er schob die kleine, vom Wetter gebleichte Holztüre hinter sich zu, ohne auf die Maserung zu achten, die wilde Wellenmuster warf. Der Himmel lag tiefblau über der Lichtung. Wie immer waren nur die Zikaden zu hören. Wie immer hatte der Meister keinen Laut von sich gegeben. Wie immer hatte er ihn bedient, Holzkohle in den versenkten Herd gelegt und den Wasserkessel an der Kette befestigt. Die Hitze drückte wie ein Gewicht. Auf der Lichtung blühten die Dolden der Spitzenblume, ein weißes Meer aus zartem Schaum. Sein Blick wurde weich, als er darüber strich. Plötzlich schien das Konzert der Zikaden zu verstummen. Er meinte zu spüren, wie die kleinen Blüten der Dolden zu Boden rieselten. Dann plötzlich hörte er wieder den Bach. Sein Rauschen schien ihn zu kühlen.

23

Wie an jedem Morgen seiner bisherigen Wartezeit saß Robert in Yumikos Garten. Die Kirschbäume waren inzwischen mit saftigen Blättern besetzt, hinter denen die knorrigen schwarzen Stämme zum Teil verschwanden. Alle Büsche, selbst die dunkelgrünen Kamelien, trugen reiche Triebe, die gelblich leuchteten, als ob die Sonne sie beschiene. Die Funkien setzten bereits zum Blühen an und bildeten, zusammen mit dem Haarfarn, Miniaturwäldchen unter den steilen Kliffen der Steine. Sie erfüllten damit brav die Intentionen des Landschaftsgärtners. Azaleen spreizten ihre Blüten in schamlosem Scharlach und Purpurrot. Die Zeit der zarten Pastelltöne war vorüber. Denn selbst die sandfarbigen Blätter der Glyzinien strotzen nun sattgrün und ihre Blütentrauben, so zart sie aus der Nähe wirkten, bildeten einen knalllila Fleck und erschlugen Robert fast mit ihrem Duft.

Warten. Robert hatte vernommen, dass der Abt einen Rückfall erlitten hatte und in den nächsten Tagen ganz bestimmt nicht zu sprechen sei. Diese Nachricht löste jedoch nicht mehr als ein Schulterzucken aus. Das Stocken des Geschehens versetzte Robert in einen seltsamen Gefühlszustand, in eine verdickte Atmosphäre, die jede Bewegung verlangsamte oder sogar zum Stillstand brachte. Und je länger dieser Zustand des Anhaltens dauerte, desto weniger wehrte er sich dagegen. Wie einer schwitzt, wenn es heiß ist oder sich zusammenzieht, wenn ein kalter Wind bläst, so ergab sich Robert in das Warten wie in die Wetterlage. Noch vor wenigen Tagen hatte er kämpfen wollen, hatte sich überlegt, wie er gegen die widrigen Umstände angehen könnte. Doch jetzt hielt er still. Auch war Sean gekommen, hatte ihn verwirrt und seine Pläne durcheinandergebracht.

Robert sah auf den Fluss. Er war angeschwollen,

denn in den Bergen schmolz der Schnee. Das Wasser floss schnell, obwohl es kein sichtbares Gefälle gab. Aber auch diese gewaltige Kraft trieb Robert nicht an. Wie in Trance sah er wehrlos zu, wie die Zeit verfloss. Und wie Hell- und Dunkeltöne in unscharfen Formen in und über dem Wasser geisterten, so schwammen Bilder durch ihn, undeutliche Ahnungen eher als Erinnerungen. Und immer wieder wehte der rote Reflex von Marcys Haar durch sie. Seans Geschichte hatte seine eigene aufgerührt. Meikos Tod war genau so unbegreiflich wie Marcys Rückzug. Und als eine Wolke von Blütenduft an Roberts Nase vorbeiwehte, zog er die Luft heftig ein, als ob er Marcys Parfum zu erschnuppern hoffte.

Marcy war keine Schönheit gewesen, ihr fehlte jedes Zerbrechliche, das, was Männer stark erscheinen lässt und sie an Frauen so rührt. Marcys Vorfahren waren Bauern gewesen und das zeigte sich noch immer an ihren zugriffigen Händen und ihren Gelenken, die keineswegs fein waren. Marcys Zartheit lag ganz woanders: In ihren Augen, die alles konzentriert verfolgten und eine vollständige Akzeptanz dessen, was sie sah, ausstrahlten. Nur unter ihrem Blick hatte sich Robert jemals ganz und gar lebendig gefühlt.

Er erinnerte sich an ihr erstes Treffen. Es war auf dem Campus gewesen. Er hatte sie beobachtet. Sie saß auf einer Bank im Park und betrachtete ihrerseits die Vorübergehenden. Es war ihre Haltung und etwas in ihrer Art, die Menschen anzublicken, was Robert fesselte. Als sie schließlich zu ihm hinüberschaute, verließ er den rauen Stamm der Palme, an den er sich gelehnt hatte und schlenderte zu ihr hinüber. Er sprach sie an.

Das Gespräch kam problemlos in Gang. Marcy zierte sich nicht. Sie war gleich alt wie Robert und studierte Medizin. Sie stammte von russischen Eltern ab, war in Südamerika aufgewachsen und hatte ein Staatsstipendium für eineinhalb Jahre. Und dieses würde schon bald einmal ablaufen.

Als Robert das hörte, wusste er, dass er nicht zögern durfte. Er lud sie zum Essen ein. Am zehnten Tag ihrer Bekanntschaft, sie hatten noch nicht zusammen geschlafen, machte er ihr einen Heiratsantrag.

Sie sah ihn mit riesigen Augen an. „Wir hätten auch ohne das zusammen schlafen können", meinte sie. In jener Nacht geschah dieses erste, nicht endenwollende Absinken in Regionen, die Robert zuvor weder erahnt noch gekannt hatte. Ihre beiden Wesen schienen sich zu multiplizieren. Sie vergaßen, wer sie waren und dass es eine Welt gab. Sie verließen das Zimmer während vier Tagen nur, um ins Bad zu gehen oder in der Küche etwas zusammenzubrauen aus dem, was sie in Schränken und im Kühlschrank fanden. Sie waren in Trance, ohne Drogen und Alkohol.

Sie sprachen nicht viel. Sie hatten nicht das Bedürfnis junger Liebender, sich alles zu erzählen, sich bis ins letzte Detail kennen zu wollen. Es war, als ob sie sich schon immer gekannt hätten. Es brauchte keine Antworten, weil es keine Fragen gab. Sie waren wie ein altes, sehr vertrautes Paar, und selbst die Liebe schien die Wiederholung eines immer gekannten Rituals. Es war das Glück des Wiederfindens und kein Erstaunen über das Finden.

Dann war Montag und Marcy sagte mit strahlend weichmüden Augen: „Und jetzt wieder Studium". Sie war sehr pflichtbewusst und hatte ihre Ziele.

Und es war leicht an die Arbeit zurückzukehren, denn beide waren sich des andern sicher und voll von Liebe. Es gab keinen Zweifel und darum keine Sehnsucht. Es gab nur das sichere Gefühl, gelandet, zu Hause angekommen zu sein.

Darum war es auch keine Katastrophe, als Marcy in ihr Land zurückkehren musste. Sie hatte sich für einen

Einsatz verpflichtet, hatte nur dank dieser Verpflichtung ihr Stipendium erhalten. Und sie wollte nicht wortbrüchig werden. „Was sind schon zwei Jahre", sagte sie, „wenn man sich wirklich liebt und weiß was man will." Und Robert hatte ihr zugestimmt. Er hatte auch keine andere Wahl, und im übrigen hatte er ein Stipendium für Indien, das er ebenfalls antreten wollte.

Und so begann Roberts erste Wartezeit. Bereits damals hatte er gelernt, sich nicht auf den Mangel, sondern auf die Fülle zu konzentrieren. Er warf sich in seine Arbeit, die ihm sehr viel bedeutete. Auch war ihm klar, dass für ihn nur eine Frau in Frage käme, die beruflich so interessiert und engagiert war wie er. Ihre Gemeinschaft war das Zentrum und trotzdem nicht das einzig Wichtige in ihrem Leben. Aus diesem Zentrum heraus wollten sie beide ihren Weg in die Welt gehen, um immer wieder zurückzukehren, nach Hause zu kommen, sich immer wieder neu zu begegnen. Aus Marcy wurde eine leidenschaftliche Ärztin, die sich ihrer Berufung genau so verpflichtet fühlte wie ihrer Liebe. Und für Robert galt das gleiche. Ihn an seiner Arbeit zu hindern, hätte ihn amputiert. So waren ihre Trennungen so unvermeidlich wie ihre Liebe.

Doch das Warten war für Robert trotzdem jedes Mal hart.

24

Der kleine Weidenbaum im Fluss, der noch vor wenigen Tagen weiche, bewegliche Äste in die Luft gestreckt hatte, war nun schwer und breit geworden. Er wiegte sich im Wind wie ein zerzauster Haarschopf auf einem nachdenklich nickenden Kopf. Das Röhricht hingegen war noch immer blassgelb und tot. Plastiktüten, Bierdosen und ähnlicher Abfall hatte sich in seinen

Rändern verfangen. Die Enten waren verschwunden. Vielleicht waren sie der Kirschblüte in den Norden gefolgt. Mehrere Milane kreisten im blassen Himmel und stürzten sich gelegentlich mit wildem Flattern aufeinander.

Sean und Robert wanderten gemächlich den Fluss entlang. Es gab einen asphaltierten Weg, der so breit war, dass zwei oder sogar drei Personen bequem nebeneinander hätten gehen können, aber Sean blieb knappe zwei Schritte hinter Robert zurück. Er war respektvoll darauf bedacht, Distanz zwischen sich und dem älteren Mann zu wahren. Dieser sagte lange kein Wort. Es war ihm recht, dass der Junge das stille Gehen nicht störte, aber Seans Demutshaltung ging ihm doch auf die Nerven. Er wollte nicht in der Rolle desjenigen sein, der Druck ausübt.

„Wie geht es Dir?" fragte er schließlich freundlich nach hinten. Sean schloss augenblicklich zu ihm auf. Offensichtlich hatte er darauf gewartet, angesprochen zu werden. Doch nun wusste er keine Antwort. Der Schock der ersten Tage nach Meikos Tod hatte sich zwar gemildert, Sean hatte sich ein wenig entspannen können, aber er wusste tatsächlich nicht, wie er sich fühlte. Schmerz und Sehnsucht, der Wunsch nach Meiko zerwühlten ihn. Ihm war, als ob seine Vorderseite aufgerissen wäre, als ob er sein nacktes Fleisch ungeschützt vor sich her trüge und als ob ihn nur eine Umarmung von Meiko heilen könne. Alles in ihm wollte diese Umarmung, schrie danach, schrie nach ihr, dass sie seinen Schmerz lindern, seinen Schrecken besänftigen solle. Gleichzeitig verwirrte ihn das Wissen, dass es sie nicht mehr gab. Wie konnte etwas, das so sehr in seinen Gliedern steckte, verschwunden sein? Es war nicht zu fassen. Zudem legten sich wie schwarze Ungeheuer Schuldgefühle auf ihn und drückten ihm den Atem ab. Hatte er einen Fehler gemacht, auf irgendeine Weise ihren Entschluss zu sterben ausgelöst? Sean ließ diesen Gedanken nicht deutlich zu, doch konnte er sich der dumpfen Frage nicht entziehen. Genau so wenig wie dem Zorn, der in ihm tobte, und den er nicht wahrhaben wollte. Er fühlte sich hintergangen und betrogen von diesem Wesen, das er über alles liebte. Und wie um seine Verwirrung noch zu steigern, vermischten sich all diese diffusen Gefühle mit ihrem Gegenteil: Er spürte Ruhe, fast Zufriedenheit. Roberts Gegenwart beruhigte ihn. Er fühlte sich geschützt und sicher. Und er hatte in kindlichem Vertrauen die Gewissheit, dass Robert das Leiden anhalten könne, wie er es schon einmal getan hatte. Unbewusst hielt er sogar für möglich, dass Robert die magische Kraft haben könnte, alles ungeschehen zu machen. So sehr glaubte er an seinen Freund.

Sie kamen an einer Stromschnelle vorbei. Das Wasser gurgelte über Steine und durch kleine Seitenkanäle. Diese sollten es den Fischen ermöglichen, flussaufwärts zu ihren Laichplätzen zu springen. Sean sah ins unruhige Wasser. Er beobachtete einen Wirbel, der sich wie ein bewegter Silberfaden ins Dunkel der Tiefe senkte. „Ich weiß nicht mehr, was ich denken soll", antwortete er schließlich.

Robert nickte zustimmend: „Wenn es wirklich schwierig wird, versagt das Denken."

Sie wurden wieder still, gingen jetzt aber nebeneinander. Sie hatten bereits ein paar Brücken hinter sich gelassen. Der gepflegte Asphaltweg wurde zum sandigen Pfad.

„Wie geht es Dir?" fragte Robert plötzlich wieder. Sean stutzte. Hatte er sich verhört? Die Wiederholung der Frage schien unwahrscheinlich und unwirklich. Sean zweifelte einen Moment, zuerst an sich, dann an Robert. Dieser blieb stehen und sah ihn unverwandt an. In seinem Blick lag kein Spott, wie Sean befürchtet hatte, auch keine Zerstreutheit. Roberts Augen waren klar und forschend. Sean brach in Schweiß aus. Er verstand nicht, was von ihm gefordert war, fühlte aber, dass Robert etwas erwartete.

„Wie geht es Dir?" fragte Robert wieder.

Es war hypnotisch. In Seans Ohren wurde es plötzlich still, daran merkte er, dass er vorher ein lautes Sausen gehört hatte. Jetzt herrschte Lautlosigkeit, obwohl die nächste Brücke nicht sehr weit entfernt war und reger Verkehr darüber rollte. Man hätte ein Stecknadel fallen hören können, selbst hier auf dem Sand. Nun bewegten sich Roberts Lippen, aber Sean war, als ob dessen Stimme in seinem Kopf vibrierte.

„Wenn es einem schlecht geht, weiß man es ganz genau", sagte diese Stimme. Oder etwas Ähnliches. Es spielte auch keine Rolle, denn Sean wusste plötzlich, dass er glücklich war. Er spürte die Sonne auf seinen Armen und den Atem in seiner Brust und eine Welle von Vitalität ließ ihn von Kopf bis Fuß erzittern. Der Sand unter seinen Sohlen war weich. Der Geruch des Wassers drang in seine Nase und trug in sich alle Weiden und Enten, alle Fische und Vögel, Kröten und Würmer, aber auch die Berge und das Meer. Sean bebte vor Lust, in der Welt zu sein. Es war ein Augenblick der Helle, wie er ihn nie noch erlebt hatte. Aber er dauerte nicht. Die Erinnerung kam zurück, das Schwarze, der Tod, und der weiße, verbrannte Leib von Meiko. Und mit ihm das Schuldgefühl, Schuldgefühl auch über diesen eben erlebten Glückszustand. Unter Roberts beobachtendem Blick erlosch das Strahlen in Seans Gesicht. Die Gedanken hatten ihn wieder.

Aber etwas blieb zurück. Ganz tief unten war Ruhe. Und mehr als das: Etwas triumphierte, dass es lebte. Ein Fünklein nur, ein winziges Stück Gold, nicht grösser als ein Stäubchen: Das Wissen, dass Leben ein Geschenk ist, auch wenn es schmerzt.

Robert sah Sean immer noch an. Er sah das Körnchen Gold. Es war wenig, gewiss, aber es war ein Anfang.

Robert war zufrieden. Sein Herz schlug regelmäßig. Es hatte den langen Spaziergang ohne Schwierigkeiten überstanden.

25

Es gab nichts zu tun. Robert und Sean benutzten die Wartezeit für einen Ausflug. Sie fuhren in die nahegelegenen Berge. Noch war es kühl in der Höhe und ein heftiger Wind riss an ihren Jacken. In dieser Gegend wehten die Lüfte offenbar mächtig, hatten sie doch tiefe Löcher in den Sandstein gefressen. Kleine und große Höhlen bildeten seltsame Muster in den Felswänden. Hier lebten in der Vergangenheit Einsiedler. Mit der Zeit gruppierten sich um die heiligen Männer Klöster mit Tempeln und Bethallen. Ein religiöses Zentrum entstand, das einen wachsenden Strom von Pilgern und Wallfahrern anzog. Das Heiligtum wurde durch eine lange, steile Treppe erschlossen, die sich in den bewaldeten Berghang klammerte und von den Pilgern die letzte Kraft forderte, hatten sie doch schon einen weiten Weg hinter sich. Doch gerade damit zeigten sie ihre Hingabe, außerdem mit Stelen, Skulpturen und Gedenksteinen, mit denen sie im Lauf der Jahrhunderte den Aufgang geschmückt hatten.

Heute hatten es die Pilger leichter. Robert und Sean waren mit der Bahn ins abgelegene Bergtal gefahren und standen schon nach wenigen Schritten am Fuß der Treppe, die von Verkaufsbuden und Verpflegungsstätten und deren Kunden umlagert war. Sie kämpfen sich durchs Gedränge und erreichten den ersten Tempel. Hier öffnete sich ein stiller Platz, es herrschte Ruhe.

Sean verneigte sich fromm, wusch sich am Brunnen die Hände und spülte den Mund. Dann kaufte er Räucherstäbchen und entzündete sie an einer Kerze, die dafür bereit stand. Er steckte das ganze Bündel in ein großes, sandgefülltes Becken, in dem bereits viel anderes Räucherwerk qualmte. Sean fächelte sich von dem würzigen Rauch zu, in Richtung von Brust und Gesicht.

Robert sah Sean wohlwollend zu. Die sicheren Bewegungen des Jungen gefielen ihm und gleichzeitig spürte er einen leisen Neid über deren Selbstverständlichkeit. Er selbst hielt sich immer zurück. Er fürchtete, als Fremder die Gefühle der Einheimischen zu verletzen, wenn er ihre frommen Gesten nachahmte. Vielleicht scheute er aber auch einfach davor zurück, in der Öffentlichkeit seine Gefühle zu zeigen.

Nun kletterten sie die altehrwürdigen Stufen zwischen den riesigen Zedern hinauf und gewannen langsam an Höhe. Tief unter ihnen glänzte das helle Schotterbett des Flusses, der sich schmal und wasserarm durch die aufgeschütteten Kiesel schlängelte. Manche Bergkuppen trugen noch Flecken von Schnee, aus denen die kahlen Baumstämme wie mit Tusche gezeichnet hervorstachen. Die Luft war würzig und frisch.

Zwischen den Stämmen im Dunkel des Waldes lagen vermooste Steine, Stelen standen schief und helle Jizos blitzten im Unterholz. Aus einer Höhle sickerte eine Quelle und färbte mit ihrer Nässe den Fels dunkel. Auch hier standen Jizo-Statuen und sahen ungerührt den Spatzen zu, die flatternd badeten.

Sean ging stumm voran und ließ Robert stehen, der immer wieder Pausen einlegte, um Herz und Atem zu beruhigen. Jeder blieb für sich, in einer stillen Konzentration, die erst endete, als sie oben, beim letzten Gebäude angekommen waren. Dieser Tempel lag zurückversetzt in einem flachen mit Bäumen und Gebüsch überwucherten Einschnitt des Berges. Hier war der Geist der einstigen Einsiedeleien noch immer zu fühlen. Es war still, friedlich und mild. Selbst die grelle Bergsonne schien hier etwas weniger heftig zu brennen. Sean kaufte wiederum Räucherwerk und entzündete es im vorgesehenen Becken. Dann stellte er sich neben Robert, dessen Herz schmerzhaft schlug. Sie standen an ein Geländer gelehnt und schauten zurück auf die Treppe, die sie heraufgebracht hatte.

„Warum bist Du nach Japan gekommen?" fragte Robert.

Sean hatte sich in seinem kurzen Leben noch wenige Fragen gestellt. Er war in einer privilegierten Umgebung aufgewachsen.

Was von ihm verlangt wurde, gute schulische Leistung und sportliche Resultate, erbrachte Sean mit Leichtigkeit. Und trotzdem war er im tiefsten Inneren unzufrieden. Er war das einzige Kind von stark beschäftigen Eltern, die ihren Geschäften nachgingen und von ihm erwarteten, dass er problemlos funktionierte, was er auch tat. Er lenkte sich ab, so gut er konnte, fiel aber immer wieder zurück in ein Gefühl des Mangels, ohne dass er analysiert hätte, was ihm fehlte. Ihm war nur einfach klar, dass er nicht so leben wollte wie seine Eltern, obwohl er nicht hätte sagen können, was ihm an ihnen missfiel, denn sie waren durchaus liebevoll.

So bat er seinen Vater am Ende der Schulzeit um die Erlaubnis zu reisen. Er wollte die Welt sehen und andere Arten des Lebens. Sein Vater hätte ihn lieber an der Universität oder in seiner Möbelfabrik gesehen, aber er willigte schließlich doch ein, weil er seinem Sohn zusätzliche Erfahrungen gönnte. Aber er finanzierte ihn halbherzig und knauserig, damit es seinem Sohn unterwegs nicht allzu gut ginge und ihm das Herumziehen nicht zu sehr gefiele. Der Junge, dem bisher alles im Überfluss zu Verfügung gestanden hatte, musste sich plötzlich auf ein spartanisches Leben umstellen.

Es machte ihm nichts aus. Er zog durch Italien, Griechenland und immer weiter nach Osten. Er traf andere Jugendliche und diskutierte ihre und seine Probleme. Er erlebte angenehme Überraschungen und herbe Enttäuschungen, probierte Drogen und gelegentliche Liebeleien. Und als er in Indien und Nepal angekommen war, sah er mit entsetzten Augen Armut, Krankheit, politische Missstände und begriff, dass er auf einer Insel gelebt hatte, in einer abgeschlossenen bequemen Raumstation aus Reichtum in einem Universum aus Elend. Immer weniger verstand er, was seine Aufgabe im Leben sein könnte, immer weniger wusste er, was er wollte und sollte. Da war er, seine Kraft, seine Talente, seine Möglichkeiten, und da war die Welt, durch die er sich einen Weg würde bahnen müssen. Aber welcher war der richtige? Welche Richtung war die seine? Er suchte nach Antworten in einem Ashram, er hörte zum ersten Mal Genaueres von Buddha. Und bald trieb ihn seine Verunsicherung weiter nach Japan.

Aber auch dort fand er keine Ruhe. Der verbissene Eifer, mit dem die Leute aus dem Westen Zazen übten, erschreckte ihn. Er sah sich erneut in einer Wettbewerbsgesellschaft gefangen, sich Erfolgsdruck ausgesetzt, nur ging es hier um geistigen Fortschritt statt um Geld. Gleichzeitig hasste er sich für seine kritische Haltung, fühlte sich schuldig, dass er nicht milder urteilen konnte. Seine Unsicherheit verstärkte sich. Denn auch die Mönche, mit denen er sich gelegentlich unterhalten konnte, verstanden seine Probleme nicht. Sie kamen aus einer anderen Welt und schienen nicht wirklich zu begreifen, was die Fremden bei ihnen suchten. Und wie hätten sie es auch verstehen können, nachdem diese selbst es nur selten wussten. Die meisten waren auf der Suche mit der Hoffnung, gefunden zu werden.

Sean gefiel das Sitzen in der Helligkeit und Reinlichkeit des Tatamiraumes, wo Zazen geübt wurde, er fühlte sich geborgen in den Tempelanlagen mit den vielen Buddhafiguren, aber er fand keine Lösung für seine Fragen und keine Erleichterung. Und so entschloss er sich nach Ablauf seines Kurses in Kamakura etwas anderes zu versuchen. Jemand hatte ihm vom Berg Koya erzählt. Vielleicht wäre Shingon das Richtige für ihn, so hoffte er. Aber kaum hatte er auf Koyasan begonnen, die neue Lehre kennenzulernen, war er Robert begegnet. Und dann Meiko. Damit war ein Wunder geschehen. Alles war klar geworden, Sean hatte gewusst, was er wollte: Meiko. Sean hatte sein Leben vor sich gesehen: mit Meiko. Aber dann war das Glück auch schon vorbei. Alles war wieder durcheinandergekommen, war vernichtet. Sean war verloren wie zuvor. Und musste zudem noch den Schmerz von dem ertragen, der weiß, dass es anders sein könnte.

„Ich kam, um Zazen zu studieren."In Sean war nichts mehr von der Prahlerei, mit der er Robert bei ihrer ersten Begegnung von Kamakura berichtet hatte. Sean sprach leise, traurig, niedergeschlagen.

„Bist Du Buddhist?" fragte Robert.

Sean überlegte lange. „Ich weiß es nicht", sagte er schließlich matt.

„Falls Du es wärst, woran würdest Du es merken?"

Diese Frage rüttelte Sean auf. Es waren sicher nicht die Räucherstäbchen, dachte er sich, und das Aufsagen von heiligen Formeln, wie er es auf Koyasan gelernt hatte. Dies waren Äußerlichkeiten. Er würde als Buddhist kein Fleisch mehr essen, aber das taten auch die Vegetarier, ohne dass sie deswegen Buddhisten waren. Und dann wusste er plötzlich, was es war: Es war das Versprechen der Erleuchtung, das Versprechen, dass der Schmerz und die Unsicherheit aufhören würden, was ihn am Buddhismus fesselte.

„Ich wünschte mir, dass der Schmerz aufhört", sagte er tonlos, ohne Roberts Frage zu beantworten. „Und er hat einmal aufgehört." – Damals als Sie mich fragten, wozu ich Erleuchtung brauche und danach, als ich mit Meiko war. Aber jetzt ist alles schlimmer als je zuvor. – Sean sprach es nicht aus. Er war nahe am Weinen.

„Was war damals?" fragte Robert.

„Damals fühlte ich mich stark. Ich fühlte, dass ich nichts brauche, nicht einmal Erleuchtung. Und mit Meiko, als ich mit Meiko war, das war Glück. Mit Meiko war einfach alles gut. Alles perfekt." Sean flüsterte nur noch.

„Und jetzt, ist jetzt nichts mehr gut?" Robert flüsterte ebenfalls und Sean nickte zustimmend. Er schaute ins Leere und dachte angestrengt nach. Unten auf der Treppe fotografierten sich ein paar Touristen gegenseitig. „Obwohl…" sagte er schließlich schleppend, doch er fuhr nicht weiter.

Ein junger Vogel setzte sich auf das Geländer. Noch konnte er sein Gleichgewicht nicht halten, er schwankte, als ob er herunterfallen wolle. Die Vogelmutter kreischte im Gebüsch. Robert lächelte verträumt. Sein Herz, das eben noch geschmerzt hatte, klopfte jetzt mit zufriedener Bedächtigkeit.

26

Die Eisenbahnwagen waren überheizt wie immer. Vor den Fensterscheiben flog die Landschaft vorbei. Noch war April, die Reisfelder lagen bereits überflutet, waren aber noch nicht bepflanzt. Die spiegelnden Wasserflächen gaben dem Land ein seltsames, unirdisches Gesicht. Dort wo das Schwere und das Raue liegt, wo man im Kreuz gebeugt im Boden wühlt, dehnten sich spiegelglatt die Farben des Himmels. In ihnen schien alles wolkenhaft zu schweben, selbst die Bauernhäuser wirkten wie Traumerscheinungen, aufgehängt zwischen dem Himmel und seinem Spiegelbild. Die Verdoppelung verlieh allem Unwirklichkeit.

Robert schaute zum Fenster heraus. Und eine seltsame Stimmung erfasste ihn: Er saß fest. Er fühlte sich verstrickt und angenagelt. Er wartete wie ein Bettler auf die Erlaubnis eines unbekannten Abts, auf Zugang zu Nichidos Nachlass, und jetzt noch auf die Auskünfte eines Detektivs. Und gegenüber saß dieser junge Mann, der irgend etwas von ihm erwartete, der ihn in Geschichten verwickelte, die ihn nichts angingen und die ihn plötzlich doch berührten. Robert verstand sich und die Welt nicht mehr. Er war zu einem einfachen und bestimmten Zweck nach Japan gekommen, und nun war alles verwickelt und festgefahren. Und er hatte nichts zu tun, als die Zeit totzuschlagen. Aber immerhin gab es noch Sehenswürdigkeiten zu besichtigen.

Sean saß ihm gegenüber und döste. Er hatte Schatten unter den Wimpern und sah ernst und mitgenommen aus. Wahrscheinlich lief hinter seinen geschlossenen Lidern der gleiche Film wie seit Tagen: Meiko in tausend Bildern, tot und lebendig. Und ähnlich geisterte es in Robert, der ihn betrachtete. Marcy war plötzlich allgegenwärtig.

Sie waren acht Jahre lang verheiratet gewesen, die acht glücklichsten Jahre in Roberts Leben. Durch Marcy war Glanz in sein Leben gekommen, wie in die Blätter einer Pflanze, die nach kümmerlichem Existieren in einer vertrockneten Blumenkiste endlich am richtigen Ort, in schöner, nahrhafter Erde eingepflanzt wird. Alles war stimmig, alles gedieh. Die Arbeit kam voran und Robert fühlte, dass auch er wuchs. Endlich gab es keine Fremdheit mehr zwischen ihm und den Dingen. Marcy wurde seine Brücke zur Welt und diese erschien nun schön, interessant und friedlich.

Marcy war sein Zentrum, seine Gewissheit und seine Heimat. Und er hatte selbstverständlich angenommen, dass er das Gleiche für sie war. Warum reichte ihr das nicht? Was fehlte ihr? Er hatte es nie begriffen. Und sie vielleicht auch nicht. Sie hatte geweint, als sie sagte, dass sie gehen müsse. Sie schien so unglücklich darüber wie er. Gibt es irgend welche Probleme, hatte er gefragt? Gibt es einen anderen? Hat es mit Deiner Familie zu tun? Oder mit Deinem Land? Etwas Politisches? Aber sie hatte nur den Kopf geschüttelt. Und als er sage, ich bin so glücklich mit Dir, hatte sie nur noch mehr geweint und gemurmelt, ich doch auch. Und trotzdem wollte sie fort. Irgendein Zwang trieb sie weg, eine tief vergrabene Angst vielleicht oder ein Gebot, dass sie sich auferlegt hatte. Robert war fassungslos. Es schien grausam und sinnlos. Und tatsächlich, sagte er sich, war es grausam und sinnlos. So grausam und sinnlos wie Meikos Tod. Was war nur in diesen Frauen, das sie zwang, davonzugehen?

Robert hatte sich damals auf Reisen begeben. Fast vier Jahre lang war er in Asien von Ort zu Ort gepilgert, hatte mal ein paar Wochen in einer exotischen Universitätsbibliothek nach Zufallsfunden gesucht, mal in einer Hütte am Fluss oder in den Bergen die Zeit an sich vorbeifließen lassen. Damals begann sein Herz wild zu schlagen und heftig zu schmerzen. Aber Robert ging nicht zum Arzt, weil er wusste, warum es so war. Er wollte diesen Schmerz, er wollte fühlen, wie weh es ihm tat. Wenn er Marcy schon nicht behalten konnte, dann wenigstens den Schmerz um sie.

Er betrachtete Sean, sein Kindergesicht auf seinem großen, kräftigen Körper. Wie verletzt musste der Junge sein, wie hilflos musste er sich fühlen. Plötzlich war er mit der Tatsache der Unwiderruflichkeit konfrontiert worden. Plötzlich hatte sich der Abgrund aufgetan, dieses Unfassbare, nicht zu Glaubende. Das abrupte

Aufhören, der Tod des andern, der man selbst zu sein glaubte. Und man hatte es überlebt, so unwahrscheinlich dies schien, ein überflüssiger und sinnloser Teil eines zerbrochenen Ganzen war noch vorhanden, zur eigenen Qual und zu nichts mehr zu gebrauchen. Was war man denn noch, wenn man nicht mehr ganz war? Warum lebte man noch? Vielleicht nur, weil man es noch nicht begriffen hatte, weil man sich der Vorstellung, dass der andere tatsächlich und für immer gegangen war, verweigerte. Hatte nicht auch Robert immer noch die wahnwitzige Hoffnung, dass Marcy irgendwo auf ein Wiedersehen mit ihm wartete? Dass eine neue Begegnung möglich sei? Diese Erwartung war mit der Vernunft nicht zu kontrollieren. Robert hasste sich manchmal dafür, dass das so war. Und dann die Schuldgefühle, die er als lächerlich und falsch erkannte und die er doch nicht ablegen konnte. Worin hatte er gefehlt, dass er bestraft wurde? Denn eine Strafe musste es sein, grundlos durfte solche Grausamkeit nicht sein.

Robert durchschaute seinen inneren Aufruhr, dieses quälende Kreisen im Angesicht des Unwiderruflichen. Er hatte seine Hilflosigkeit angenommen, im Wissen, dass Trennung und Tod alltäglich stattfinden in Millionen Krankenbetten, Schlachthäusern, Gartenbeeten, auf Autobahnen, im Meer, in den Karstlandschaften der Wüste und im Eis der Berge. Schlachten, ersticken, ertrinken, versinken, tausend Arten für immer das gleiche: Verschwinden. Unerreichbar werden. Vergehen. Und das alles ohne erkennbaren Sinn.

Es war Nacht geworden. Robert drückte sein Gesicht ans Fenster und spähte in die Dunkelheit. Das Wasser glänzte jetzt schwarz. Und dort, wo sich Lichter in ihm verfingen, wirkte es tief. Als ob die glatte Oberfläche ein Durchgang nach unten wäre, ein Weg in die Welt des Unsagbaren, der Märchen und der Feen. Eine

Gruppe von Straßenlaternen hing wie ein kristallener Kronleuchter in die Tiefe, spiegelnde Neonreklamen öffneten Räume, Ballsäle aus rotem Samt und Gold. Erlkönigs Töchter riefen zum Tanz in ihren Abgrund. Robert fühlte den Wunsch, sich ihnen hinzugeben, sich sinken zu lassen, hinauszufallen aus dieser Welt. Er griff nach seinem Herzen, das sich schmerzhaft zusammenkrampfte.

Sean schlug die Augen auf als ob er aufgeschreckt worden wäre. „Ich weiß nicht, was ich ohne Sie täte", sagte er unvermittelt. Robert schaute ihn nicht an.

„Im Notfall", antworte er matt gegen die Scheibe, die sich von seinem Atem feucht beschlug, „aber nur im wirklichen Notfall, ist immer etwas oder jemand da. Hast Du es nicht auch gespürt, in diesen Tagen?"

Sean überlegte still. Tatsächlich hatte es neben der Verzweiflung immer auch helle Momente gegeben, Dankbarkeit und Freude darüber, dass er Meiko begegnet war und Beruhigung und Trost, dass es Robert gab. Nicht alles war Schmerz, nicht alles war Katastrophe. Und in diesem Moment schaffte Sean, was er in den vergangenen Wochen in seinen Meditationskursen in der Theorie geübt hatte, nämlich sich von der Unmittelbarkeit seiner Gefühle zu lösen und sich einen Raum zu schaffen, in dem es etwas gab, das einen Damm bildete gegen die Überschwemmung seiner Verzweiflung.

Auch Robert hatte sich wieder gefasst. „Schau mal nach draußen, die Felder sind schön," murmelte er mit noch immer schwacher Stimme.

Und nun klebten sie beide am schwarzen Fenster.

27

Und weiter warten. In den vergangenen Tagen war das Nachfragen nach dem Abt für Robert zu einer Art

Sport geworden, ein inhaltsloses Ritual, von dem er keine Wirkung mehr erwartete, das er aber getreu, nach nicht ausgesprochenen Regeln, abwickelte. Doch an diesem Morgen hatte sich etwas verändert. Das frischgepuderte Fräulein im Krankenhaus betrachtete ihn mit freundlicher Direktheit, ja, so etwas wie Interesse hatte ihre gewohnte professionelle Kälte abgelöst. „Der Doktor will Sie sprechen", verkündigte sie mit dem Blick der Glücksgöttin, die Bonbons an Kinder verteilt. Sie telefonierte. Und wenige Augenblicke später öffnete sich die Lifttür und gab den jungen Arzt frei.

Die beiden Männer setzten sich. Die Empfangshalle war in zartem Lila gehalten und teure Blumenarrangements standen auf kleinen, schwarzen Lacktischen. In der Ecke flimmerte ein Fernsehapparat. Der Arzt zündete sich hastig eine Zigarette an.

„Dem Sensei geht es noch immer nicht so, dass er Sie empfangen kann", sagte er, „er ist sich aber Ihres Problems voll bewusst. Er hat den Hauptpriester von Nichidos Kloster, dort wo er sich zuletzt aufgehalten hat, beauftragt, sich um Ihre Angelegenheit zu kümmern. Dieser wird in zwei oder drei Tagen hier erwartet, um Bericht zu erstatten. Dann werden auch Sie ihn sprechen können." Der junge Arzt sprach sachlich und kompetent. Endlich schien etwas in Bewegung gekommen zu sein. Robert dankte ihm und ließ auch dem Abt ausrichten, dass er ihm für seine Bemühungen sehr verbunden sei und dass er ihm baldige und vollständige Genesung wünsche. Aus dem Blick des Mediziners war nicht zu lesen, wie es damit in Wirklichkeit stand. Dann verabschiedete sich Robert, auch dem Arzt mehrmals und förmlich für seine Bemühungen dankend, wie das die japanische Höflichkeit verlangt.

Robert sollte erst in zwei Tagen wieder im Krankenhaus vorsprechen. Er beschloss, diese Tage am Meer zu verbringen. Und Sean dazu einzuladen.

Der junge Mann beschäftigte sich, nach Yumikos Vorschlag, in ihrem vernachlässigten Garten. Er rechte das Laub zusammen, wie er es von den Mönchen gelernt hatte. Und er befreite die von Efeu und wilden Reben überwucherten Steine von ihrem grünen Pelz.

Steine sind die Essenz des japanischen Gartens. In ihren Formen und Gruppierungen werden Geist und Kunst der alten Gartenbaumeister erfahrbar, und die Bewunderung und Anrührung von Generationen von Menschen, die vor diesen Steinen gesessen und deren Kraft auf sich hatten wirken lassen.

Haben Steine Geist? Die alten Gartenbauer glaubten es. Sie pflanzten jeden Stein immer wieder genau so ein, wie sie ihn in der Natur gefunden hatten, weil alles andere die Steingeister beleidigt und dies Unglück über den Besitzer des Gartens gebracht hätte. Sie gaben den Steinen heilige Namen, sie widmeten sie Buddha und dem ewigen Leben und zeichneten mit ihnen nicht nur Landschaften nach, sondern drückten geheimnisvolle kosmische Gesetze aus. Steine werden noch heute so gesetzt, dass sie die Vertikale, die Horizontale und die Diagonale betonen. Diese Regel wird auch beim Ikebana befolgt, wo die drei Richtungen mit drei Ästen oder Blumen zu einem Grunddreieck gefügt werden. Dieses Dreieck wird dann mit kleineren Blumen und Grün mehr oder weniger sparsam dekoriert. Auch für die Bäume im Garten gilt, dass ihr Wuchs die drei Richtungen zeigen soll. Darum lieben die Japaner ihre knorrigen Föhren mit diagonalen Stämmen, horizontalen Zweigen und einer senkrechten Spitze. Sie lassen solche für teures Geld an windgepeitschten Küsten ausgraben oder in Baumschulen über Jahre sorgsam formen. Steine im Garten, wie auch immer sie gesetzt sind, stehen für die Beständigkeit inmitten des ewigen Wechsels der Dinge. Denn selbst wenn sie mit Wetter und Licht ihr Aussehen ändern, so bleiben sie doch immer, was sie sind, ob sie nun in der Sonne schimmern und zu schweben scheinen oder gedrungen und schwer vor Nässe und Regen liegen.

Nichts sagt mehr über das ewige Sein als der Steingarten von Ryoanji, wo in einem leeren Feld aus geriffeltem Sand ein paar Steinbrocken, wie zufällig von einer Riesenhand hingeworfen, Inseln der Festigkeit bilden für die Sinne, die zu flirren beginnen, wenn man lange genug vor der hellen Sandfläche sitzt. Felsen und Kies. Und Moos. Und Baumwipfel hinter der Lehmmauer, die sich im Wind wiegen und sich mit den Jahreszeiten verfärben und ein Gegenmuster zur gewollten Starrheit des Sandmeers bilden. Jedes Element erhöht die Wirkung des andern: Der Stein betont die Zartheit und Verletzlichkeit des Mooses und das Moos unterstreicht Starre und Beständigkeit des Steins. Die Bewegung der Wipfel verstärkt Künstlichkeit und Stille der Sandfläche und das abgegrenzte Geviert betont die Freiheit der Natur außerhalb. Der Geist des Tao scheint sichtbar: Das Weiche härtet das Harte und ist dort am weichsten, wo es inmitten des Harten ist. Und das Harte verstärkt die Zartheit des Weichen und ist in seinem vergänglichen Schoss das Bleibende. Der Geist des Getrennten und des Geeinten erscheint im japanischen Garten, eingefasst in Mauern, eingerahmt von Tempeltoren oder von Zweigen der künstlich und kunstvoll transparent gehaltenen Bäume, die immer wieder neue Ansichten und Durchblicke auf die vereinten Gegensätze geben: Stein und Moos, Stamm und Moos, Wasser und Stein, Kunst und Natur. Und der Betrachter unterliegt hypnotisiert der Wirkung. Er ist nur noch Wahrnehmung. Seine Gedanken versickern. Er wird still. Und schließlich sind Betrachter und Garten eins. Stein und Betrachter und Baum und Moos erleben sich und das andere als Ungeteilte, als das Ungeteilte. Dies ist die Kunst der alten Gartenbauer: Sie wussten die Trennung zwischen den Dingen aufzuheben. Sie machten Hügel aus Azaleen, Gebirge aus Gesteinsbrocken, Meere aus Moos und Wasserfälle aus Leere. Und dies gelang ihnen so gut, dass der Betrachter das Wasser rauschen hört. Und alles wird ihm eins, das, was ist und das, was nicht ist. Keine Trennung mehr, Kommunion. Der Garten trinkt den Geist des Menschen und der Mensch trinkt den Geist des Gartens.

Die Mönche kannten diese Wirkung seit jeher. Sie wissen, dass sie in ihren Gärten Kristallisationspunkte des Bewusstseins pflegen. Sie verneigen sich vor Steinen und Pflanzen und halten sie so liebevoll sauber als ob sie Säuglinge pflegten. Und die Gärten danken diese Zuwendung. Willig akzeptieren die Pflanzen die Form, die ihnen gegeben wird, demutsvoll lassen sie sich beschneiden, freiwillig geben sie ihre Triebe her um teilzuhaben an der Einheit.

Sean fühlte nichts von der köstlichen Wirkung, als er sich in Yumikos Garten zu schaffen machte. Er war einfach froh, dass er etwas zu tun fand, das ihn von seiner Verwirrung ablenkte. Während er sich bückte und streckte, während er Laub in den Korb schaufelte und nach einem trockenen Ast im Gebüsch angelte, vergaß er sich und alles. Und wenn ihm die Sonne warm auf den Rücken schien und wenn eine Duftwolke vorbeiwehte, dann fühlte er sich geradezu glücklich. Aber nur für diesen Augenblick. Denn noch immer tobten Stürme widersprüchlichster Gefühle und Gedanken in ihm, Selbstvorwürfe, Zweifel, offene Fragen. Und Momente des Wohlseins schienen Verrat an Meiko und seiner Trauer. Der innere Widerstreit war nicht zu stoppen und zermürbte Sean. Darum akzeptierte er glücklich, als Robert kam und ihn einlud, mit ihm ans Meer zu fahren.

28

Das Ziel ihrer Reise war berühmt für viele kleine, mit knorrigen Fichten bewachsene Inseln, die wilde Meeresbuchten sprenkelten. Doch als sie ankamen, war der Himmel trüb und das Meer sumpfig grau und weder Robert noch Sean waren besonders beeindruckt von dem, was sie vorfanden. Sie spazierten den Quais entlang und atmeten Abgase vom dichtem Verkehr und Fischdüfte aus den vielen kleinen Restaurants, die die Straße säumten. Lautsprecher luden zu Rundfahrten ein, aber es ging schon gegen Abend, die Stimmung war melancholisch und dämpfte ihren Unternehmungsgeist. Sie bezogen ein hässliches Hotel, das immerhin Meersicht bot. Robert wollte allein sein. Er schickte Sean ins Bad und verließ das Haus noch einmal für einen Spaziergang.

Ziellos ging er durch die Häuserzeilen vorbei an kleinen Läden. Hortensienstöcke, gusseiserne Teekannen und gebratene Fischpaste beherrschten die Schaufenster. Doch Robert schaute nicht hin. Er schwebte in einem Zwischenzustand der Wachheit, der es ihm gerade noch erlaubte, ungefährdet die Straßen zu überqueren. Sonst aber war er gedankenleer und ohne Gefühl. Schließlich wurden die Straßen einsam und führten zu baumbestandenen, moosigen Wällen. Jizos und Buddhafiguren kündeten an, dass er sich einem Tempel näherte.

Dieser lag halb verborgen zwischen den Hügeln, in einer Mulde, im Moos. Die alte Holzstruktur wirkte als ob sie dem Boden entwachsen wäre. Der Abend und das düstere Wetter trübten die Sicht und verliehen dem Ort eine unwirkliche Note. Vielleicht hatte es auch etwas Dunst und Nebel, die alle scharfen Konturen verwischten. Robert zog die Schuhe aus. Als er die seidenglänzenden Holzstufen betrat, langsam, tief atmend wie im Schlaf, glaubte er plötzlich, in einem seiner Träume zu erwachen: Er wurde dieser Mönch, der jeden Morgen seinem Meister Wasser und Reis in die Hütte trug, wo jener seiner dreihunderttägigen Morgensternmeditation nachging. Er war der Diener dieses schwarzen Dreiecks, das er in seinen Träumen immer wieder, in tiefer Kontemplation sitzend, gesehen hatte. Er fühlte den Waldweg unter seinen Füssen, das kühle Holz des Fußbodens an seiner Stirn, wenn er sich, auf den Knien liegend, verneigte. Er erkannte den Geruch dieses Tempels wieder, wusste, wie die vom Rauch geschwärzte Küche aussah, erlebte den dunklen Goldglanz des Buddhas am Hauptaltar nicht als Bild mit den Augen, sondern als Reiz im Zwerchfell, warf sich nieder am Altar, besinnungslos und doch ganz da, roch den Weihrauch, spürte das glatte Holz der gewachsten Bretter unter seinen Händen und über seinen Brauen, konnte sich kaum mehr lösen, warf sich noch einmal nieder und nochmals und schlurfte dann, innerlich tot, auf Socken davon, über die Veranda, seinen verschwommenen Blick auf den bemoosten Hang der Mulde gerichtet, auf die Stangen des Bambus, die sich am Hang staffelten und dunkle, kühle Leere zwischen ihren Stämmen entfalteten; er schlurfte weiter, sah unscharf das düstere Abendlicht, das sich matt auf den Reisstroh-Tatamis spiegelte, hatte endlich seinen Rundgang beendet und torkelte wie betrunken die Stufen hinunter zu seinen Schuhen.

Nun stand er auf dem Steinweg neben dem uralten Pflaumenbaum, dessen hohle Rinde sich schlangenartig wand. Wenige, starre Äste wuchsen daraus hervor. An einigen klebten noch die braunen Überreste der vergangenen Blüte. Schräg stand der Baum, über und über mit grauen, zottigen Flechten besetzt, über einem schrundigen, braunschwarzen Stein, aus dessen Höhlungen winzige, knallgrüne Farne wuchsen. Der Pflaumenbaum, über hundert Jahre alt, der Nachfolger eines Vorgängers, den der Mönch als kleines Reis gepflanzt hatte, damals. Das Moos an den Füssen des Baums war dicht mit winzigen neongrünen Hirschzungen besetzt, aber Robert sah sie nicht deutlich. Er ging wie im Nebel, stolperte über die Unebenheiten der Steinplatten, immer noch besinnungslos. Er fühlte sich sterben.

Am Tor hielt er sich fest. Er atmete durch. Lange stand er so und wurde sich langsam der Bewegung seiner Lunge bewusst. Endlich kam etwas Klarheit zurück. Vor ihm lag ein streng gefasster, kleiner Wald: Zedern. Ihre unteren Äste waren entfernt. Die dicken Stämme standen wie die Säulen einer Kathedrale. Es war ziemlich dunkel, denn die Dämmerung hatte eingesetzt. Vor Robert lag ein Weg, der ganz gerade auf ein Tor zuführte, das sich auf das noch helle Meer öffnete. Dieser Weg schlug eine Bresche in die schwarzen Zedernwipfel und ließ dem Himmel Raum, ein Lichtband zu entrollen.

Robert folgte dem hellen Streifen und meinte bei jedem Schritt, es sei sein letzter. Ein unfassbarer Schmerz floss durch seine Brust und wollte ihn wegspülen. Wie damals, als Nichido ihn aus dem Kloster gewiesen hatte. Schritt für Schritt ging er, bewusst und willentlich, in den Schmerz hinein, in diese tosende Flut, in diesen abgründigen Schrecken, jetzt aber wissend, dass seine Kraft, falls er überlebte, mit jedem Schritt an Stärke gewinnen würde. Das Viereck des Tores, auf das er mühevoll zuschritt, wurde grösser. Er gewahrte nun, dass es ganz symmetrisch die Spitzen von zwei Inseln umrahmte. Sie lagen sich nahe, nur durch den Abstand getrennt, der genau der Breite des Weges entsprach, auf dem Robert sich vorankämpfte. Der Krampf in seiner Brust lockerte sich etwas. Hinter der Lücke, die die Inseln freiließen, zeigte sich goldstrahlend das Meer im letzten Sonnenlicht. Unendlichkeit öffnete sich und Robert schritt überwältigt in sie hinein.

Erst im Hotelzimmer kam er wieder zu sich. Es klopfte und Sean fragte, ob sie zusammen essen wollten. Und schon brachte eine freundliche Frau Tabletts voller Schalen und Schüsseln, ein Gelage aus den wundervollen Meeresfrüchten, die die Gegend bot. Robert freute sich matt über die Farben und Dekorationen der verschiedenen Speisen, aber er aß nur etwas Reis.

Sean hingegen gab sich mit Appetit dem Essen hin. Er sagte kein Wort. Er kaute mit Genuss die ungewohnten Dinge und schaute gelegentlich auf die Insel vor ihrem Fenster. Es war jetzt Nacht. Und die beleuchteten Felsen boten ein romantisches Bild.

Traum

Es hatte geregnet. Die Blätter schienen fett vor Nässe und der Weg war glatt und schlecht zu gehen. Er keuchte. Die Wasserkanne riss an seinem linken Arm, der Reis brannte in seiner rechten Hand. Er hörte den Bach rauschen. Dieser musste gewaltig angeschwollen sein, da er so gut zu hören war. Oder täuschte er sich? Meinte er nur, das Geräusch wahrzunehmen, weil er wusste, dass es geregnet hatte? Oder rauschte es in seinen Ohren? Etwas stimmte nicht. Er spürte es ganz deutlich. Etwas war nicht in Ordnung. Dieses Rauschen war ungewöhnlich. Es war zu stark. Es war wie ein Chor von Stimmen. Es war fremd und gefährlich. Er beschleunigte seine Schritte, doch das brachte ihn ins Rutschen. Also verlangsamte er seinen Gang wieder. Er betrachtete die Pflanzen am Weg, er kannte jede, sah sie jeden Tag zweimal an. Niemals hatten sie ihm zugenickt, sein Erscheinen war alltäglich, unbedeutend, normal. So war es bisher gewesen, aber heute schienen sie ihn zu drängen: Beeile Dich!

Als er die Lichtung betrat, sah er ein mildes Licht über der

Hütte. Da begriff er, was vorging. Er brach in Tränen aus. Es
war, als ob er selbst stürbe. Trotzdem öffnete er die Tür mit der
gewohnten Sorgfalt und Langsamkeit. Weinend verneigte er sich
drei Mal. Diesmal spürte er den Boden nicht. Der Meister war
in sich gesunken und zur Seite gefallen. Der Meister war tot.
Auf den Knien robbte er zu ihm hin. Ehrfurchtsvoll berührte er
sein Gewand und führte den Stoff an seine Stirn. Dann drehte er
den Leichnam um. Bevor er ihm ins Gesicht blicken konnte,
erwachte er.

29

Am nächsten Morgen war das Wetter strahlend
schön. Der türkisblaue Himmel spiegelte sich im Meer,
die grotesken Formen der sandgelben Inseln stachen
daraus hervor, gemildert durch die Polster aus graugrü-
nen Föhren.

Robert und Sean hatten ein Schiff genommen, dessen
quäkende Lautsprecher die geologischen Grundlagen
für diese Inselbildung erklärten und jedem der Brocken
seltsame Namen zuschrieben. Möwen kreischten um
das Boot, schrauben sich in die Höhe und ließen sich
fallen, wie es ihnen gerade in den Sinn kam. Es
herrschte Ferienstimmung.

Bei einer der größeren Inseln gingen sie an Land.
Steingerahmte Kieswege führten dem felsigen Ufer
entlang, das hier nicht nur mit Föhren, sondern auch
mit Laubbäumen besetzt war, die bereits ausgewachse-
ne, aber noch helle Blätter hatten. Steile Buchten öffneten sich, mit gestreiften Felsen und ausgewaschenen
Höhlen, in die milde Wellen klatschten. Die Aussicht
wechselte mit jedem Schritt.

Sean und Robert gingen ohne zu sprechen bedächtig
vor sich hin. Sie ließen keine Landzunge aus, sondern
folgten dem Weg, der rund um die ganze Insel führte.

Die anderen Touristen blieben zurück. Sie waren allein mit dem Schlagen der Wellen, vor dem sich helle Vogelstimmen abzeichneten. Sean verzichtete darauf, Namen zu nennen, obwohl sie ihm auf der Zunge lagen. Robert war ihm dankbar dafür.

Die Ansichten, die sich ihnen boten, waren atemberaubend. Wildromantisch und schön. Und die Pracht vervielfältigte sich dadurch, dass sich immer auch noch Nachbarinseln ins Blickfeld schoben, ebenfalls aufregend geformt und nur durch ein paar Wellenrippel von ihnen getrennt. Hier hatte die Natur geschaffen, was die Kunst des japanischen Gartens nachahmte: die Kombination von Gegensätzen und verschiedenen Strukturen in einem kulissenartigen Aufbau mit Tiefenwirkung. Wie sich im Garten Steine und Pflanzen hintereinander schoben ohne sich zu verdecken, so zeigte sich hier Fels hinter Wasser, hinter Baum, vor Wasser, Fels, Baum, Wasser, Fels. Die Welt wurde vielschichtig und mehrdimensional. Hinter allem gab es noch etwas anderes. Die Realität wurde transparent. Es öffneten sich Räume zwischen den Dingen und hinter den Dingen.

Robert schaute mit glücklichen Augen. Er bemerkte das Flirren eines Blattes vor dem Goldgekräusel des Meers, ein schwarzer Stamm zerschnitt einen gelben Fels, Schilfgras errichtete einen Vorhang vor dem unendlichen Horizont, der Himmel hing zwischen den Ästen, aber in Wirklichkeit war es das Meer. Dort wo man Wasser vermutete, wogten Bäume, und dort wo man in eine Bucht zu spähen glaubte, blickte man durch ein Tor ins blendende Sonnenlicht, so dass das Auge tränte und nichts mehr sah. Wenn man den Blick nach oben richtete, breitete sich das frische Hellgrün der Maiblätter aus, wenn man nach unten sah, zeigte sich Wasser, plötzlich grün statt blau. Vielleicht schwamm einmal eine Ente vorbei und setzte einen

Punkt eindeutiger Realität, aber sonst floss alles ineinander und hob sich dadurch auf.

Sie waren eine Treppe zu einem Aussichtspunkt hochgeklettert. Unter ihnen lag das blaue Meer, gefleckt von den Felsbrocken die in der Entfernung zu schweben anfingen, nicht mehr zu unterscheiden waren von Wolken, vom Nichts. Fels verwandelte sich in Luft. Roberts Herz klopfte vom Aufstieg und vor Freude. Er setzte sich auf eine kleine Wiese, die kreisförmig von verschiedenen Bäumen umgeben war. Es dauerte nicht lange und auch Sean setzte sich. Sie saßen in aufrechter Haltung wie zur Meditation und horchten auf die Geräusche der Insel und die Stille, die sich zwischen diesen auftat. Sonnenreflexe auf dem tiefer liegenden Wasser tanzten und spiegelten sich. Zuerst sah Robert sie kaum. Doch dann wurden sie immer auffälliger, rannten über die dunkelbraunen Stämme und die grünen Zweige, schwappten über und schwollen an, fingen an zu züngeln und zu lecken, ein wilder, orgiastischer Tanz wie Feuer, wie kaltes, weißes Feuer, entfesselte sich, knisternd alles verschlingend, sich drehend bis zum Schwindel, die Klarheit des Denkens zerstampfend, das Bewusstsein verdampfend. Und das Feuer reinigte alles, was zu reinigen war, alles was dunkel in Robert lag, was dunkel in Sean lag, was dunkel zwischen ihnen lag, es wurde verbrannt und verzehrt von diesem Geflacker, das sie kaum sahen, das sie aber hypnotisierte und fesselte.

Plötzlich hatte Robert das Bedürfnis zu sprechen: „Ich möchte Dich um Verzeihung bitten", sagte er, „ich war auf Koya unfreundlich zu dir. Du musst einfach verstehen: Ich kann nicht Dein Lehrer sein." Er sah Sean nicht an, er redete zu sich selbst. „Ich weiß nichts. Je länger ich nachdenke, desto weniger weiß ich, was das Leben ist und was ich davon halten soll. Für mich ist und bleibt es ein Rätsel. Und ich habe mir geschworen, nicht zu versuchen, es zu lösen. Ich respektiere das Geheimnis, verstehst Du", er wandte sich jetzt an Sean und sah ihn mit freundlichen Augen an, „es hat lange gedauert, aber jetzt bin ich so weit. Ich akzeptiere und respektiere das Geheimnis. Das ist alles. Ich weiß nicht Bescheid, darum kann ich niemandes Lehrer sein."

Sean schaute zurück, ganz ruhig, selbstsicher und stark und sagte: „Und trotzdem bist Du mein Lehrer, ob Du es willst oder nicht. Und ich bin Dein Schüler, ob ich es will oder nicht." Und er fing an fröhlich zu lachen und Robert stimmte, nach einem Augenblick des Staunens, ein, und es war klarer als je zuvor, dass sie keine andere Wahl hatten, als Freunde zu sein und sich zu gehören. Der Zufall hatte sie zusammengeführt und dieses Band geschaffen: Ein roter Faden, von den Göttern gezwirnt. Plötzlich und ungewollt war Zugehörigkeit entstanden. Robert würde nie mehr aufhören, sich für Sean verantwortlich zu fühlen und Sean würde nie mehr aufhören, Robert zum Muster seines Handelns zu nehmen. Auch wenn er Robert keinen Gehorsam schwor, wie es das alte Ritual verlangte, so würde er ihm doch in allem folgen, weil Sean in Robert seinen Meister erkannt hatte.

„Gut, wenn Du insistierst, dann akzeptiere ich Dich als meinen Schüler", sagte Robert schließlich locker und ließ es wie einen Scherz klingen. Und Sean sagte eben so heiter: „Und ich gelobe Gehorsam, Meister." Dann lachten sie beide unbändig. Aber beide wussten, dass ihnen ernst war.

Als die beiden an diesem Abend nach Hause kamen, sah Yumiko ihren leuchtenden Gesichtern an, dass etwas Besonderes geschehen war. Und weil sie Gedanken lesen konnte, wusste sie auch was.

Jeder muss einmal, in diesem oder sonst einem Leben, diese Formeln sagen, dachte sie verträumt, als sie im Bad lag und zusah, wie ihre Haut im heißen Wasser dunkler wurde. Jeder muss sich einmal demütig verneigen vor einem Meister und Gehorsam schwören. Und jeder muss einmal die Macht über einen anderen akzeptieren im Wissen, dass er sie niemals gebrauchen darf. Das ist die Regel – wobei nicht einmal sie selbst wusste, welche Regel sie meinte. Sie sah mit Wohlgefallen auf ihre Brüste, die im Wasser schwammen und dadurch jugendlich spitz aussahen, und auf ihren Bauch, der sich hinter ihnen hell wie der Vollmond rundete. Ach, es ist großartig, wenn es geschieht, dachte sie, glücklich, dass sie dabei sein durfte.

30

Schon früh am nächsten Morgen gab der Detektiv seinen Bericht an Yumiko durch. Sie erzählte, kaum hatte sie den Telefonhörer aufgelegt, und Robert übersetzte.

Als Meiko geboren wurde, war der Ort, wo ihre Familie lebte, noch ein richtiges Dorf, eine kleine Ansammlung von Bauernhäusern, einige noch strohbedeckt, inmitten von Reisfeldern. Nur um den kleinen Schrein herum wucherte etwas Wald. Inzwischen war die Stadt aber so weit ins Land hinaus gewachsen, dass sie das Dorf mehr oder weniger geschluckt hatte. Die wenigen Reisfelder, die es noch gab, lagen zwischen Betonblocks und Tankstellen, der kleine Wald verschwand zwischen den Häusern. Doch der Schrein, in dem die Götter des Reises und der Ernährung verehrt wurden, blieb unberührt, und ebenso der kleine buddhistische Tempel, der hauptsächlich zuständig war für die Betreuung der Toten. Neben seinem Tempelgarten mit drei alten Bäumen und einer kleinen Pagode lag ein Friedhof mit vielen ehrwürdigen alten

Gräbern und ein paar wenigen neuen Grabstätten aus glattpoliertem Marmor. Denn seit Geschäftsgebäude und Garagen das Gelände in Beschlag genommen hatten, wurde nicht mehr so häufig gestorben im Dorf.

Meikos Vater war der Besitzer und Erbe dieses Tempels. Er hatte Gebäude und Priesteramt vom Vater übernommen. Aber was diesem noch ein gutes Auskommen geboten hatte und zu hohem sozialen Status verhalf, war jetzt zur dürftigen Angelegenheit geworden. Der Tod wurde von der modernen betonbauenden Gesellschaft an den Rand gedrängt, vom Sterben ließ sich nur noch kümmerlich leben. Darum war Meikos Vater Lehrer geworden. Er unterrichtete in einer entfernten Vorortsgemeinde vom ersten bis zum vierten Grad. Rundum verkauften die Bauern ihr Land. Sie bauten sich große Häuser mit schönen Gärten und fuhren stattliche Autos. Meikos Vater sah es mit Trauer und wohl auch mit Neid. Er fühlte sich überflüssig in dieser Welt des schnellen Gewinns, die keine anderen Werte mehr als Geld kannte.

Er war ein strenger und konservativer Mann, der nur etwas Weiche zeigen konnte, wenn er seinen abendlichen Sake konsumiert hatte. Schnell schüttete er jeweils zwei, drei große Gläser in sich, um Erleichterung zu finden von diesem Gefühl, es nicht geschafft, sein Leben verspielt zu haben. Trotzdem hatte er seinen Sohn verstoßen, als dieser sich weigerte, sein Nachfolger im Tempel zu werden und darauf beharrte, in die Hauptstadt zu ziehen. Danach konzentrierte er sich auf seine älteste Tochter. Meiko sollte all das werden, was weder er noch sein Sohn vollbracht hatten, sie sollte eine gute Erziehung erhalten und eine glänzende Heirat machen, das war sein Ehrgeiz. Er bezahlte ihr ohne Murren die teuersten Schulen, er lobte sie als seine Hoffnung, aber er erzog sie nun mit noch mehr Strenge.

Eines Abends beim Sake, mit der Verspätung, wie sie

für langsame, konservative Charaktere typisch ist, sagte er sich plötzlich, dass er nicht dümmer sei als andere und dass auch er mit seinem Land Geld machen könne. Er beschloss einen Teil des Tempelgartens abzutrennen und darauf ein Geschäftsgebäude zu errichten.

Die Pläne wurden gezeichnet, Kredite wurden ihm gerne gewährt und der Bau wurde in Rekordzeit hochgezogen. Alles war wunderbar, die kleine Wohnung, die er sich im ersten Stock eingerichtet hatte, war reizend und ließ seine Frau seit Jahrzehnten wieder einmal strahlen. Nur war inzwischen der Immobilienmarkt eingebrochen. Keiner wollte mehr Geschäftsräume mieten. Die Zinsen aber liefen und die Schulden häuften sich an. Die Zeit tickte in Windeseile den Ruin von Meikos Vater herbei.

Dann trat, wie ein rettender Engel, Meikos ehemaliger Lehrer auf den Plan. Er brachte ein Heiratsangebot für Meiko. Sie wurde eilends von der Schule zurückgeholt.

Sie kannte den Kandidaten. Er war aus dem gleichen Dorf und ein paar Klassen über ihr zur Schule gegangen. Er galt als arrogant und grob, und sie hatte ihn immer gefürchtet. Sein einziger Pluspunkt war, dass er einen Vater hatte, der Bankdirektor war und dieser Vater hielt, nebst dem halben Dorf, Meikos Vater finanziell in der Hand.

Meiko hörte sich alles ruhig an. Sie willigte ein, den Bewerber zu treffen. Doch sie schob das Rendezvous auf den spätest möglichen Zeitpunkt hinaus. Dann sagte sie, sie wolle vorher ihre Tante auf dem Koyasan besuchen. Die Mutter versuchte, sie zurückzuhalten, sie wollte bereits mit den Vorarbeiten zur Verlobung beginnen. Doch der Vater ließ sie ziehen. Zum ersten Mal zeigte er Milde gegenüber Meiko.

Das war der Bericht des Detektivs. Und dieser hatte die Informationen von dem Lehrer erhalten, der als

Heiratsvermittler gedient hatte. Meiko war seine Lieblingsschülerin gewesen, hatte er erzählt. Sie hätte sich durch einen selten klaren Verstand ausgezeichnet und durch den unberechenbaren Willen einer Tigerin. In wessen Auftrag er als Vermittler tätig geworden war, wollte er übrigens nicht verraten, der Detektiv jedoch meinte, dass es ihn nicht wundern würde, wenn die Sache von Meikos Vater ausgegangen wäre.

Bedrückt saßen die drei um den Küchentisch, als Yumiko geendet hatte. Meiko – Robert sah wieder diese braven Mädchen vor sich, die schmal und mit eng zusammengepressten Beinen in der Eisenbahn saßen, mit feinen weißen Gesichtern, wie Püppchen, mit niedergeschlagenen Augen, um jede leidenschaftliche Regung zu verbergen – Meiko, das kleine, brave Mädchen mit dem Willen einer Tigerin, hatte in der Falle gesessen. Warum nur hatte sie Sean nicht für ihre Befreiung benutzt? Warum war sie nicht geflohen? Ihre Eltern waren durch ihren Selbstmord genau so ruiniert, wie sie es gewesen wären, wenn sie mit Sean durchgebrannt wäre. Warum hatte sie sich diesen Ausweg versagt?

Sean sah Meiko in diesem Moment nicht deutlich vor sich. Vor ihm schwebte ein diffuser Eindruck von schwerem Geruch, schwarzem Haar und zärtlicher Berührung. Er spürte Wut und Eifersucht und Verwirrung. Was war seine Rolle in diesem Spiel? Was waren ihre Schwüre wert gewesen? Hatte sie ihn nur als Ablenkung benützt? Um zu vergessen? Um sich an ihrer Familie zu rächen? Hatte sie ihn gemeint, wenn sie sich in ihn krallte oder war es bloße Verzweiflung gewesen? Und plötzlich fiel es heiß über ihn, Scham, dass er ihr Elend nicht gespürt hatte, dass er nicht gefühlt hatte, dass sie Hilfe brauchte, dass er so eitel zufrieden und überzeugt gewesen war, dass er sie glücklich mache. Er war ein Versager. Er hatte gemeint, zu lieben und dabei doch nur egozentrisch in seinen Gefühlen gebadet. Er hatte geglaubt, mit ihr verschmolzen zu sein, dabei hatte sie immer schon den Tod umarmt. Verzweifelte Schwärze überschwemmte Sean. Auch er sei es nicht wert zu leben, fühlte er. Es hatte keinen Sinn mehr, nachdem alles nur Täuschung gewesen war. Wie sollte er noch jemals vertrauen können, sich oder einem Menschen? Und wie sollte er ohne Vertrauen überleben?

„Es muss nicht sein, dass sie Dich getäuscht hat", wandte sich Yumiko an Sean und Robert übersetzte automatisch. „Vielleicht hat sie wirklich daran geglaubt, mit Dir wegzugehen. Sie ist auf diesen Berg gegangen, um Kobo Daishi um Hilfe zu bitten. Sie hat vor seinem Grab gebetet und gefleht. Und dann kamst Du. Sie hat gedacht, Du seist die Rettung, die man ihr geschickt hat. Sie wollte weg mit Dir. Doch dann, als sie nach Hause musste, hat sie ihr Mut verlassen. Eine japanische Tochter schuldet ihrem Vater Gehorsam, weißt Du. Er müsste sie allerdings beschützen, wie ein Meister seinen Schüler und ein Herr seinen Diener. Aber die Praxis ist anders als die Theorie." Sie unterbrach sich und wischte die Tischplatte mit leeren Händen, so als ob sie Schmutz beseitigen müsste.

„In der alten japanischen Tradition gab es immer nur eine einzige Art, gegen die Vorschriften eines Vorgesetzen zu verstoßen: Selbstmord. Es war die einzige Form von Protest, die zulässig war. Meiko war vielleicht eine Tigerin, aber sie war nicht stark genug, um zu kämpfen, sie wagte es nicht, sich der Tradition und ihrem Vater entgegenzustellen. Oder aber, sie war stark genug, um dem alten Gesetz der Samurais zu folgen."

Yumiko verstummte. Es war jetzt gleichgültig, ob Meiko aus Protest oder Verzweiflung, aus Stärke oder aus Schwäche gestorben war. Sie war tot. Langsam fing Sean an, es als Tatsache zu begreifen. Dass er nicht der Grund für ihr Sterben war, erleichterte ihn zwar, aber gleichzeitig spürte er Zorn, eine ungeheure Empörung über dieses Land und seine Traditionen. Und seine Wut rettete ihn. Er spürte jetzt so deutlich wie noch nie zuvor die Kostbarkeit des Lebens, und dass es unverzeihlich ist, es wegzuwerfen. Er würde annehmen, was das Schicksal von ihm verlangte, dachte er böse, er würde sich nicht entziehen. Und dann kam plötzlich eine unerklärliche Kühle über ihn, seine Zen-Schulung setzte sich durch. Er wurde ruhig und verneigte sich innerlich vor dem, was war.

„Ich akzeptiere es nicht", sagte er tonlos aber mit Festigkeit. „Es muss andere Möglichkeiten geben, die Schwierigkeiten des Lebens zu meistern. Ich hasse diesen Todeskult der Japaner." Und für einen Moment hasste er sogar Meiko.

Robert übersetzte nicht, aber trotzdem biss sich Yumiko auf die Lippen.

31

Robert ging durch den Park. Alles strahlte im hellgrünen Frühlingslicht. Das Laub bildete ein gewelltes Dach, getragen von kahlen Stämmen, zwischen denen sich ein Raum wie eine Bühne öffnete. Im Hintergrund schritten weit entfernte Figuren auf den Wegen und brachten sanfte Bewegung ins Bild. Robert bewunderte die Tiefenwirkung und Transparenz der Anlage, einmal mehr atmete er die Leere, die sich zwischen den Zweigen auftat und seinen Blick auf weiches Moos bettete. Unter den Ahornbäumen hatten Hunderte von Sämlingen ausgeschlagen und zeigten gezackte winzige Blättchen: Ein zukünftiger Wald, der niemals entstehen würde.

Ein leiser Bach schlängelte sich durch den Raum. An seinen Rändern wuchsen, die Kurven des Bachbetts nachzeichnend und nur einen schmalen Kanal freilassend, Iris. Einzelne tiefblaue Blüten schwebten über dem Teppich ihrer spitzen Blätter, die von den Rundungen der Azaleenbüsche abstachen, die ebenfalls dem Bachlauf folgten. Ihre Kissen bildeten ein wollenes, weiches Parkett und spiegelten gleichsam die Wellen des Blätterdaches. Einzelne Azaleen blühten bereits in ungemilderten Violett- und Rotschattierungen und wirkten in ihrer irrwitzigen Farbigkeit wie Fremdkörper im zarten Grün. Nur in ihrem Spiegelbild, das ein Teich zurückwarf und mit Wasserstreifen brach, ließ sich ihre vergängliche Blütenzartheit erahnen. Robert nahm alles in sich auf. Es war ein Abschied. Er spürte, dass die Zeit gekommen war, zu gehen.

Als er zum Haus am Fluss zurückkam, sagte ihm Yumiko, dass er im Krankenhaus erwartet würde. Er eilte augenblicklich hin.

Das Fräulein lächelte freundlich. Er gehörte jetzt zum akzeptierten Bekanntenkreis und erhielt entsprechend eine verbindliche Behandlung. Sie bat ihn in den lila Empfangsraum. Nach wenigen Minuten bereits kam ein Mönch im dunklen Reisegewand. Es war eine eindrückliche Gestalt, ein alter, aufrechter Mann mit mächtigem Schädel und einem fein geschnittenen Gesicht. Robert empfand Respekt und verneigte sich tiefer als sonst.

Der Mönch stellte sich als Beauftragter des Abtes vor. Er entschuldigte sich zuerst, dass sie Robert so lange hatten warten lassen. „Unser Problem war", erklärte er, „dass wir nicht wussten, was Sensei Nichido überhaupt gemeint hat. Er ist damals sehr plötzlich und unerwartet gestorben und hatte keine Zeit, seine Notizen zu ordnen. Auch ist es ja etliche Jahre her seit seinem Tod und sein Zimmer ist schon längst geräumt worden. Wir fanden seine Korrespondenz mit einer Kopie des Briefs, den er Ihnen geschrieben hat, aber wir wussten nicht, welche Schrift er meinte. Inzwischen waren ja sämtliche Werke, mit denen er sich beschäftigt hatte, wieder in der Bibliothek versorgt worden." Der Mönch saß mit verschränkten Armen, die Hände hatte er in die Ärmel gesteckt. Nun zog er eine Hand hervor und fuhr sich damit ins Gesicht. Robert sah, dass sie schön und fein modelliert war. Ihre Sehnen und Gelenke traten deutlich hervor, zeigten aber keine Beschädigung durch das Alter. Schnell verschwand sie wieder im Ärmel. Der Mönch musterte Robert mit dunklem, durchdringenden Blick. Er strahlte Ernst, Sicherheit und Gelassenheit aus.

„Ich habe versucht, herauszufinden, mit welchen Schriften sich der Sensei zuletzt beschäftigt hat. Dabei habe ich drei Rollen gefunden, die es hätten sein können. Wir möchten Sie herzlich einladen, diese zu überprüfen. Sie könnten mit mir nach Koya zurückkehren und, falls es nicht diese Schriften sind, selbst in der Bibliothek weiterforschen. Wir würden uns freuen, sie als unseren Gast bei uns zu haben."

Dies war eine sehr großzügige Einladung und Robert bedankte sich förmlich und bewegt. Sie kamen überein, bereits am nächsten Tag abzureisen. Der Mönch wurde dringend auf Koyasan zurückerwartet.

„Ich reise morgen ab", sagte Robert abends am Küchentisch, „was wird aus Dir, Sean?"

Sean schluckte. Sein Erschrecken war ihm anzusehen. Er hatte sich in Roberts Obhut sicher gefühlt und diffus gehofft, dass es immer so weitergehen würde.

„Ich weiß nicht", stammelte er, „ich möchte.....Ich werde jedenfalls in Japan bleiben."

„Aber Dir doch nicht etwa den Kopf rasieren lassen?" Robert sprach scharf, aus seiner Stimme war deutlich Missbilligung zu hören. Sean zuckte ein zweites Mal zusammen. Tatsächlich hatte er daran gedacht, zu den Mönchen zurückzukehren. Dass Robert diese

Idee so deutlich verwarf, ließ ihn die Fassung verlieren. Am liebsten hätte er losgeheult wie ein Kind. Aber er bemühte sich um Haltung. Robert spürte Seans Stimmungswandel. Seine Harschheit tat ihm leid.

„Vergiss nicht", sagte er weich, „in den Klöstern gibt es nur Schiebetüren – vielleicht kommt wieder einmal ein Moment, wo Du gerne eine Türe zuknallen möchtest."

Sean verstand. Das Bild leuchtet ihm ein. Er musste trotz seiner Beklemmung lächeln. Doch dann wurde er wieder traurig. „Ich möchte halt einfach in Japan bleiben", sagte er schließlich.

Da griff Yumiko ein, die einmal mehr alles verstanden hatte, obwohl die beiden englisch gesprochen hatten. „Ich finde, er sollte Büsche scheren", sagte sie forsch, „ich finde, er hat das Zeug zum Gärtner."

Diese Idee schlug ein wie ein Blitz, zuerst bei Robert, dann, nach der Übersetzung, bei Sean. Ja, im Garten war ihm wohl gewesen, bei den Pflanzen würde er gerne bleiben, sagte Sean. Und Robert, der die Gärten so liebte, dachte sich, wenn Sean tatsächlich Gärtner würde, dann wäre er ihm tatsächlich ein Sohn.

„Ein Freund von mir ist Gartengestalter", fuhr Yumiko fort, „der beste dieser Provinz. Manche betrachten ihn als lebendigen Staatsschatz und es ist wahrscheinlich nur eine Frage der Zeit, bis er diesen Titel tatsächlich verliehen erhält. Wenn Du willst, frage ich ihn, ob er Dich als Lehrling akzeptiert."

Nun kamen Sean tatsächlich die Tränen und zwar vor Erleichterung. Und auch Robert kämpfte mit seiner Rührung, weil sich plötzlich alles so schön auflöste. Yumiko aber meinte praktisch, Sean solle über ihren Vorschlag schlafen und ihr Bescheid geben, wenn er sich seiner Entscheidung sicher sei. Und, fügte sie hinzu, wenn er wolle, könne er während seiner Lehrzeit bei ihr wohnen und als Entgelt ihren Garten betreuen.

Denn sie wisse wohl, dass dieser vernachlässigt sei. Aber sie hätte bisher einfach zu viel um die Ohren gehabt, um sich auch noch um den Garten zu kümmern.

Traum

Wieder ging er den Pfad hinauf, mit dem Wasserkessel an der einen und der Reisschüssel in der anderen Hand. Es musste lange nicht geregnet haben, denn die Pflanzen lagen glanzlos wie unter einer Puderschicht. Überhaupt schien alles von einem seltsamen, aschenartigen Staub belegt, der Zweige und Blätter in Leblosigkeit erstarren ließ. Plötzlich wusste er, dass er träumte. Der Meister war schon lange tot. Und trotzdem ging er wie stets den Pfad hinauf. Im Traum. Er träumte, dass er die Lichtung sah, dass er sich der alten Hütte näherte. Sorgfältig schob er ihre Türe auf. Ein Windstoß schlug ihm entgegen. Die Läden der gegenüberliegenden Wand waren weit geöffnet. Wieder sah er die unglaubliche Aussicht, Bergkämme, die sich der Unendlichkeit entgegen wellten. Darüber ein weißer Himmel, der ohne zu blenden strahlte. Der Meister war im Gegenlicht kaum zu erkennen, doch er sah, dass er ihm zugewandt war. In Ehrfurcht und Dankbarkeit warf er sich auf den Boden, glücklich, den Geliebten wiederzufinden.

„Wie lange hast Du mir gedient?" hörte er dessen Stimme.

„Wie soll ich das wissen", antwortete er, „ich habe die Jahre nicht gezählt."

„Es ist lange her", sagte der Meister, „viele Jahre. Und ich habe in all der Zeit Deine Hingabe bewundert. Ich habe Dich nachgeahmt. Ich habe versucht, in allem wie Du zu sein. In all den Jahren warst Du mein geliebter Meister."

Der Meister verneigte sich tief und auch er drückte seine Stirn erneut auf den kühlen Boden. So lagen sie voreinander auf den Knien. Draußen rauschte der Bach. Als er sich erhob, sah er vor sich das Gesicht des Meisters.

Es war sein eigenes.

32

Das Waldkloster, in dem der Mönch Nichido sich jahrelang verborgen hatte, lag etwa eine Gehstunde außerhalb des Ortes Koya, einsam, eingebettet in Vogelgesang und in das Rascheln von Bambusgras.

Der Abt hatte für Robert Nichidos ehemalige Zelle freimachen lassen, einen Drei-Tatami-Raum mit einem direkten Ausgang auf Veranda und Klostergarten, der hier aber nicht anders aussah, als der ihn umgebende Wald. Eine kleine Tür in der Umfassungsmauer öffnete sich auf einen Pfad, der steil den Berg hinauf führte und dem glich, den Robert so oft im Traum gesehen hatte. Am Ende des Wegs stand auf einer kleinen Ebene eine Hütte, die dicht von Bäumen umgeben war. Sie diente den Mönchen als Unterkunft, wenn sie ihre langen, einsamen Übungen absolvierten.

Während die Zen-Mönche ihre Loslösung von ihren weltlichen Verstrickungen in strenger Meditation suchen, im Halbdunkel nebeneinander auf ihrer Matte sitzend, die ihnen auch als Schlaf- und Wohnstatt dient, während sie also in einer engen, schweigsamen Gemeinschaft ihre Loslösung von der Welt und die Vereinigung mit dem Absoluten suchen, gehen die Mönche des Shingon einen anderen Weg. Sie stellen sich Bilder vor, rufen diese mit Wortformeln herbei und versuchen, ihr Ich aufzulösen, indem sie sich mit ihren inneren Bildern verbinden. Sie beginnen mit der Rezitation und der Meditation der Silbe A, in der als Anfang alles enthalten ist, dann imaginieren sie eine Mondscheibe oder eine Lotosblüte hinter dem A und schließlich die Gottheit im Zentrum des Lotos. Sie werden selber göttlich, indem sie in dieses Bild eingehen, zur Figur im heiligen Bild werden. Um die dafür notwendige Konzentration zu erreichen, ziehen sie sich oft in die Einsamkeit zurück, verbringen Tage in vollständiger

Isolation und repetieren ihre Formeln bis zum Zusammenbruch ihrer normalen Denk- und Wahrnehmungsfunktionen. Nichido hatte alle, auch die strengsten Exerzitien absolviert. Er galt als besonders fortgeschritten, aber auch als Ausnahme, indem er, wie es sein Name sagte, die irdische Seite seiner Natur besser als andere mit seiner Spiritualität zu verbinden wusste. Dazu war er ein Gelehrter, mit dem sich nur wenige Experten der Welt messen konnten. Robert war entsprechend glücklich, als ihm nun sämtliche noch vorhandenen Unterlagen Nichidos zum Studium angeboten wurden. Auch die von Nichido zuletzt gelesenen Schriftrollen lagen in dem kleinen Zimmer für ihn bereit.

Mit Ungeduld machte sich Robert über die Papiere her, las tagelang, solange es das Licht erlaubte, suchte, dachte nach, las wieder und noch einmal – doch fand er nichts, was ihm außerordentlich oder neu erschienen wäre. Auch die Texte der vorhandenen Schriftrollen waren ihm weitgehend bekannt. Aus einer hatte er früher sogar Auszüge übersetzt. Was also war Nichidos Entdeckung gewesen? Was hatte Nichido ihm mitteilen wollen?

Diese Frage ließ Robert keine Ruhe. Als er sämtliche Notizen seines Freundes mehrfach durchgesehen hatte, inspizierte er die Bibliothek, das heißt, die Schriftrollen, die in dunklen Kästen im Tempel aufgereiht standen. Er erkannte aber bald, dass er Jahre aufbringen müsste, um das Vorhandene zu sichten und zu lesen. Denn die Rollen waren zum Teil sehr alt und mussten mit größter Sorgfalt behandelt werden. Auch waren sie in Schriften verfasst, die er nicht flüssig lesen konnte. Robert resignierte. Er musste sich eingestehen, dass seine Rückkehr nach Koyasan vergeblich und sinnlos war. Seine Reise hatte ihn nach nirgendwo geführt, das lange Warten hatte sich nicht gelohnt.

Seltsamerweise war Robert aber nicht entmutigt. Im Gegenteil. Sein Misserfolg erfüllte ihn mit einer unerklärlichen Heiterkeit. Die Hartnäckigkeit, mit der er sich den unergiebigen Zutritt ins Kloster erkämpft hatte, amüsierte ihn zutiefst. Und so saß er eines Nachmittags heiter in seiner Zelle und schaute in den Wald und in den Himmel, der zwischen den Zweigen hindurchschien. Er dachte an Sean, der nun lernte, Büsche und Bäume zu pflanzen, zu schneiden und zu pflegen. Und er versetzte sich an die Orte zurück, die sie zusammen besucht hatten.

In seine Erinnerung trat der Klostergarten am Meer, der ihn so tief beeindruckt hatte. Er sah die dunklen Baumsäulen aus den Moospolstern wachsen. Dies holte die Bilder von Licht und Schatten zurück, die er im Yumikos Garten beobachtet hatte, wie sie auf dem weichen Boden hin und her huschten, wechselnde Muster bildeten, aufleuchteten und erloschen. Und mit einem Mal wurde ihm klar, warum er diese Moosflächen so liebte: Sie waren so zart und empfindlich. Sie zeigten die Weichheit und die Verwundbarkeit der Erde. Wie ein halbtransparentes Tuch legten sie sich über Schrunden, Löcher und Wucherungen und betonten mehr als sie verdeckten die Verletzlichkeit, die unsichtbaren Schichten der Welt, die von Wurzeln durchstochen und von Steinen durchlöchert sind. Robert sah die Stränge, die sich brutal durch Erdreich und Fels zwängten. Er fühlte den Schmerz des Eindringens, die Heftigkeit der Verletzung. Welt, Erde und Grün sahen ihn an wie die Augen eines Menschen, der sich schutzlos preisgibt und seine Schwäche offenbart. Jetzt wusste er: Die Gärten waren Begegnung, Treffen mit dem Unausweichlichen. Sie lösten den Wunsch aus, näher und näher zu kommen. Sie machten ihn zum Zeugen ihres Seins, in dem sich wuchernde Lebenskraft schmerzhafter Zähmung unterwerfen musste oder vielleicht sich bereitwillig diesem Schicksal ergab. Robert spürte, dass er in den Gärten sich selbst begegnete. Er blickte in sie und sie blickten zurück. Es gab nur eine Welt, ein Leben, eine Verletzung und ein Wille, diese zu überwinden und in Schönheit zu verwandeln.

Diese Momente sind Liebe: Wir blicken in des andern Auge und spiegeln uns darin. Wir sehen eine Seele und wissen, sie ist wie unsere, es ist unsere eigene, es gibt nur diese eine. Ein solcher Blick verwandelt und macht uns verwandt. Wir bleiben unwiderruflich Gefährten auf unserer Reise durch die Zeit. Es ist unabänderlich. Wenn der Meißel des Bildhauers ein Stück vom Marmorblock schlägt, ist der Stein für immer anders. So ist dieser Augenblick. Er schafft Endgültigkeit, bestimmt die Form der zwei Blickenden. Und jede weitere Begegnung führt sie näher an ihre eigentliche Gestalt heran. So hatten Sean und Marcy Robert verändert, Meiko formte Sean, und Robert und Sean und Yumiko beeinflussten gegenseitig ihr Sein. Alle waren mehr sich selber geworden, weil sie den roten Faden von *en* akzeptierten, mit dem die höheren Mächte sie verknüpften.

Marcy hatte diesen Faden durchschnitten. Das musste Robert akzeptieren so gut wie Sean es hinnehmen musste, dass Meiko dort drüben zwischen den Bäumen lag. Auch wenn Beides nicht zu begreifen war. Robert bewunderte Sean, wie er mit Meikos Sterben umging. „Ich hasse diesen Todeskult" hatte er hervorgestoßen und sich damit ein für allemal für das Leben entschieden. Und seitdem war zu spüren, wie in dem Jungen Ruhe und heitere Ergebenheit wuchsen. Robert verglich sich mit Sean. Plötzlich schämte er sich. Hatte er Marcys Weggehen jemals verziehen? War sein krankes Herz etwas anderes als ein Protest gegen die Welt, wie sie ist? War er nicht dabei, sich dorthin treiben zu lassen, wo Meiko lag, einfach weil er sterben leichter fand als leben? Plötzlich hatte Robert das Gefühl, dass es noch etwas zu lernen gab. Plötzlich wurde sein Leben zur neuen Herausforderung. „Mein Gott, es ist zu früh zum Sterben" murmelte er. Und mit einem Mal zog er eine Operation in Betracht. Er habe noch lange Zeit genug, um tot zu sein, dachte er schmunzelnd.

33

„Noch 30 Minuten bis zur Landung, das Wetter in Los Angeles ist mild", schnarrte die Stimme des Kapitäns aus dem Lautsprecher. Robert war froh, endlich aus der Enge seines Mittelsitzes entrinnen und die Beine strecken zu können.

Die letzten Tage in Japan waren friedlich gewesen. Er hatte noch mehrmals mit Yumiko und Sean telefoniert. Dieser hatte Yumikos Angebot mit Freuden angenommen: Er wollte japanische Gartenkunst studieren und belegte umgehend einen Intensivkurs für Japanisch. Der Lehrmeister war auch bereits vorbeigekommen, hatte den Lehrling und Yumikos Garten in Augenschein genommen und festgestellt, dass man aus beiden durchaus etwas machen könne. Seans Vater war informiert. Er sagte, dass er zufrieden sei, wenn Sean wirklich durchhalte, was er sich vorgenommen hätte. Und im übrigen sei Japan ein interessanter Markt, den er vielleicht schon bald mit Gartenmöbeln beliefern könne. Alles war also zum besten eingefädelt, Robert hielt nichts mehr zurück. Er schrieb einen letzten Brief an Sean.

„Mein lieber Freund, wie lange und wo mein Leben auch weitergehen wird, einer der Schätze, die es enthält, werden immer unsere Begegnung und unsere gemeinsamen Erfahrungen in Japan bleiben. Es waren bemerkenswerte Tage. Ich habe von Dir gelernt so wie Du von mir gelernt hast und das ist schön und ein Grund zu Dankbarkeit. Lass uns Freunde bleiben und dieses Leben auskosten. Du bist stark genug, es wieder genießen zu können und ich werde es auch bald wieder sein. Das Leben ist ein Koan. Respektiere es und versuch nicht, es zu verstehen. In Detailfragen hast Du in Yumiko eine kompetente Auskunftsperson. Lebe wohl."

Danach hatte Robert sich von den Mönchen verabschiedet, seine Dankbarkeit für ihre Unterstützung betont und die besten Wünsche für die Genesung des Abts, der noch immer im Krankenhaus lag, hinterlassen.

Sechs Wochen war Robert abwesend gewesen, wie immer ohne Kontakt nach Amerika. Nun freute er sich, wieder in die vertraute Wohnung mit dem weichen Bett zu kommen und war gespannt auf die Berge von Post, die seine Zugehfrau wohl wie immer auf dem Schreibtisch in säuberlichen Stapeln aufgereiht hatte.

Die Landung war sanft und das vollbesetzte Flugzeug leerte sich mit erstaunlicher Geschwindigkeit. Robert war froh, er war jetzt entsetzlich müde. Der Weg aus dem Terminal schien ihm endlos. Das Stehen an der Gepäckrückgabe machte ihm große Mühe, und es schien ihm eine Ewigkeit zu dauern, bis sein Koffer endlich auf dem Band erschien. Als er ihn herunter hob, spürte er einen Stich in der Brust. Er schnappte nach Luft. Ein dumpfer Schmerz machte ihn halb besinnungslos, aber er kam noch ohne Probleme durch Einwanderungsbehörde und Zoll. Erst in der Halle brach er zusammen.

Der Sanitätsposten war ganz in der Nähe. Hilfe war sofort da. Und die diensttuende Ärztin war erfahren und reagierte schnell und richtig. Sie begann augenblicklich mit Beatmung und Herzmassage und verabreichte, als sie den Puls wieder fühlen konnte, die von der herbeigeeilten Krankenschwester vorbereitete Spritze. Dann ordnete sie an, dass eine Notoperation vorbereitet würde. Und schon erschienen Krankenwagen und Sanitäter mit Bahre und Atmungsgerät. Doch die Ärztin ließ den Patienten noch nicht los. Sie massierte ihn weiter bis sie sicher war, dass sich der Herzschlag stabilisiert hatte. Als es endlich so weit war, war sie schweißüberströmt. Sie wischte sich das rote Haar aus dem Gesicht. Dieses war nicht mehr jung. Feine Falten lagen über Stirn, Augen und Mund. „Ruf sofort Howard an", wandte sie sich zur Krankenschwester, noch bevor sie sich vom Boden erhob, „bitte ihn, diese Operation zu übernehmen. Sag ihm, es sei wichtig, er solle es machen, mir zuliebe."

Die Krankenschwester eilte davon, während der Patient auf die Bahre gebettet und rennend zur Ambulanz gebracht wurde. Erst als diese mit heulenden Sirenen davonraste, ging die Ärztin zum Bereitschaftsraum zurück. Sie setzte sich auf einen Stuhl und zitterte so heftig, dass ihre Zähne klapperten. Zum Glück gab es keinen weiteren Notfall an diesem Nachmittag.

Sean ging dem Fluss entlang. Das vertrocknete Röhricht vom Frühling hatte wieder ausgeschlagen. Schon bald würde der Fluss im neuen Grün des Schilfs versinken oder sich als verschmälerter Kanal durch das Gewächs schlängeln. Die Vögel waren laut und wild und zeigten sich ohne Scheu. Sean ging bedächtig, gedankenverloren und ganz im Einklang mit dem Fluss und dessen fast unmerklicher Bewegung. Seine Poren tranken das feuchte Grün um ihn herum. Er war auf eine seltsame Art glücklich.

Noch hatte er keine wesentlichen Arbeiten im Garten

ausführen dürfen, seine Tätigkeit beschränkte sich auf das Zusammennehmen von Ästen und Blättern und dem Kehren von Kies, aber er hatte schon einige der geheimen Gärten seines Meisters gesehen, er hatte seine Hände auf raue Rinden und pelzigdicke Büsche legen können und er hatte die Botschaft empfangen vom Weiterleben trotz Rückschnitt, vom Weiterwachsen trotz Rückschritt. Er trug klaglos den Schmerz um Meiko, wie ein Baum einen Riss in der Rinde. Er hatte verstanden, dass ein Gezeichneter immer auch ein Ausgezeichneter ist, wenn er, auch das lehrten ihn die Bäume, die Verletzung überhaupt überlebt. Aber Sean wollte nicht schwächer sein als die Pflanzen, die jeden Frühling wieder weiterwuchsen und das Beste machten aus dem, was ihnen zugeteilt war.

Ein Reiher stand auf einem Stein und ließ sich die Füße vom Fluss waschen. Seine feinen Brustfedern flatterten im Luftzug der Stromschnelle. Die letzten Autobahnbrücken lagen hinter Sean und langsam wurde die Landschaft frei und still. Die Fabrikgebäude wichen zurück und machten Reisfeldern Platz, deren schimmerndes Hellgrün jeden Tag dichter wurde. Manchmal knarrte eine Kröte oder ein Fasan schrie im Ufergebüsch. Der Himmel wurde tief und breit. Das Meer konnte nicht mehr weit sein.

Sean ging mit dem Fluss. Schon manchen Kilometer war er gegangen, aber er spürte keine Müdigkeit mehr. Er wollte weitergehen und weitergehen bis zum Meer. Irgend einmal würde er ankommen, er wusste es. Auch wenn er die Entfernung nicht kannte. Zwischen den Reisfeldern fuhr ein junger Mann in dunkler Schuluniform auf einem schwarzen Fahrrad. Er wirkte wie ein Bote aus einer anderen Welt. Später wand sich der Fluss durch ein lichtes Wäldchen, in dem der Bambus jetzt braun und vergilbt und traurig stand. Doch Sean achtete nicht darauf. Er ging in einer Art Trance. Sein

Körper bewegte sich automatisch, von seinem Willen wie an einer Schnur dem Meer entgegen gezogen. Selbst als am anderen Ufer ein Mädchen ging, das Meiko hätte sein können, fuhr Sean nicht aus seiner Versenkung auf. Es schien ihm selbstverständlich, dass sie auf der anderen Seite des Flusses mit ihm ging.

Plötzlich fuhr ein weißer Strahl über die glatte Oberfläche des Wassers. Eine erste Möwe zeigte, dass das Meer nicht mehr fern war.

Teil II
In Alaska

1

Alles war fremd. Das Wohnzimmer war zu groß, das Sofa zu zerknautscht, und der Herr auf dem Ölbild neben dem Kamin schaute grimmig. Noch hatte sie kein Feuer angezündet, obwohl das Holz vorbereitet und schön aufgeschichtet in der Feuerstelle lag. Sie saß im groß geblümten Ohrensessel, neben sich Koffer und Reisetasche. Obwohl vorgeheizt war, fröstelte sie.

Immerhin stand sie nun auf, schaltete die Stehlampe ein und löschte das grelle Deckenlicht. Der Raum schien nun dämmrig, mit einer Insel aus gelblichem Licht in seiner Mitte. Sie konnte sich nicht entscheiden, ob sie ihn nun als gemütlicher oder noch bedrohlicher empfinden sollte. Sie starrte in die Schatten, wusste, dass diese mehr enthielten, als anzuschauen sie die Kraft hatte.

Sie beschloss, sich einen Tee zu kochen. Auch die Küche war fremd. Doch ein Wasserkocher stand auf dem Herd. Das Wasser rauschte in den Krug und begann schon bald zu simmern. Schrank um Schrank öffnete sie nun auf der Suche nach Teekraut und Kanne, sah Geschirr und Vorräte eines fremden Lebens. Endlich wurde sie fündig.

Der Tee war mit Zimt parfümiert. Sie sog den Duft in die Nase, über die Tasse gebeugt, die Ellenbogen auf dem Tisch aufgestützt, die Hände in den Locken ihres roten Haares vergraben. Der Dampf berührte sanft ihre Augen, die sie nun schloss, müde von den Bildern, die sich auch hinter den Lidern bewegten. Sie war erschöpft.

Aber nun hatte sie Ruhe, nun war sie fern von allem, weitab von dem, was sonst ihr Leben war. Sie trank in kleinen Schlucken, spürte die Wärme des Tees, zuerst in der Brust, dann sich ausweitend im ganzen Körper. Sie entspannte sich. Sie fühlte sich fast behaglich.

Als sie die Augen öffnete, stand er vor ihr, weißlich, durchsichtig. Er betrachtete sie mit wohlwollender Neugier wie immer. Sie hatte es geahnt, dass er sie auch auf dieser Flucht begleiten würde. Sie schloss die Augen, trank Schluck um Schluck die Tasse leer. Als sie die Lider hob, war der Raum wieder leer.

Seufzend stellte sie die Tasse ab, sah dem Dampf zu, der in einer kleinen Fahne aufstieg. Sie musste endlich die Heizung höher drehen. Noch zögerte sie, noch war sie zu müde. Noch ließ der wattierte Mantel die Kälte nicht durch.

So saß sie lange. Die Nacht wäre gekommen, wenn sie nicht schon seit Stunden geherrscht hätte. Die Dunkelheit verwirrte sie, obwohl sie diese noch gar nicht richtig beachtet hatte. Sie schaute auf die Uhr. Irgendwie müsse sie sich trotzdem einen festen Tagesablauf auferlegen, dachte sie und stand endlich auf um sich um Heizung und Bett zu kümmern.

Sie drehte den Thermostat hoch und setzte Wasser für die Bettflaschen auf, danach schleppte sie ihr Gepäck die Treppe hinauf. Im oberen Stock war es angenehm warm, das Gastzimmer hübsch und kuschelig. Sie freute sich schon auf das Bett.

2

Wie immer als erstes der Griff nach der Uhr, als sie erwachte. Es war bereits halb zehn. Und sie erschrak, weil ihre innere Uhr sie im Stich gelassen und sich vom Dunkel hatte täuschen lassen. Normalerweise erwachte sie ohne Wecker vor Tagesanbruch. Hier aber setzte gerade erst die Dämmerung ein.

Dann ein zweites Erschrecken, als das Neonlicht im Badezimmer aufflackerte und sie plötzlich mit Helle und mit sich selbst konfrontierte. Ihr Gesicht war kreidig vom langen Schlaf, die Augen leicht verquollen. Interessiert inspizierte sie ihre Haut, die um Augen und Mund von feinen Linien gestrichelt war, Haarrisse in ermüdetem Material. Mit einer Fingerspitze fuhr sie sich über die senkrechte Falte zwischen den Brauen, fühlte deutlich die Tiefe der Furche und dachte unwillkürlich 'die Spaltung in mir' und erschrak zum dritten Mal. Doch dann riss sie sich zusammen, ließ das eiskalte Wasser fließen, schöpfte es mit zusammengelegten Händen und schlug es sich ins Gesicht, so oft, bis die Kälte in den Fingern zu schmerzen begann. Nun wach, schaute sie sich in die Augen und ganz ganz schnell wieder weg.

Durst und Hunger trieben sie die Treppe hinunter. Es war nun wohlig warm im Wohnzimmer und auch in der Küche nur eine Spur kühler. Damit ließe sich leben, dachte sie. Vor dem breiten Fenster über dem Spültrog lag Schnee, der das Licht reflektierte. Nur ein Streifen war dunkel und warf ein Spiegelbild der Küche zurück, indem sich ihr roter Scheitel sanft bewegte. Erst jetzt fiel ihr auf, dass die Fenster im Wohnzimmer alle dunkel waren. Jemand hatte den Schnee davor weggeschaufelt, ihre Freunde hatten wirklich gut für sie gesorgt. Und das zeigte nun auch der Gang in die kleine Speisekammer. Es gab Essensvorräte für Wochen. Dabei stand doch der Geländewagen in der Garage und die Stadt war weniger als zwei Stunden, der nächste Supermarkt eine Stunde entfernt. Aber vielleicht war die Straße im Winter nicht immer offen. Halb sehnsüchtig und halb angstvoll stellte sie sich vor, hier eingeschneit und unerreichbar zu sein. Sie hatte Lebensmittel und Elektrizität, das beruhigte sie.

Sie ging zur großen Balkontür im Wohnzimmer, sah sich auf sich zukommen. Und nun beschlug ihr Atem die Scheibe, als sie nach Außen spähte um zu sehen, ob es sonst irgendwo Licht gab, ein Zeichen für menschliches Leben in ihrer Nähe. Aber sie sah nur das bläulich schimmernde Hell des Schnees als Fläche vor sich und als Flecken in den Felsen der Landzunge zu ihrer Linken. Der Himmel war verhangen und der Wald verlor sich im Dämmer. Es würde wohl wieder schneien und sie war allein. Allein im Dunkeln, so wie sie es gewollt hatte.

Hatte sie es wirklich gewollt? Oder war es einfach eine blinde Flucht nach irgendwohin gewesen? Sie stellte sich die Frage nicht, denn sie hatte keine Wahl gehabt. Etwas hatte sie weggetrieben, eine unerklärliche Angst. "Ich muss weg, ich muss verschwinden", hatte sie in den Telefonhörer geflüstert und ihre Freundin hatte ihr dieses Landhaus angeboten. Und so hatte sie hastig gepackt und den nächstmöglichen Flug in den Norden genommen. Ihre Freundin hatte sie abgeholt, deren Mann ein wunderbares Nachtessen gekocht. Friedlich waren sie am Feuer gesessen, denn für diesen einen Abend konnte sie ihre Unruhe noch beherrschen. Doch am nächsten Morgen hatte sie zum Aufbruch gedrängt, versorgt mit Funktelefon, Stiefeln, Thermo-Bekleidung und vielen guten Ratschlägen. Das Haus am See war geheizt und bezugsbereit, warum fragte sie nicht, dachte nicht darüber nach. Sie war bisher nur im Sommer hier gewesen, zur Zeit der kurzen Nächte und der Bären und der vielen Mücken, zur Zeit der Sommerfrischler und Wanderer. Es gab auch dann nur wenige davon, aber es war zu spüren, dass es Menschen in der Umgebung gab. Auch zog gelegentlich ein Kanu oder ein Motorboot über das Wasser. Jetzt aber war die Gegend leer. Sie schien der einzige Mensch zu sein in dieser übermächtigen Natur. Aber das stimmte nicht. Sie wusste, dass hinter der Landzunge ein kleines Dorf lag, ein paar Häuser nur, mit dem Motorboot eine halbe Stunde entfernt, im Winter nur mit Hunde- oder Motorschlitten erreichbar, wenn überhaupt. Doch die

Besitzer der Landhäuser waren bei den Indianern dort nicht gern gesehen.

3

Als sie gefrühstückt und geduscht hatte, holte sie den schweren Bücherkoffer aus dem Auto. Sie wollte lesen, lesen, lesen und alles vergessen. Sie stellte die Bücher auf die Anrichte, sie würden ihre Nahrung sein in diesen stillen Tagen, die sie sich verordnet hatte. Mit etwas Unbehagen dachte sie daran, dass sie ihren Arztkoffer nicht mitgenommen hatte. Zwar gab es hier niemanden zu behandeln, aber sie fühlte sich doch unvollständig ohne Stethoskop und Medikamente. Danach inspizierte sie noch einmal gründlicher das Haus, das nun ihre Bleibe sein würde, drei Schlafzimmer, zwei Bäder, Küche, Vorratsraum, Wohnzimmer und Garage, letztere bestückt mit Holz, Schneeschuhen, Langlaufskis und einem Schneemobil. Vorläufig konnte sie sich aber noch nicht vorstellen, sich ins Freie zu wagen. Es war mit dreißig Grad minus auch ungewöhnlich kalt.

Dass es kaum hell wurde, machte sie auf eine seltsame Weise schwerfällig. Sie konnte sich zu nichts entschließen. Sie schien zu warten, hoffte auf einen Anfang, auf irgend etwas, das wie ein Beginn wirken könne, aber es gab nichts. Kein Geräusch außer dem gelegentlichen Knacken in den Holzwänden, keine Bewegung, außer ihrer, die sich in den Scheiben spiegelte, kein Licht, außer etwas Grau vor den Fenstern und den gelben Inseln, die verschiedene Lampen an Wände und Decken malten. Obwohl jetzt Mittag war, blieb die Dämmerung bestehen und lag schwer auf der verschwindenden Fläche des Sees, die sich in den dunklen Wäldern und dem tiefliegenden Nebel auflöste. Es schneite leicht in winzigen Flocken.

Marcy riss sich zusammen. Sie würde ein Feuer machen. Streichhölzer lagen auf dem Kaminsims. Sie zündete die zusammengeknüllten Papiere an, die unter dem geschichteten Holz lagen. Rauch schlug ihr entgegen. Das erinnerte sie daran, dass sie wohl eine Klappe öffnen müsse, was ihr zum Glück auch ganz rasch gelang. Das Holz fing sofort Feuer. Dieses loderte klein, aber mit festen Flammen, die an den größeren Scheiten leckten und diese schwärzten. Marcy genoss das Geräusch des Loderns und den Geruch des Rauchs. Sie ließ sich in einen der weichen Sessel fallen, legte die Beine hoch, verschränkte die Hände vor sich und starrte ins Feuer, das sich stetig entwickelte, beobachtete das Ringeln des Rauches, das helle Licht im Zentrum und das Rot am Rande der Flammen und vergaß darob, dass sie lesen wollte. Nie hatte sie sich in all den vergangenen Jahren erlaubt, untätig zu sein. Aber nun saß sie einfach da und beobachtete die Bewegung der Flammen, ihr Züngeln und Lecken, ihr Zucken, Großwerden und Zusammenfallen. Nichtiges Geschehen, dem sie sich hingab.

Erst als sie Holz nachlegen musste, setzte das Denken wieder ein und Erinnerungsbilder schoben sich vor die Flammen. Wieder sah sie sich durch die neonerleuchtete Ankunftshalle rennen, sah den Mann am Boden liegen, sah sich hinknien, den Kranken drehen. Mechanisch griff sie nach seinem Kragenknopf um ihm Luft zu schaffen und noch bevor sie nach seinem Mund greifen konnte, traf sie die Erkenntnis wie ein Schlag: Es war Robert. Und selbst geschockt und atemlos, öffnete sie nun seine Lippen, legte ihre darauf und begann mit der künstlichen Beatmung, während sie sein Herz drückte und losließ, drückte und losließ, ganz diesem Rhythmus verfallen, alle Gefühle und Sinne auf ein einziges Ziel gerichtet: dass sich in diesem Körper etwas regen möge, dass der sehnige Brustkorb sich ein klein wenig weiten, dass das Herz, wenn auch nur ganz leise, an ihre Handfläche pochen würde. Das Erschrecken, die Verzweiflung, der Schock waren weit entfernt, Marcy war ihr Tun, ausschließlich ihr Tun. Und vielleicht noch der kalte Wille, dem Tod dieses Leben zu rauben, unabhängig davon, wem es gehörte.

Solche Minuten dauern kurz und sind endlos zugleich. Und sie enden immer in Müdigkeit, diese je nach Ausgang gemischt mit Niedergeschlagenheit oder Genugtuung, nie jedoch im Triumph. Denn selbst wenn der beatmete Körper zu antworten beginnt, ist erst der Tod vermieden, aber das Leben noch nicht mit Sicherheit gewonnen.

Doch diesmal war alles anders. Als der Körper von Robert Falkner endlich ein schwaches Signal zurückgab, als der Puls wieder fühlbar und ein leises Atemholen spürbar wurde, da überfiel augenblicklich ein starkes Zittern den Körper der Ärztin, so sehr, dass sie sich nicht aufrichten konnte. Und während sich nun ihre Helfer um den Wiederbelebten kümmerten, kauerte sie am Boden, ein schauderndes Häufchen in totaler Erschöpfung, und sie brauchte ihre ganze Kraft um endlich die notwendigen Anweisungen geben zu können. Erst als der Krankenwagen eingetroffen und der Kranke intubiert und auf die Bahre gebettet war, kam Marcy wieder auf die Beine. Schwankend ging sie in die Sanitätsstation des Flughafens zurück und zitternd veranlasste sie das Notwendige um ihren ehemaligen Mann zu retten.

Nie hatte sie sich ein Wiedersehen mit ihm vorgestellt. Aber nun war es geschehen. Robert war zurück.

4

Sie erwachte mit Schmerzen im Kiefer. Offensichtlich hatte sie in der Nacht die Zähne zusammengebissen. Blind schoss sie auf, wankte durch das Dunkel, schnappte nach Luft, weil sie zu ersticken meinte. Unten im Kamin gloste noch etwas Glut. Der rote Schimmer reichte um die Umrisse der Möbel erkennbar zu machen. Sie ließ sich in den Sessel fallen, zog eine Decke über sich und schaute zitternd ins erloschene Feuer. Sie fühlte sich elend, wusste nicht wieso. Oder vielmehr, sie wollte es nicht wissen. Sie hielt jeden Gedanken von sich fern, saß einfach da, überwältigt von Gefühlen, die sie nicht haben wollte. Endlich erlöste sie ihre bleierne Müdigkeit und sie schlief wieder ein.

Als sie erwachte, war es dämmrig im Raum. Es war bereits gegen Mittag. Sie schleppte sich in die Küche und dachte, dass es keine gute Idee gewesen sei, in den Norden, ins Dunkel und in die Isolation zu flüchten, obwohl sie sich nichts anderes gewünscht hatte, als weit, weit weg von allem zu sein. Nun fühlte sie sich in der Falle. Wobei sie ganz klar wusste, dass diese Falle sie selber war.

Als sie mit der Teetasse aus der Küche ins Wohnzimmer zurücktrat, schrak sie zusammen. Vor der Glastür der Veranda schwebte ein Gesicht. Sie meinte zuerst, dass es der Weiße sei, aber dann sah sie die dunkle Masse von Anorak und wattierten Hosen. Sie ging auf die Gestalt zu, noch bevor diese klopfen konnte, und öffnete die Tür – ohne an irgend eine Gefahr zu denken. Sie war zu geschockt um denken zu können. Und auch die eiskalte Luft, die auf sie fiel, weckte sie nicht.

”Treten Sie ein”, murmelte sie, als ob es das Alltäglichste wäre, einen Fremden ins Haus zu lassen.

”Ich komm hinten zur Haustür rein”, sagte der

Mann, "Sie haben vorhin mein Klopfen überhört." Er schien sich hier auszukennen, trat denn auch ganz selbstverständlich ins Haus, als sie ihm die Türe geöffnet hatte, riss den Reißverschluss seines Anoraks auf, stieg aus den schweren Stiefeln und stellte sie an den dafür vorgesehenen Platz. "Hat Linda Sie nicht informiert?"

Er war ein mittelgroßer, dunkler Mann mit der gedrungenen Figur, die typisch für die Einheimischen ist. Seine schwarzen Augen blickten neutral und uninteressiert, trotzdem wich Marcy seinen Blicken aus, weil sie nicht wusste, ob ihre Augen nicht verweint aussahen. Auch war sie noch im Schlafanzug, der allerdings als Hauskleid durchgehen konnte.

"Nein, hat sie nicht", sagte Marcy matt. "Wollen Sie eine Tasse Tee?"

"Gern", die Stimme war angenehm und tief, "ich bin Joey und Linda hat mich gebeten, hier ein bisschen zum Rechten zu sehen. Ist das Haus warm genug?"

"Alles bestens", sagte Marcy und verschwand in der Küche um Tee zu holen. Joey setzte sich inzwischen ungeniert an den Tisch. Marcy kam mit Tee, Milch und Zucker. "Möchten Sie etwas essen?"

"Nein danke, ich hab dabei was ich brauche," sagte Joey, "und ich hab Ihnen sogar etwas mitgebracht."

Erst jetzt gewahrte Marcy, dass er ein Paket auf den Tisch gelegt hatte, eingewickelt in Aluminiumpapier. "Ich hab gedacht, ich bring Ihnen ein Stück frischen Fisch, gestern aus dem Eisloch geholt, damit Sie sich hier auch gleich zu Hause fühlen."

"Das ist aber reizend." Marcy kam sich vor, als ob sie in einem fremden Film mitspielen würde. Sie sah auf die Hände von Joey, die breit und abgearbeitet waren, trotzdem aber fein geformt und fast elegant wirkten. "Und wo kommen Sie her, aus dem Dorf?"

"Ja, wussten Sie das nicht? Ich bin der Mann, der für

Linda das Haus in Ordnung hält, wenn sie nicht da ist. Ausbuddeln und so weiter. Könnte ja mal ein Baum drauf fallen oder so ähnlich. Und vor ein paar Tagen hat sie angerufen und gesagt, ich solle die Auffahrt frei schaufeln und heizen, es käme Besuch. Und da wollte ich mal nachschauen, ob Sie alles haben, was Sie brauchen.”

”Das ist sehr freundlich.” Marcy war angenehm berührt. ”Wie lange brauchen Sie denn vom Dorf bis hierhin?”

”Ach, heute ging es ein wenig länger, weil ich die Hunde nahm, die brauchen ein bisschen Bewegung. Mit dem Schneemobil ist es in einer knappen halben Stunde zu machen.” Und nach einer Pause: ”Ich habe gehört, Sie sind Ärztin?” Und als Marcy nickte: ”Dürfte ich vielleicht Ihre Hilfe in Anspruch nehmen?

5

Der Bergrücken hieß Hahnenkamm und stand tatsächlich wie ein solcher im Land. Er streckte seinen Ausläufer als schmale, steil zerklüftete Landzunge in den See. Das Gebirge auf dem Landweg zu umfahren dauerte im Winter Stunden. Zu Fuß war es nur im Sommer zu überwinden und das über Pfade, die sich für Ziegen besser eigneten als für Menschen. Deshalb führte der schnellste Weg vom Dorf zu den Ferienhäusern am See über das Wasser oder übers Eis. Auf dem war Marcy nun mit Joey unterwegs, zum ersten Mal auf einem ratternden Hundeschlitten.

Marcy hatte nur zögernd zugestimmt, ihren neuen Bekannten zu begleiten, nicht weil es ihr an Hilfsbereitschaft gefehlt hätte, sondern weil sie sich vor der Kälte und dem ungewohnten Gefährt fürchtete. Auch sagte sie Joey, dass sie weder Instrumente noch Medikamente mit sich führe. Aber als Joey sagte, dass sich seine alte Mutter nicht mehr bewege, war etwas in seinem Blick, dem sie sich nicht entziehen konnte. Joey hatte ihr geholfen, sich zu verpacken. Er hatte gefütterte Stiefel, Gesichtsmaske und dick gepolsterte Fäustlinge aus einem Wandschrank geholt und Marcy danach in Felldecken auf seinen Schlitten gebettet. Und schon flitzten sie über das Eis, manchmal mit leisem Knirschen, dann wieder mit brutalem Scheppern, dort, wo der Schlitten über raues, schartiges Eis holperte. Allerdings hörte Marcy unter ihren Kapuzen nicht viel davon, auch sah sie fast nichts durch den Schlitz ihres Gesichtsschutzes. Sie starrte auf die Rücken der Hunde und ihre hoch aufgestellten Schwänze und gab sich ganz der Bewegung des Schlittens hin. Das helle Blau des Schnees glitt ohne jede Unterbrechung rechts und links an ihr vorbei. Wieder fühlte sie sich wie in einem anderen Leben oder in einem unbekannten Film.

Die Reise zog sich hin. Die Kälte kroch langsam in die wattierten Handschuhe. Auch ermüdete sie das vorsichtige Atmen, das ihr die eisige Luft abverlangte. Und so war sie erleichtert, als sie, weil ihr Joey etwas zugerufen hatte, aufblickte und in nicht all zu großer Entfernung einzelne Lichter sah. Noch ein paar Minuten und sie hatten das Dorf erreicht.

Sie hielten vor einer der typischen Holz-Wellblechbauten, Hütte mehr als Haus, formlos durch verschiedene Anbauten und angelehnte Schuppen. Hunde bellten. Joey half Marcy vom Schlitten hoch und klopfte die Eiskristalle ab, die sich auf ihrer Kleidung gesammelt hatten. Der Rand der Kapuze war fest gefroren und das Eis, das Marcys Atem gebildet hatte, ließ sich nicht wegschlagen. Sie traten durch die schmale Tür ohne anzuklopfen.

Der Raum war heiß und stickig. Ein großer Elektroofen blies mit Getöse warme, trockene Luft gegen die

Eintretenden. Neben ihm an der Wand hingen Kleider und allerlei Werkzeug. Ein Tisch mit vier Stühlen und ein Bett in der Ecke vervollständigten das Mobiliar. Unter der Decke hing ein Fernseher, der tonlos lief und im Bett lag eine alte Frau unter vielen zerwühlten Decken und sah Marcy mit dunklen Augen erwartungsvoll an. Aus ihrem Blick war weder Ablehnung noch Akzeptanz zu lesen.

Marcy, die beim Eintreten in die warme, abgestandene Luft zu ersticken glaubte und sich in sich zusammengezogen hatte, straffte sich. Sie war hier die Ärztin, von ihr wurde Hilfe erwartet. Sie lächelte die Alte an, die aber ihr Gesicht nicht verzog. Auch auf Marcys Begrüßung und ausgestreckte Hand reagierte sie nicht.

Joey sagte, dass er sich um die Hunde kümmern müsse. Er verließ den Raum während Marcy sich aus ihren Schutzkleidern befreite.

Als sich Marcy über die Alte beugte, deren Hand aus den Decken schälte und sie streichelte, veränderte sich der Ausdruck im Gesicht der Patientin. Sie schien leicht zu lächeln, aber nicht in der um Sympathie werbenden, demütigen und hilfesuchenden Art, die Marcy aus dem Blick von Kranken gewohnt war. Vielmehr spielte so etwas wie Amüsement und gutmütige Ironie im Gesicht der Frau. Sie ließ die Untersuchung ohne einen Ton oder eine Geste der Zustimmung oder Anerkennung über sich ergehen und bewegte sich nicht. Puls und Herzschlag waren erstaunlich kräftig und regelmäßig, doch die Reflexe in den Gliedern fehlten, jedenfalls soweit Marcy das feststellen konnte. Offenbar hatte Joeys Mutter einen Schlag erlitten und war gelähmt.

6

"Genaues kann ich ohne Stethoskop und MRI nicht sagen. Aber es sieht nach einem Schlaganfall aus."

Marcy rührte in ihrem Kaffee. Sie saßen in der kleinen Bar, die kaum vom Wohnraum abgetrennt, in einem der Barackenhäuser untergebracht war und einen ungenierten Blick auf Tisch und Sofa der Besitzerin erlaubte. Die Neonröhre warf ein brutal helles Licht in den Raum und beleuchtete unbarmherzig eine ungepflegte Sechzigjährige, die offensichtlich ihre beste Kundin war. Ihr Gesicht glich einem Steinbruch, ihre Bewegungen dem eines auferstandenen Fossils. Marcy fühlte Mitleid.

"Ihre Mutter ist auf jeden Fall pflegebedürftig. Sie müssen sie in ein Krankenhaus oder ein Pflegeheim bringen. Ihr Kreislauf ist stabil, Sie sollten sie problemlos transportieren können."

Joey biss sich auf die Lippen. "Wird sie gelähmt bleiben?"

"Wahrscheinlich schon. Natürlich kann sich innerhalb der nächsten Wochen einiges regenerieren, gerade deshalb sollte sie auch die geeignete Pflege erhalten. Aber...", sie legte Joey die Hand auf den Arm "...sie wird nie wieder sein wie zuvor."

"Wer ist das schon", murmelte Joey, so leise, dass auch er selbst sich kaum hörte. Er sah in sein Bierglas, in die Schaumbläschen, die kreisförmig am Glasrand klebten, und blieb lange still. Aus dem Lautsprecher tönte die Hitparade und Marcy erlebte erneut die Situation als unwirklich. Die gleiche Melodie, die vor ein paar Tagen erklang, als sie Robert wiederbelebt hatte, die gleichen Töne zogen hier, am Ende der Welt, in der Tagnacht, durch diese schäbige Bar, in der sie mit Joey saß, dessen gesenkte Augen nun Schlitze bildeten in einem ausdruckslosen, dunklen Gesicht.

"Ich bring Sie zurück", sagte er nun. Sie nickte, bedauernd, dass sie nichts Besseres zu sagen wusste.

Als sie, wieder in ihre Schutzkleidung gehüllt, vor das Haus traten, hatte der Himmel aufgeklart. Das Dunkel, das vorher tief über ihnen gehangen hatte, den Raum begrenzte und alles in Wattigkeit einschloss, schien jetzt durchsichtig. Es war nicht hell und trotzdem reflektierten die Schneeflächen ein nichtvorhandenes Licht. Die Felsen des Hahnenkamms waren deutlich zu sehen – die Terrassen, Zinnen, Abbrüche, Rinnen – und machten in ihrer Mächtigkeit die zwei Menschen zu nichtswürdigen Punkten, die von den tiefhängenden Sternen erdrückt zu werden drohten. Die weiße Fläche des Sees schimmerte seltsam und schien sich in die Unendlichkeit auszudehnen. Marcy wurde von einer merkwürdigen Stimmung ergriffen. Sie wusste nicht, ob sie Angst oder Freude empfinden sollte über die Größe, die Stille und die Leere des Raums, in den sie sich begeben hatte. Doch der eisige Wind zwang sie, das Gesicht zu senken.

"Ducken Sie sich" riet Joey, "wir fahren nun gegen den Wind," während er Marcy wieder in die Felldecken packte. Sie genoss seine Fürsorge, spürte aber gleichzeitig Furcht, dass er ihr so nahe kam. Und schon zogen die Hunde wieder an und schrammten den Schlitten über das schrundige Eis, bis sie den See erreichten, wo die Fahrt etwas ruhiger wurde. Marcy, von ihrer Aufgabe und dem Kaffee aufgeweckt, versuchte nun Blicke auf die Landschaft zu werfen. Doch die Weite des Raums machte sie in kürzester Zeit schwindlig.

7

Der Ausflug ins Dorf hatte Marcy ermutigt, am Mittag, wenn es für ein paar Stunden etwas hell wurde, das

Haus zu verlassen. Sie wusste nun, was sie anziehen musste und fand heraus, dass sie sich mit den Schneeschuhen auch außerhalb von Joeys Schlittenspur bewegen konnte. Allerdings entfernte sie sich nie sehr weit vom Haus weg und nur hinunter auf den See. In den Wald wagte sie sich nicht, aus Angst vor Wölfen und Elchen. Die übersichtliche Fläche des Sees schien ihr sicherer, obwohl die Gefahr hier nicht kleiner war. Auch hier war sie schutzlos. Aber vielleicht war es gerade dieses Gefühl des Ausgeliefertseins, das sie hinauszog. Die Leere der Landschaft stülpte sich wie eine Glocke über sie. Die Kälte war unerbittlich bedrohlich. Sie schmerzte in Nase und Lunge. Marcy spürte die Nähe des Todes. Sie schaute in den Himmel, der im Mittagsdämmer transparent und damit noch übermächtiger schien als in der Nacht, wo ihn tiefhängende Sterne sprenkelten, sie sah auf die helle Eisfläche, auf der sie als so kleiner Fleck erschien, dass sie das unbefleckte Weiß nicht einmal beschmutzte, sie sah in die Wälder, überwältigend in ihrer Unbekanntheit und auf die Berge, die so stark über ihr waren, dass neben ihnen alles zur Unwichtigkeit schrumpfte. Hier gab es nichts, was wahrnahm, außer vielleicht ein paar wilde Tiere, die selbst ums Überleben kämpften. Hier gab es kein Bewusstsein, außer den winzigen Gedanken in Marcy, die in der gewaltigen Leere ebenfalls versickerten. Hier gab es keine Fragen und keine Antworten. Selbst der Wind, der in anderen Regionen zu sprechen schien, war hier sausend und brausend ausdruckslos. Hier spielte es keine Rolle, was es gab und was nicht existierte. Der Maßstab war die Kälte, die einzige Forderung das Überleben.

Marcy war nur ein paar hundert Meter von ihrem Haus entfernt und dieses angeschlossen an ein Straßennetz, das offengehalten wurde und jederzeit Rückkehr in die Stadt ermöglichte. Und trotzdem war sie hier am Ende der Zivilisation. Hier war die Natur zu groß, um gezähmt zu werden.

Wahrscheinlich war es genau das, was Marcy brauchte, sie benötigte die Konfrontation mit dem ganz Großen, um ihren inneren Schmerz ins Auge zu fassen, um ihn auf eine Größe zu stutzen, die sie anzugehen wagte. Aber noch war sie nicht so weit. Marcy kehrte ins Haus zurück. Erfrischt von der kalten Luft setzte sie sich an den Schreibtisch und begann, den Artikel zu entwerfen, den sie schon lange hätte abliefern müssen. Es ging um die natürliche Geburt und um den Mythos, der daraus gemacht wurde. Marcy hatte es immer wieder erlebt, wie sich junge Frauen überforderten, wie sie sich Dinge abverlangten, die zu leisten unmenschlich war. Selbst mit untrainierten Körpern und schmalen Becken meinten sie gebären zu müssen wie breithüftige Frauen von Naturvölkern, deren Probleme sie ignorierten, weil sie nicht ins Bild von der guten, alles heilenden Mutter Natur passten. Der Mythos von der natürlichen Geburt kam diesen verblendeten Wesen entgegen, die in ihrem Perfektionismus glaubten, alles zu schaffen: die ideale Ehe, die nahtlose Karriere und als Krönung die natürliche Geburt. Wie oft hatte Marcy zusehen müssen, wie sich Frauen gegen ihren Rat bei der Geburt zerreißen ließen, wie oft hatte sie nicht oder erst zu spät helfen dürfen. Wie oft war sie von ihren mündigen Patientinnen abgekanzelt worden, bis sie endlich wimmernd ihre Hilfe annahmen. Marcy hatte schließlich ermüdet die Geburtshilfe aufgegeben und den Job im Bereitschaftsdienst des Flughafens angenommen, dabei war sie eine begeisterte Gynäkologin gewesen. Sie hatte die Frauen durch das Wunder des heranwachsenden Lebens begleitet, hatte ihre Ängste mitgetragen, ihre Mühen so gut wie möglich erleichtert und ihr Glück vorbehaltlos geteilt. Sie fürchtete auch die Depressionen nicht, die manche Frauen wie Vampire aussaugten, während der

Schwangerschaft, noch mehr aber nach der Geburt, wenn die Kräfte aufgebraucht schienen und sich manche Mütter nur noch als leere, wertlose Hüllen fühlten. Sie kannte die Gemütsschwankungen, denen gewisse Frauen ausgesetzt sind, sei es, weil unerklärliche Hormonschübe sie zu Getriebenen machen, sei es, weil die Welt nicht immer heil ist, in der die Frauen Leben empfangen und weitergeben. Zwar sah sie Frauen, die im Einklang mit dem Dasein Schwangerschaft und Geburt hinter sich brachten, mit der Selbstverständlichkeit von Wesen, die sich innerhalb eines jeden Geschehens aufgehoben fühlen. Aber sie sah auch die Leidenden, die nicht verstanden, wie ihnen geschah. Das galt für die Frauen in der Zivilisation genau so wie für diejenigen, die noch natürlich lebten. Marcy hatte in Afrika und im südamerikanischen Dschungel beides erlebt: Das gnadenvolle Fortschreiten des Lebens und den entsetzlichen Kampf, in den sie nur mit unzureichenden Mitteln eingreifen konnte. Die Natur hatte viele Gesichter und manche davon waren schrecklich. Und der Mensch, das wusste Marcy, war in dieser Beziehung ganz und gar Natur.

8

Linda rief an: "Ist alles o.k.? Hat Joey gut geheizt und gepfadet?"

Sie entschuldigte sich, dass sie nicht schon früher nachgefragt habe und erklärte es damit, dass sie nicht stören wollte.

"Dein Ankommen in der Einsamkeit sollte nicht unterbrochen werden", meinte sie, "denn du hast ja gewünscht, irgendwo ganz allein mit dir zu sein. Aber jetzt habe ich mir doch Sorgen gemacht, ob du es aushältst."

Marcy wusste nicht, was sie antworten sollte. Sie spürte im Moment nicht was sie fühlte. Die Kälte und die Dunkelheit hatten etwas in ihr zum Stillstand gebracht, als ob der Kälteschock auch ihr Inneres eingefroren hätte.

"Joey war da", sagte sie deshalb ablenkend, "seine Mutter ist krank." Sie erzählte, wie sie die gelähmte Frau vorgefunden hatte und dass sie Joey empfohlen hatte, sie sofort ins Krankenhaus zu bringen.

"Was", meinte Linda zutiefst erstaunt, "sie haben dich ins Dorf gelassen? Normalerweise sind sie sehr abweisend und nur mit Joey kann man einigermaßen vernünftig reden."

Marcy wunderte sich jedoch nicht. Sie war es gewohnt, als Ärztin Zutritt zu Orten zu erhalten, die anderen nicht offen standen. "Er hat halt Hilfe gebraucht." Das Thema war ihr lästig. "Ich konnte ihm aber nichts Gescheites sagen, weil ich meinen Koffer nicht dabei habe."

"Nein", sagte Linda, "das glaube ich nicht. Sie haben Funkverbindung und Internet und können jederzeit eine Ambulanz anfordern. Dass er dich über das Eis zu seiner Mutter schleppt, das verstehe ich nicht."

Marcy lenkte wieder ab: "Ich hab auch schon allein Spaziergänge gemacht", sagte sie, übertreibend, "das geht mit den Schneeschuhen ganz gut. Auch hat es so einige Pisten im Schnee, die Joey mit den Hunden und dem Schneemobil gelegt hat."

"Du kommst also zurecht", murmelte Linda, und es war ihr nicht anzumerken, ob sie das verwunderte oder befriedigte. "Ruf jederzeit an, wenn du Probleme hast. Oder wenn es dir langweilig wird. Dann kann ich etwas organisieren."

Marcy bedankte sich. "Ich bin sehr zufrieden", beharrte sie, "aber natürlich auch sehr gerührt über deine Fürsorglichkeit. Ich schreibe ein wenig, lese und denke nach und wenn ich wieder gesellschaftsfähig bin, melde ich mich."

Sie sah plötzlich ihr Spiegelbild in der schwarzen Scheibe, erkannte sich aber einen Augenblick lang nicht, so dass sie über sich selbst erschrak.

"Linda", fuhr sie mit plötzlich ganz weicher Stimme fort, "ich muss etwas herausfinden, von dem ich nicht weiß, was es ist. Ich glaube aber, dies hier ist der genau richtige Ort dazu."

"Pass nur auf, dass du nicht seltsam wirst. Dunkelheit und Einsamkeit bekommen den wenigsten Menschen."

"Ich gebe mir Mühe", erwiderte Marcy und verabschiedete sich.

Sie sah in die Scheibe und beobachtete sich, wie sie sich aufrichtete, wie sie sich über das Haar strich, wie sie die Augenbrauen hob und den Mund öffnete und schloss. Dann blickte sie auf den Weißen, der nun hinter ihr stand und sie interessiert beobachtete.

"Ich bin bereits seltsam", sagte sie zum Spiegelbild und der Weiße nickte. Sie fragte sich zum ersten Mal, ob er wohl auch lächeln könne. Doch dieser Gedanke verscheuchte ihn. Sein Bild zerrann.

"Bin ich verrückt?" fragte sich Marcy einmal mehr.

9

Marcy fühlte den kühlen Handlauf aus Schmiedeisen in ihrer linken Hand, sie sah die granitenen Treppenstufen, die in der Mitte fettig glänzten, sie atmete den Duft der vielen Leben, die hier wohnten: Essensgerüche, Öl von den Fahrrädern, die im Korridor standen, vielleicht auch etwas vom Kehricht, der beim Hinterausgang in einer Tonne vor sich hin schmorte.

Wie immer, wenn sie einen Auftrag hatte, bewegte sie sich wie in Trance. Der Brief war in ihrer Unterwäsche versteckt, die Adresse kannte sie auswendig. Ihr Geist war still, während alle ihre Sinne nach Außen gerichtet waren, im Versuch, aufkommende Gefahr zu wittern. Sie dachte nie darüber nach, ob sie sich fürchtete. Sie konzentrierte sich ganz und gar auf ihren Auftrag, von dem sie wusste, dass er wichtig und richtig war. Sie fragte nicht, weder sich noch ihre Auftraggeber, seit sie sich entschlossen hatte, dieses Regime zu bekämpfen, das ihr Heimatland versklavte. Sie war so jung und verteidigte das, was ihr das Leben lebenswert machte, sah aber dabei sehr wohl die Schwächen manch ihrer Genossen – ihre Machtgier, ihre Eitelkeit – und wie sie kämpften um eine bessere Platzierung in der Hierarchie der Widerstandskämpfer. Marcy durchschaute ihre Machospiele und diente ihnen doch treu um der Sache willen. Sie setzten sie als Kurier ein. Sie war so jung, dass sie unverdächtig schien, obwohl nicht unauffällig mit ihren roten, wildgelockten Haaren. Mager war sie und klein und schien noch ein harmloses Kind zu sein. Dabei war sie sich des Risikos sehr bewusst, dass sie einging.

So beobachtete sie vorsichtig die Straße, als sie vor das Haus trat, erleichtert, als sie niemanden herumlungern sah, was fast ungewöhnlich war in dieser warmen Abendstunde, in der die Leute aus den Häusern kamen, um vor dem Haus ein Schwätzchen mit ihren Nachbarn zu halten. Marcy blieb aber nicht lange stehen, um nicht aufzufallen.

Sie war allein an der Bushaltestelle, niemand stieg zusammen mit ihr ein und kein Gefährt setzte sich in Bewegung, als der Bus wegfuhr. Marcy entspannte sich. Sah auf die Hausfassaden, die Läden, die Menschen, die sich vor Schaufenstern drängten und in Cafés unter Bäumen ihren Apéro tranken. Heiterkeit lag in der Luft, Entspannung nach einem heißen Tag, der Körper und Nerven gefordert hatte. Im Bus war es noch im-

mer stickig heiß, darum entschloss sich Marcy, das Ende ihres Wegs, das durch eine Allee führte, zu Fuß zu
gehen. Noch heute sah sie die Rinden der Platanen,
ihren grau, rosa und gelb gefleckten Schorf. Und das
Bild eines kleinen Hundes, der herumschnüffelte und
sie dann fröhlich anwedelte, hatte sich unvergänglich in
ihr Gedächtnis eingegraben. Er blickte sie drollig durch
ein einsames Büschel von Unkraut an, das sich in der
plattgetretenen Erde behauptet hatte. Sein Blick war
der letzte freundliche für lange Zeit. Denn nun erreichte Marcy ihren Zielort, vergewisserte sich, dass die
Hausnummer stimmte und läutete das verabredete Zeichen. Der Türöffner summte. Sie drückte die Tür auf,
dunkles Holz mit Eisen beschlagen. Und nun verlangsamte sich das Geschehen zur Zeitlupe, obwohl alles
ganz schnell ging: Marcy sah, wie sich die Tür öffnete,
wie der Streifen des Dunkels, das im Treppenhaus
herrschte, breiter wurde. Licht fiel auf den Boden, der
weiß und schwarz gefleckt war. Plötzlich spürte Marcy
ein Prickeln in ihrer Kopfhaut, Spannung breitete sich
in ihrem Körper wie eine Hitzewelle aus, und plötzlich
spürte sie, wie sich eine Hand auf ihren Arm legte.
Dann riss der Film.

10

Die nächste Erinnerung begann immer im Ohr. Sie
hörte flüstern und weinen. Jemand schluchzte: "Diese
Schweine, diese Schweine..." Marcy lag und sah über
sich das faltige Kinn einer unbekannten Frau, die sie in
den Armen hielt. Sie staunte und war zunächst empfin-
dungslos. Erst nach einer geraumen Weile setzten die
Schmerzen ein. Sie waren nicht pochend und pulsie-
rend, sie strömten durch Marcys Körper und vermittelten ein Gefühl des Ausfließens, das nicht einmal

unangenehm war. Die Müdigkeit war so groß, dass Auflehnung ohnehin nutzlos war. Marcy spürte dem Fließen nach, bereit, sich wegtragen zu lassen. Da schlug ihr die Frau ins Gesicht, klopfte ihre Wangen und zwang sie, wach zu bleiben. "Nicht einschlafen, Kind", sang sie fast, hypnotisch und beschwörend, "bleib da, meine Schöne". Dieses Wort weckte Marcy auf, denn so hatte sie noch niemand genannt. Und während sie zu überlegen begann, ob sie tatsächlich schön sei, trotz der roten Haare, für die sie oft gehänselt worden war, während sie sich vor dem Spiegel sah, in dem sie sich oft gemustert hatte, fuhr nun der Aufruhr des Schmerzes durch sie, packte sie, schüttelte sie und sie begann zu wimmern. Sie realisierte nun, wo sie war, in einer Zelle, dass es mehrere Frauen um sie herum gab, von denen sich einige an ihrem Körper zu schaffen machten. Sie saugten das Blut auf, das noch immer aus ihr floss und wuschen ihr die Beine. Und mit dem Schmerz packte sie nun auch ein Gefühl des Geschunden- und Erniedrigtseins, das fast noch schwerer auszuhalten war als die körperliche Pein. Wäre sie nicht so schwach gewesen, sie hätte versucht, aufzuspringen. Sie hätte fliehen wollen, vor sich, vor dem Schmerz, vor allem aber vor der Verwirrung, die sie nun erfasste, denn sie verstand nicht, was war. Wieder versuchte sie, in Ohnmacht zu versinken und wieder holten sie die Stimme und die Schläge der Alten zurück. "Nicht sterben jetzt, Kindchen, das kommt später sowieso. Bleib hier meine Süße, wir wollen Dich behalten."

Danach die Leere, die Stumpfheit der Einzelhaft, Klappern des Blechgeschirrs, Schreie von Gefolterten, die durch alle Türen drangen, der fast körperliche Schrecken darüber, vor allem aber die Verwirrung, das Unverständnis, dass dies alles möglich war. Das fieberhafte Suchen, Ahnen und Verwerfen, der Zweifel an sich und an der Menschlichkeit der Menschen. Ein wildes Kreisen und Balancieren am Rande des Abgrunds.

In jener Zeit war der Weiße aufgetaucht und half ihr, am Leben zu bleiben.

Ein einflussreicher Freund der Familie hatte bewirkt, dass ihr in der Haft nichts weiteres mehr geschah. Sie wurde weggesperrt und vergessen. Allein in dem überfüllten Gefängnis, dessen Geräusche sie mit Gier und Angst in sich aufsog. Keiner war barmherzig genug, mehr als ein paar Worte mit ihr zu wechseln. Keiner holte sie zu den Diensten, die anderen Gefangenen die Tage zerteilten. Es gab nur das Leeren des Kübels, das hereinscheppernde Essen, das An- und Ausgehen des Lichts und manchmal eine Wolke vor dem winzigen Fenster, dessen milchige Schicht teilweise vom Glas weggekratzt war. Gelegentlich ein nächtlicher Spaziergang im Hof, zu dem ihr ein von ihrem Gönner bestochener Wärter verhalf. Ihre Eltern waren untergetaucht. Sie war allein.

Am Anfang hatte ihr Fieber das Bewusstsein geraubt, dann aber war sie gesundet und das Denken setzte wieder ein. Aber es wagte sich nicht an das Geschehene. Es blieb dumpf. Es starrte auf die grau gestrichenen Wände. Marcy verlor sich. Sie war nicht naiv gewesen, sie hatte gewusst, was passieren könnte. Aber nun, als es geschehen war, überstieg es ihr Fassungsvermögen. Sie wusste nicht mehr, wer oder was sie war, was sie fühlen und was sie denken sollte. Mit dem Sinn war sie sich selbst abhanden gekommen.

11

Eines Tages stand er vor der grauen Wand und musterte sie interessiert und scharf. Marcy saß auf der Pritsche, ein zusammengesunkenes Häufchen Mensch, gedankenleer, ohne Widerstandskraft, in ihrem formlosen Dasein schwebend, weit weg von ihren Gefühlen, vorhanden und doch nicht da. Sie fragte sich nicht, wie lange er schon da war und woher er gekommen sei. Sie wunderte sich nicht, dass er durchsichtig war und die Kratzer und Flecken auf der Wand durch ihn zu sehen waren.

Er hat die Form eines alten, hageren Mannes mit kurzgeschnittenem Haar, ein eckiges Gesicht, starken Backenknochen, gerade Brauen und scharf geschnittene, schmale Lippen. Sein Bart war sorgfältig gestutzt. Er trug am durchsichtigen Leib durchsichtige Kleider, die diesen aber doch verdeckten und die sich kaum von denen unterschieden, die andere alte Männer auch trugen. Höchstens dass sie altmodischer waren. Er war hoch aufgeschossen und blickte streng.

Marcy sah zuerst gar nicht richtig hin. Sie spürte ihn mehr, als dass sie mit den Augen wahrnahm. Etwas Ungewohntes strich durch ihr unbewusstes Brüten. Es wirkte wie eine leichte Bewegung auf sie, zu leicht, um ihre Aufmerksamkeit zu richtig wecken. Der Nebel, in dem sich ihre Sinne verirrt hatten, verwischte auch diese Form. So lebten sie viele Tage zusammen, Marcy in sich versunken, das Phantom an der Wand stehend und unverwandt schauend. Und es ist nicht auszumachen, was endlich bewirkte, dass das Mädchen doch einmal richtig hinsah.

Und dann traf sie sein Blick wie ein Schlag.

Im Auge des anderen fand sie sich wieder. Erst im Blick des anderen fühlte sie wieder, dass sie existierte.

Noch war ihr Vorhandensein federleicht und dauerte nur Sekunden, eine winzige Spanne der Aufmerksamkeit, aus der Marcy sich wieder in ihre wache Bewusstlosigkeit zurückzog. Doch etwas in ihr war aufgeblitzt, etwas hatte sich verändert. Etwas drängte sie danach, erneut nach der Erscheinung zu blicken. Das Phantom war noch immer da, zuverlässig, durchsichtig, unverständlich, aber vorhanden.

Marcy sah immer häufiger und immer länger hin. Und traf immer auf diesen Blick voll wachem Interesse, weder freundlich noch unfreundlich, nicht urteilend, einfach wahrnehmend.

Und unter diesem Blick begann Marcy, sich erste Fragen zu stellen. Zuerst ganz scheu: Wo war sie? Jetzt erblickte sie das Grau der Wände, als ob sie es zum ersten Mal sähe, sah die Schmutzflecken, die eingeritzten Graffiti, die Löcher, die unbeschäftigte Hände in nicht kontrollierbarer Unruhe sinnlos in die Wände hinein gegraben hatten. Der Betonboden war gleichmäßig dunkel, eingeschwärzt vom überwältigenden Schmutz ungewaschener Körper und verzweifelter und gedemütigter Seelen. Das Fenster hoch oben klein. Die Eisentüre mit den dicken Schlössern zerschlagen von Wutausbrüchen, mit Feuerspuren. Denn in dieser Zelle hatte sich einst ein Gefangener verbrannt.

Das alles sah Marcy und die Bewegung ihrer Augen weckten ein Stück Bewusstheit in ihr. Sie war eingesperrt in einer Zelle, einsam und verlassen. Die Angst, die jetzt aufstieg war fast unerträglich. Sie ließ Marcy schwindlig in sich zusammensinken, obwohl sie doch hätte aufspringen und gegen die Wand rennen wollen. Sie war so unendlich schwach, nun spürte sie es, sie war so unendlich schwach. Ihre Schwäche lähmte sie. Sie schien zu versteinern.

Aber im Traum sah sie sich gehen. Die Sonne auf ihren Armen war warm. Sie fühlte ihren unversehrten Körper, sah ein lockeres Wäldchen vor sich. Eine Birke zog sie magisch an. Ein junger Stamm, den sie mit ihren beiden Händen knapp umfassen konnte. Sie spürte die seidige Rinde an ihren Handflächen und sah auf das ausgetrocknete Gras, das zwischen den Bäumen wuchs.

12

Der nächste Morgen traf Marcy in lange nicht mehr gekannter Wachheit. Mit dem Öffnen ihrer Augen wusste sie, wo sie war: eingesperrt in einer ausweglosen Lage, eingesperrt in ihren Körper. Die Furcht lag auf ihr wie ein nasses, schweres Tuch. So lag sie eine Weile und rief in ihrem Inneren nach Hilfe, nach Gott, nach ihrer Mutter, nach irgend jemandem, der ihre Angst und ihren Schmerz lindern könnte. Als sie sich endlich aufsetzte, sah sie wieder das Phantom, das sie vergessen hatte.

Wie bisher blickte die weiße Gestalt auf sie, neutral und doch nicht ausdruckslos. Allerdings konnte Marcy das Gesicht des Alten nicht lesen, aber die ungeteilte Aufmerksamkeit, die er ihr entgegenbrachte, weckte sie.

Was sie in ihrem mager gewordenen Jungmädchenkörper fühlte, war eine unendliche Müdigkeit, die jede Bewegung zur fast unlösbaren Aufgabe machte. So saß sie immer noch zusammengesunken, ein elendes, Häufchen Mensch. Aber immerhin spürte sie sich wieder. Auch wenn dieses Spüren nur Leiden war.

So ging es über Wochen. Marcy in ihrer halben Bewusstlosigkeit fühlte jeden Tag etwas Neues. Am Anfang war es nur die Müdigkeit und Abgeschlagenheit, aber diese war einmal deutlicher im Arm, ein andermal im Oberkörper oder im Kopf. Und es fühlte sich immer verschieden an.

Eines Tages rieb sie sich ihren Unterarm mit der Hand, geistig abwesend zuerst, aber dann plötzlich wach. Da war ihre Hand, da war ihr Arm und da war die Haut, die Empfindungen entgegen nahm. Marcy erhöhte den Druck und senkte ihn wieder, zog sanft und weniger sanft mit den Fingernägeln darüber, sah die weißlichen Striche auf der Haut sich bilden und vergehen. Das kurze Spiel mit sich selbst ermüdete sie so sehr, dass sie danach einschlief. Aber als sie aus diesem Schlaf erwachte, war sie plötzlich daran interessiert, ihre Hände an ihren Schienbeinen zu fühlen. Wieder streichelte sie sich eine Weile, kniff sich leicht, massierte ihre Knie. Und legte sich vor Erschöpfung wieder nieder.

Doch jetzt begann sie zu denken.

Sie lag auf dem Rücken und starrte auf die Decke, wie sie dies seit Wochen und Monaten tat. Aber nun zog etwas durch ihren Kopf, etwas, das ‚ich' sagen konnte. ‚Ich bin verloren', sagte es ohne Stimme.

Es war eine Feststellung. Und es gab keinen Widerstand dagegen. Es sollten noch Wochen vergehen, bis sich ein solcher regen würde. Vorerst untersuchte Marcy langsam und in kleinen Schritten, wie es dazu gekommen war. Der Putsch, die wachsende Repression, die brutale Verhaftung ihres Vaters, der sich nicht mehr auf die Straße wagte, als er wieder zurückgekommen war. Das Schweigegebot der Mutter. Und der Junge, der sie zur geheimen Parteiversammlung mitgenommen hatte, wo sich junge Männer über ihre Aktionen berieten und stritten, Männer, die Marcy das Gefühl gaben, ein Kind zu sein, obwohl sie sich schon sehr erwachsen fühlte. Ein seltsames Häufchen waren sie, Studenten mit Pfadfindergeist, die nicht ahnten, wie sehr sie sich mit ihrem Idealismus gefährdeten, anständig und gutwillig, aber nicht gewappnet gegen die Bosheit der Welt, die sich darin zeigte, dass diese kleine Widerstandspartei schon von Anfang an vom Feind unterwandert war.

Das wusste Marcy nicht. Sie sah einfach, dass die Welt in der sie lebte, nicht lebenswert war und sie sagte sich, dass es ihre Pflicht sei, alles ihr mögliche zu tun um dies zu verändern. Sie war sich der Gefahr bewusst und hatte das Sterben einkalkuliert. Aber nicht daran gedacht, dass sie möglicherweise schmerzvoll überleben müsse.

13

Marcy erlaubte sich, rückwärts zu schauen, aber nur bis zu dem Tag, wo sie ihr Haus verließ, die Treppe hinunter ging, die heiße Straße betrat, den Bus nahm, den kleinen Hund beobachtete und auf das fremde Haus zuging. Was danach kam, verbarg sie in einer undurchschaubaren Wolke aus Dunkel vor sich. Sie suchte und fand Trost in den Bildern der Vergangenheit. Sie sah Szenen aus ihrer Kindheit, unversehrte Momente mit Vater und Mutter, Spiele im Park, Geburtstagsfeiern, Weihnachten, Besuch bei der Großmutter im Krankenhaus: Die mageren Hände, die schon stumpfen Augen, die sie zwar noch erkannten, aber von weit weg her zu betrachten schienen. Marcy fing an zu überlegen, wie sich die Großmutter im weißen Bett wohl gefühlt hatte. Vorhölle des Sterbens. Litt die Großmutter Schmerzen? Wusste sie, dass sie sterben würde? Und wie war das mit Marcy?

Marcy hatte, außer den Regelbeschwerden, die heftiger geworden waren, keine Schmerzen. In den Wochen des Dämmerns waren die Wunden ihrer Folterung geheilt. Ihre weiße Haut war glatt aber vom Lichtmangel grau, ihre roten Haare lang geworden und matt. Marcy sah sich mit den Augen des Phantoms. Sie war noch da, wenn auch eingesperrt. Und sie glaubte nicht, dass sie sterben würde. Denn in diesem Moment, als sie sich fragte, ob sie auf den Tod warte wie die Großmutter im Krankenbett, in diesem Augenblick glühte etwas in ihr auf, ein wilder Wille, und mit ihm das Wissen, dass sie Recht hatte und die anderen Unrecht.

Wie ein elektrischer Impuls schoss dieser Gedanke in

ihre Glieder ein, die sich plötzlich bewegen wollten. Sie streckte ihre Finger und schloss sie zu Fäusten, sie bog ihren Arm bis zur Schulter zurück. Und nun stand sie auf, schlenkerte mit ihren Armen, ließ sie kreisen, bemerkte die Steifheit in ihren Knien und beugte sie leicht, bewegte den ganzen Körper im Einklang mit dem Kreisen und bemerkte, wie sehr sie die Bewegung ermüdete. Sie legte sich hin.

Doch schon bald stand sie wieder auf und machte Schritte in der Zelle, sechs waren möglich, wobei noch etwa 30 Zentimeter übrig blieben zwischen ihrem Fuß und der Wand, zwischen Fuß und Tür. Und diese sechs Schritte machte sie nun, hin und zurück, immer wieder, bis sie erschöpft auf die Pritsche sank. Dort döste sie eine Weile, um sich schon nach kurzer Zeit wieder aufzurappeln und das Gehen wieder aufzunehmen, gestoßen von einer Lebenskraft, die sich nicht weiter unterdrücken ließ, die Marcy zwanghaft antrieb, sich zu bewegen.

Blut kehrte in die Glieder zurück und mit ihm kam der Hunger. Zum ersten Mal wartete Marcy gierig auf das Essen und horchte, ob das Scheppern des Verteilwagens im Gang noch nicht zu hören sei. Und wenn der Napf endlich hereingeschoben worden war, stürzte sie sich mit Appetit auf die Suppe und genoss das jämmerliche Mahl. Mit Lust zerdrückte sie Kartoffelstücke und die wenigen Kichererbsen auf der Zunge, kostete den mehligen Geschmack und das Salz.

Doch die Rückkehr der Sinne bezahlte Marcy mit neuem Leiden. Nun wurde ihr das tote Grau der Zelle bewusst, das Fehlen des Lichts, die Farblosigkeit, die wenigen Geräusche, die ihr Ohr trafen. Nicht nur der Magen war leer, auch ihre Augen, ihre Haut, ihre Ohren hungerten. Erst jetzt wurde ihr bewusst, dass das Schreien aus den Folterräumen aufgehört hatte. Es war unheimlich still. Marcy fühlte sich lebendig begraben.

Angst und Verzweiflung warfen sie auf die Pritsche. Die Depression deckte sie wie ein Erdrutsch zu. Das junge Mädchen zahlte teuer für ihre Rückkehr in die Wachheit, doch ein selbsttätiger Lebenswille peitschte sie voran, zwang sie zu spüren, auch wenn es nur Elend und Abgrund war. Wie gerne wäre sie ausgewichen, ins Fieber, in die Dämmerung zurückgekehrt, wie gerne hätte sie sich tot gestellt. Aber sie war da.

Der Weiße lenkte sie ab und spendete ihr durch sein Vorhandensein Trost. Sie hatte ihn nicht mehr wahrgenommen, als sie im schmalen Gang vor der Pritsche hin und her gehetzt war, aber nun, wo sie wieder lag und nicht wusste, wie sie ihr Elend ertragen sollte, wurde sie sich seines Blickes wieder bewusst: Was willst Du?, fragte sie und erhielt keine Antwort. Er sah sie nur wie immer unverwandt an.

Marcy las in dem Blick, dass sie nicht allein war. Das war nicht viel, aber es half. Auch wenn es nur ein Gespenst war, es war jedenfalls da. Selbst wenn es nur eine Halluzination war, selbst wenn Marcy es sich selbst fabrizierte – und Marcy war jetzt geistig so klar, dass sie diesen Gedanken denken konnte – es war da. Und es war ein Beweis, dass Marcy da war. Denn noch brauchte sie diese Vergewisserung, noch war ihre Erfahrung zu überwältigend, noch war sie sich nicht sicher, dass es ihren Peinigern nicht gelungen war, sie auszulöschen. Denn dass Menschen, zu denen sie doch auch gehörte, zu solchen Taten fähig waren, das war nicht akzeptabel. Es war so schrecklich, dass der Tod, das Aufhören, das Nichtwissen müssen, das Davongehen die bessere Lösung schien. Ihre Seele war noch immer am Gehen, aber der Körper hielt sie zurück.

Er ließ sie jetzt in Schlaf versinken und er zwang sie danach, erneut aufzustehen, sich zu strecken und den Gang durch die Zelle wieder aufzunehmen. Dabei schien sich die Bewegung im Laufe der Zeit zu verselbständigen. Immer länger dauerte das Gehen und wurde mit verschiedenen Bewegungsabläufen kombiniert. Ob Marcy es wollte oder nicht, ihr Körper holte sich seine Energie zurück.

14

Als Marcy endlich befreit wurde, war sie körperlich einigermaßen bei Kräften. Blass war sie, matt, und sie hatte das Sprechen verlernt. Das Regime, das sie verhaftet hatte, war gestürzt, aber noch immer war die Lage unsicher im Land. Neben ihren Eltern war nun auch ihr Onkel untergetaucht und es sollte lange dauern, bis Marcy durch die Vermittlung von Hilfsorganisationen ihre Verwandten wiederfand. Marcy war allein. Sie nahm das Angebot eines benachbarten Landes an, das einigen Opfern des Regimes Zuflucht anbot. Sie wurde medizinisch und psychologisch betreut und erholte sich scheinbar gut. Aber in ihr blieb das Gefängnis, versteckt hinter Mauern, die sie selbst in sich gezogen hatte. Sie verbot sich, an die Vergangenheit zu rühren, zu denken – und auch die Träume wischte sie am Morgen schnell aus dem Gedächtnis.

Vielleicht war es das, was Robert an ihr fasziniert hatte: Dass es ein Geheimnis in ihr gab, einen unzugänglicher Teil, den er zu entdecken hoffte, nicht ahnend, wie sehr er sie damit gefährden könnte.

Als er sie das erste Mal sah, fiel sein Blick in ihr Gesicht wie ein Stein in einen Ziehbrunnen. Es war ein Unterbruch im Bisherigen, eine Pause, als ob die Welt den Atem anhielte und auf etwas nie Dagewesenes warten würde.

Die Unkompliziertheit, mit der sie mit ihm kam, erstaunte ihn und versetzte ihn in einen seltsamen Zustand: Es war alles wahr und unwahrscheinlich zugleich. Die Realität begann zu flimmern.

Marcy liebte ihn leidenschaftlich, mit der Direktheit reiner Unschuld. Er war sich ihrer gewiss vom ersten Augenblick an und konnte sie trotzdem nicht fassen. Es überstieg seine Dimensionen. Er sah Bewegung und Schönheit, ahnte Abgründe und fühlte, dass sie, oder das, was sie darstellte, zu groß, zu anders ist.

Marcy ihrerseits stellte sich keine Fragen. Sie dachte nicht nach, sie lebte. Sie nahm diesen Mann als Selbstverständlichkeit an, fühlte ihn, umsorgte ihn. Sie sprach wenig, von Liebe schon gar nicht. Nachts versanken sie ineinander, am Tag konzentrierte sie sich auf ihr Studium und danach als Ärztin auf die Menschen, denen sie helfen wollte. Es war ihr jederzeit klar, dass sie sich für Unterprivilegierte einsetzen wollte. Instinktiv suchte sie die Leidenden, vielleicht um durch deren Unglück ihre eigene Verletzung zu verkleinern. So hielt sie sich in einem Schwebezustand, den sie lange Jahre durchhalten konnte. Sie verdrängte die Bilder ihrer Vergangenheit, sie rührte nicht an die Fragen, die diese stellten. Sie fühlte sich autonom und befreit, bis zu dem Tag, als der Weiße am Bett stand, als sie die Augen öffnete, auftauchend aus einer der Ekstasen, die ihr die Liebe zu Robert verschaffte. Bauch an Bauch lagen sie, eng umschlungen, als sie, beim Öffnen der Lider leicht den Kopf nach oben drehte, um dem heißem Atem zu entgehen, der die Enge zwischen ihnen füllte. Und da sah sie ihn, wie er in der Ecke stand, unmöglich wegzublinzeln.

Monate hielt sie seinem Blick stand, bis der sie endlich von Robert weg trieb, hinaus in ein Leben, das sie nicht gesucht hatte und dennoch so tapfer lebte.

Und nun war sie hier gestrandet, fast am Ende der Welt, im hohen Norden, und blinzelte in die tiefe, matte Mittagssonne, die die Realität fast so durchsichtig erscheinen ließ, wie der Weiße es war. Obwohl es kaum später als Mittag war, warfen die kurzastigen Fichten schon lange Schatten, die Fläche des Sees dehnte sich mit graugelblichen Rändern, Marcy erschien sie gewölbt wie eine Senke, und sie fühlte den Impuls, sich fallen zu lassen, sich gleiten zu lassen in dieses sanfte Abwärts. Sie schlief ein.

Klopfen an der Scheibe weckte sie. Es war dunkel und die Umrisse des verpackten Menschen schienen riesig gegen den Nachthimmel. Marcy schreckte auf, fürchtete sich aber nicht, vielleicht weil sie noch zu schläfrig war, vielleicht weil sie überzeugt davon war, dass es niemand anderer als Joey sein konnte. Und so war es denn auch. Und er brachte wieder Fisch.

"Ich dachte, dass Sie etwas Frisches gebrauchen können", meinte er, während er seinen Tee schlürfte, in den er einen tüchtigen Schluck Whisky geschüttet hatte, den Marcy ihm angeboten hatte. "Kommen Sie zurecht mit dem Leben hier?"

Marcy zuckte die Schultern. Sie wusste nicht zu antworten. Kam sie mit dem Leben zurecht? Kam sie mit sich zurecht? Sie hatte keine Meinung im Moment. Sie wollte aber nicht unhöflich sein und das Gespräch nicht einschlafen lassen, darum sagte sie endlich: "Es geht." Und nach einer weiteren längeren Pause: "Wie geht es Ihrer Mutter?"

"Oh, viel besser", die Antwort kam ganz schnell. "Ich glaube, sie hat sich vollständig erholt."

Marcy stutzte. Es schien ihr unmöglich, dass die alte Frau sich von ihrem Schlaganfall erholen konnte und in dieser kurzen Zeit schon gar nicht. Sie blickte durch

Joey hindurch, dessen Hände im Lichtkreis der Tisch-
lampe lagen, gebräunt und kräftig wie Wurzelholz.
Plötzlich bewegten sich die wohlgeformten Finger und
zogen Marcys Blick an. Es war zuerst nur ein Vibrieren,
ein leichtes Schlagen der Fingerkuppen auf den Tisch,
doch dann schienen sich die einzelnen Finger zu verselbständigen. Wie eine Truppe von kleinen, lebendigen
Tieren krochen sie gegeneinander und durcheinander,
Marcy war hingerissen von der weichen Gelenkigkeit,
und schließlich ergab sich so etwas wie ein Tanz, ein
rhythmisches Auf und Nieder, ein Muster im Öffnen
und Schließen, das in ein Fließen mündete, das Marcy
hypnotisierte.

Kein Laut war zu hören. Die beiden saßen regungslos
und beobachteten das Spiel der Finger, in dem Marcy
alles und nichts zu erkennen glaubte, das sie las, wie
eine unbekannte Sprache, deren Wörter sie auszusprechen, aber nicht zu übersetzten vermochte, deren Bedeutung sie aber erahnte. Nichts war festgelegt und
alles war möglich. Und es kam von irgendwo eine
Stimme, Marcy erkannte nicht ob von außerhalb oder
innerhalb ihres Kopfes, die sagte: ‚Ich weiß, warum Du
gekommen bist.‘ Und Marcy fragte lautlos: ‚Warum,
warum?‘ Doch sie erhielt keine Antwort.

Schließlich kam das Spiel der Finger zur Ruhe und
beide blieben still sitzen. Marcy hatte keine Ahnung, ob
Minuten oder Stunden vergangen waren. Es gab keine
Orientierung in dieser langen Nacht. Schließlich sagte
Joey:

”Ich finde, dass Sie meine Mutter besuchen sollten.”

Und Marcy nickte gehorsam. Wie unter Bann zog sie
sich an und folgte Joey, der draußen bereits den Schlitten richtete.

Die Alte saß sehr aufrecht in ihrem Stuhl. Eine wild gemusterte Decke war über ihre Knie gebreitet und neben ihr dampfte eine Tasse mit heißem Tee. Ihre Kohleaugen blickten aufmerksam auf Marcy, der sie als Einziges real erschienen in dieser Welt, die einem dämmrigen Traum glich. Eine Weile herrschte Stille im Raum. Joey war nicht hereingekommen und Marcy stand, nachdem sie sich aus ihren Überkleidern geschält hatte, ruhig vor der Kranken. Diese zeigte auf einen Stuhl, der ihr gegenüber stand. Marcy setzte sich ohne einen Ton zu sagen. Das Muster der Decke zog ihre Augen an, doch sie konnte ihren Blick nicht von dem der alten Frau lösen. Zeit verrann. Schließlich sprach die Alte:

"Sie waren bereit, mir zu helfen. Nun bin auch ich bereit, Ihnen zu helfen."

Marcy wusste nicht, ob sie verstanden hatte oder nicht, es schien alles zu unwirklich und so blieb sie einfach still. Eine Uhr tickte zäh die Zeit weg. Aus der Küche kam ein blubberndes Geräusch und die Luft war zum Schneiden dick. Endlich senkte Marcy die Augenlider und ihr Blick fiel auf ein Karibu, das auf Kniehöhe über die Decke rannte. Sogleich sah sie auch den Wald, in dem es sich bewegte, die lockeren Stämme, hinter denen sich die Herde nur schlecht verbarg, die winzigen Schneeflocken, die still und unbarmherzig fielen und alle Geräusche erstickten.

"Nein", sagte die Alte", nicht dieses Bild."

Wieder wusste Marcy nicht, ob sie richtig gehört hatte und wieder reagierte sie nicht. Energie- und willenlos ergab sie sich in das seltsame Geschehen. Sie hob den Blick nicht, sondern ließ ihn weiter über die Felldecke schweifen. Sie zeigte das fahle Hell von ungefärbtem Leder. Die wenigen Nähte waren mit geometrischen

Mustern verziert und die Flächen über und über mit Szenen bemalt, die Marcy aber nicht deuten konnte. Sie senkte den Blick auf den Boden, wo er in der wellenförmigen Maserung der Holzbalken versank.

"Es hat keinen Sinn zu flüchten." Die Stimme der Alten war sachlich, aber sanft.

Marcy war in Trance versteinert, unfähig, sich zu regen. "Ich weiß", murmelte sie endlich oder dachte es bloß. Und sie spürte plötzlich, dass sie gerannt war, wie das Karibu durch den Wald, atemlos und ohne Besinnung, ohne zu wissen, weshalb und wohin. "Ich hatte keine Wahl", flüsterte sie, "ich hatte keine andere Wahl."

"Ich weiß", echote die Alte.

Eine große Müdigkeit erfasste Marcy. Sie wollte ruhen, still sein, sich und jedes Geschehen anhalten. Schlafen, nichts mehr fühlen, tot sein.

Nun begann die Alte zu singen, ein Singsang in unverständlichen Worten und mit einer ganz einfachen Melodie. Marcy wurde ganz ruhig und hörte den Tonfolgen aufmerksam zu. Etwas schien in sie einzudringen, das sich kostbar und tröstlich anfühlte. Sie verstand nicht, woher es kam und wie es möglich war, dass es in dieser kleinen, heißen Hütte, in dieser großen, leeren Landschaft auftrat. Doch während das Unverständliche sie bisher schwindlig und verzagt gemacht hatte, so flößte ihr dieses hier Kraft ein. Sie spürte Freude und Dankbarkeit. Vieles schien plötzlich möglich, alles fast. Auch wenn es nicht zu fassen war. Es blieb ein Rätsel.

17

Sie fand Joey bei der Frau mit dem Steinbruchgesicht, nachdem sie in der Hütte der Alten lange auf ihn gewartet hatte. Die alte Frau hatte nach ihrem Gesang die Augen geschlossen und schien, aufrecht sitzend, zu schlafen. Marcy hatte eingeschüchtert und doch pflichtbewusst nach ihrem Puls gegriffen und ihn stark und ruhig schlagend gefunden. Noch machte sie sich keine Gedanken über die seltsam schnelle Genesung. Sie hatte nur einen Gedanken, sie wollte aus dieser heißen Hütte heraus.

Doch lange Minuten war gar nichts geschehen. Und so hatte sich Marcy schließlich in ihre Schutzgewänder verpackt und sich nach draußen gewagt. Es war wieder Nacht, aber heute schien sie heller zu sein als sonst. Wahrscheinlich war der Mond schon da, doch sie hob den Blick nicht nach ihm. Zielstrebig ging sie zwischen den Hütten durch, die sich in hohe Schneehaufen duckten, vorsichtig, weil sie nicht ausrutschen wollte auf dem Weg, der mit ziemlich viel Unrat bedeckt war. Hunde bellten hinter ihr her. Marcy begegnete keinem Menschen und zögerte keinen Augenblick bei der Wahl ihres Ziels. Sie wollte so schnell wie möglich in ihr geschütztes Zuhause zurückkehren.

Die Hütte mit der Bar war nicht weit entfernt. Joey saß am Tisch mit aufgestützten Ellenbogen. Seine Augen waren vom Alkohol verschleiert und sein Blick unkonzentriert und verloren. Seine schönen Hände umspannten eine buntgescheckte Bierdose.

Marcy stand vor ihm und wusste nicht, wie weiter. Sie hatte geglaubt, ihn zu kennen, sie hatte ihm, oder vielmehr ihrem Gefühl getraut. Und nun war er betrunken. Marcy öffnete den Reißverschluss ihrer Jacke. Ihr wurde plötzlich unangenehm heiß. Hilfesuchend sah sie nach der Frau, die hinter der Theke herumkramte.

"Guten Abend", sagte diese ungerührt.

Wieder überschwemmte Marcy das Gefühl, zu träumen, hilflos in einer Geschichte gefangen zu sein, die sie nicht verstand und auch nicht beeinflussen konnte.

”Ich möchte nach Hause”, stammelte sie.

Die Frau nickte und zeigte mit einer kleinen Bewegung ihres Kinns auf Joey: ”Mit ihm?”

Verblüffung verschlug Marcy die Sprache. Ihr Gehirn schien auszusetzen. Schließlich antwortete sie und es kam ihr so vor, als seien ihre Worte vorher festgelegt, als führe sie einen Dialog, der seit ewig immer wieder neu abgewickelt werden musste:

”Mit wem denn sonst?”

Die Frau nickte wieder und sagt nichts und Marcy fiel in die Beklemmung, die das unbekannte Drehbuch an dieser Stelle verlangte. Sie ließ sich auf einen Stuhl fallen, öffnete die Jacke weiter und bestellte ebenfalls ein Bier.

Während der ganzen Zeit hatte Joey sich nicht gerührt. Es gab kein Anzeichen, dass er den Wortwechsel verfolgt hätte. Jetzt trank er und sagte endlich mit einer Stimme, die durch ihre Festigkeit erstaunte:

”Keine Angst, ich bring Sie schon heim, Lady.”

Der klare Ton der Stimme durchschnitt das Gefühl des Schwebens und Träumens. Mit ihr brach eine Art von anderer Realität in die Bar ein. Marcy trank einen tiefen Zug, spürte Erleichterung, gleichzeitig den Wunsch, zu weinen, den emotionale Erschöpfung auslöst. Sie war Ärztin und wusste, dass der Mann betrunken war. Ihr Verstand sagte ihr, dass sie wahnsinnig sei, mit ihm in die Kälte hinaus zu gehen. Doch sie vertraute ihm.

Vielleicht übergab sie sich auch einfach fraglos ihrem Schicksal. Vielleicht sogar mit der unbewussten Hoffnung, da draußen zu bleiben, in der blauen dunklen Unendlichkeit, sich aufzulösen in der Weite. Halluzinationen von Wärme sollen den Kältetod begleiten. Marcy halluzinierte inneren Frieden und kam tatsächlich allmählich zur Ruhe.

18

Die nächsten Tage verliefen ruhig, im verschlafenen Rhythmus des nordischen Winters: Dunkel, langsam grauendes Dämmern, der Himmel weiß grünlich wie Magermilch, darunter Streifen von fast unanständig starkem Rosa, die später zitronengelbem, blassem Licht wichen, eine cremige Helligkeit am Mittag und danach langes blauviolettes Eindunkeln und wieder Nacht. Bewegung nur im Kaminfeuer und in den schwarzen Scheiben, die Marcys Bild zurückwarfen.

Sie hörte Musik, schrieb, las. Fühlte sich wohlig gefangen in ihrer Einsamkeit, wiegte sich in der Stille und schob jeden Gedanken, der an das Außen rühren wollte, weit vor sich.

Sie begann die Fläche zu lieben, die sich vor ihrem Fenster ausdehnte, die Blau-, Lila- und Grau-Schattierungen, die den Schnee tönten, das leichte Sausen in den Wäldern, das die kurzen Tannenzweige kaum in Bewegung versetzte. Kaum Bewegung aussen, keine Bewegung innen.

Dann stand er wieder da, schien fast stofflich vor dem schwarzen spiegelnden Glas – sie fragte sich später oft, ob dieses sein Bild zurückgeworfen hatte oder nicht – und blickte wieder mit diesen alles verstehenden und alles billigenden Augen und sie wusste, dass die Frage ‚Was jetzt?‘ aus ihr und nicht aus ihm kam.

Was jetzt? Sie war nicht mehr jung. Sie hatte nicht mehr ewig zu leben und saß hier, in dieser Blase aus Stille, in diesem Gefrierfach aus Dunkel, als ob sie die Zeit anhalten könne, als ob sie sich entfernen könne aus dem Lauf der Dinge. Draußen war nichts, drinnen war nichts, aber dort im Süden gingen Anrufe und Post ein, Menschen bewegten sich, warteten auf sie, brauchten sie. Und dort war das weiße Bett, in dem der alte Mann lag, der einmal ihrer gewesen war.

Warum hatte sie ihn verlassen? Sie hatte sich diese Frage lange nicht erlaubt. Sie war einfach weggerannt wie ein aufgeschrecktes Tier, aus einer Situation, die nichts als Frieden und Geborgenheit bot, aus einem warmen Nest war sie geflohen, besinnungslos, nur etwas mitnehmend: Das Verbot, nachzudenken.

Aber das ließ sich nicht länger aufrecht erhalten. Falkner vor ihren Füssen, Robert auf dem kalten Boden des Flughafens beinahe sterbend, der Schock war zu groß gewesen. Marcy schaute auf ihr Leben.

Sie sah zuerst Fleisch, die Haut von Menschen, die ihre Hilfe brauchten, schneeweiße, hellbraune, glatte, verrunzelte Haut, die leidende Körper umspannte oder umschlotterte. Sie fühlte sich stark. Da war sie und dort war die Krankheit, die Aufgabe, die zu bewältigen war. Zwar war sie sich ihrer beschränkten Mittel bewusst. Sie war keine Göttin in weiß, es war immer die Krankheit, die bestimmte – oder der Lebenswille im Körper des Kranken. Sie hatte keine Allmachtsfantasien, aber sie hatte ihren Beruf, sie wusste, was zu tun war. Und das tat sie, fast unberührt von den Ergebnissen ihres Tuns.

So war sie durch Regenwälder Südamerikas und durch die Slums im Norden gezogen, am Abend müde ins Bett gesunken, am Morgen an die Lager der Kranken eilend. Es gab so viele. Keine Zeit für Gespräche, keine Zeit für Gefühle. Das Ganze spielte sich ab zwischen den Körpern der andern und ihr. Die verschreckten Augen der Patienten machten sie hilflos, sie wusste keinen Trost. Doch ihre Sicherheit und Kompetenz beruhigten, ihre Unnachgiebigkeit förderte die der Kranken, sie verbündeten sich mit ihr im Kampf gegen das Unterliegen. Darum war sie eine gute Ärztin und die Leute liebten sie. Vielleicht auch, weil sie spürten, dass sie nichts für sich wollte und nahm, und sich trotzdem voll zur Gefährtin ihrer Kämpfe machte.

Sie hatte keine Wahl, sie konnte nicht anders. Sie konnte nichts anderes als kämpfen.

Jedenfalls bevor sie Robert kannte und auch, nachdem sie ihn verlassen hatte.

Sie war mit Robert gegangen ohne jedes Bedenken. Er hatte sie aus ihren Kämpfen und ihrer Einsamkeit herausgeholt, was hätte sie da auch fragen sollen? Woran hätte sie Anstoß nehmen sollen? Sie ging in diese Beziehung hinein wie in ein Gewässer. Sie achtete nicht auf Ufersteine, die glitschig sein konnten, oder schneidend scharf. Sie fühlte nicht die Kälte des Wassers an ihren Schenkeln, nicht den Schlick zwischen ihren Zehen. Sie ging wie ein Roboter tiefer und tiefer hinein, ließ die Schlinggewächse um ihre Waden gleiten und legte sich schließlich aufs Wasser und trieb mit ihm davon.

Als Falkner sie ansprach, er war schon damals fast schlaksig schlank, wusste sie augenblicklich, dass dies der Weg war, den sie zu gehen hatte. In seiner Haltung und in seinem Blick las sie eine Verlorenheit, die seine kecken Worte lächerlich machten. Es war der Sog dieses Blickes, der sie so widerstandslos mitgehen ließ. Bewusstlos fast.

Sie war sich sehr Wenigem bewusst in jenen Tagen.

Aber sah sie jetzt klarer? War es nicht immer noch so, dass sie fast jedem Geschehen erlaubte, Besitz von ihr zu ergreifen, dass sie sich freiwillig in Zwänge ergab und in unbekannter Richtung Trampelpfaden folgte, die irgend etwas oder irgend jemand gespurt hatte?

War sie nicht auch aus reinem Zufall hier gelandet?

Die hinter dem Horizont aufgehende Sonne färbte die Fläche des Sees mit einem rauchigen Rosa. Die fernen Gipfel der Berge leuchteten auf. Die Wälder standen schwarzweiß gefleckt und starr.

Marcy saß fest. Sie hatte sich selbst in eine Sackgasse

hinein manövriert. Dieser Pfad hatte keinen Ausgang. Wellen gingen durch ihren Körper, heiße und kalte zugleich. Kreislaufprobleme, diagnostizierte ihr Arztverstand, psychisch oder hormonell ausgelöst, wahrscheinlich harmlos. Nun fing es an, sie zu schütteln, kalter Schweiß rann unter dem Pullover, den sie sich vom Leib riss. Die Panik führte ein wildes Scheingefecht gegen den Verstand, der ruhig darauf beharrte, dass die Situation ungefährlich sei. Alles in Marcy bebte und doch saß sie bewegungslos und beobachtete sich. Sie zog keine Schlüsse. Sie begriff, dass sie nicht mehr ausweichen sollte.

Als Marcy ihre Umgebung wieder wahrnahm, realisierte sie erleichtert, dass der Anfall vorbei war. Jetzt sah sie das Wohnzimmer wieder, die Landschaft vor dem Fenster, die schon in der Dämmerung verschwamm. Knietiefe Nebelschwaden zogen feengleich über den See. Die aufsteigende Dunstigkeit war auch in ihr. Sie blieb bewegungslos sitzen und beobachtete die Flammen im Kamin. Nur einmal erhob sie sich, um ein paar der dicken Holzscheite nachzulegen, die fast stundenlang brannten. Die Anstrengung weckte sie aber nur für den Augenblick, danach versank sie wieder in ihrer nebligen Unbeweglichkeit.

Seltsamerweise stieg nun in ihr das Bild einer sternklaren Nacht auf, durchsichtiges, blauschwarzes Dunkel gesprenkelt mit glänzend polierten Punkten, die zu blinken schienen. Ein angenehm warmes Lüftchen berührte sie. Es war eine südliche Nacht. Robert war neben ihr. Wie immer sprachen sie kaum, standen Seite an Seite und blickten auf die sanft abfallende Rasenfläche, die sich in den buschigen Bäumen des Parks verloren. Robert sagte nichts, doch als eine Sternschnuppe breit und neongrün blitzend auf sie zufiel, da legte er den Arm um sie und sie wusste, dass sie zum ersten Mal in ihrem Leben vollständig glücklich war.

19

Warum nur war der Weiße aufgetaucht und hatte sie aus diesem Glück vertrieben? Zum ersten Mal stellte sie sich die Frage und zum ersten Mal hätte sie diese der nebligen, durchsichtigen Figur stellen wollen. Doch diese war nicht da, ließ sich auch nicht herbeizitieren.

Seine Augen, seine Augen waren es gewesen, die sie hatten aufschrecken lassen, damals im Gefängnis und später im Ehebett. Marcy versuchte sich, die Augen vorzustellen, wie sie aufmerksam blickten, neutral, ohne Kälte, ohne Wärme, nur einfach da, ein Gegenüber.

Ihr wurde bewusst, dass sie noch kaum jemals über diesen stillen Begleiter nachgedacht hatte. Es war ihr immer eher unangenehm gewesen, sich von dieser Figur verfolgt zu wissen. Ihr Verstand sagte ihr, dass es keine Gespenster geben könne und dass sie trotzdem eines sah, ließ sie als optische Täuschung durchgehen. Eigentlich wollte sie nichts damit zu tun haben. Weder mit dem Phantom noch mit den Fragen, die dieses aufwarf.

Sie hatte sich der Welt zugewandt, ihren Studien, der Haushaltung, dem Mann, den Kranken. Sie hatte sich auf das helle Licht im Außen konzentriert, und vor der vielfarbigen Welt war das Gespenst verblasst, konnte ausgeklammert und vergessen werden.

Hier, vor den dunklen Fensterscheiben, in den kurzen, blassen Tagesstunden und den langen Nächten, hier ließ es sich nicht ausblenden. Marcy fragte sich, ob sie verrückt sei, doch ihr Verstand wehrte sich gegen diese Vorstellung: ‚Eine Verrückte kann nicht die Arbeit leisten, die ich geleistet habe', sagte ihre innere Stimme.

Und dann stand er da und blickte wieder. Zum ersten Mal sah Marcy interessiert zu ihm hin, musterte ihn fragend. Seine Konturen schienen dabei leicht zu verschwimmen, verdeutlichten sich aber nach einiger Zeit wieder. Er war hager, in einem altmodischen Anzug mit schmalen Hosen. Statt einer Krawatte trug er ein Tuch im hoch geschlossenen Hemd. Sein Hals schien kurz, die Nase lang. Die Backenknochen standen deutlich hervor und machten das Gesicht reizvoll und interessant. Ein Südamerikaner, vermutete Marcy, ein Caballero der eleganten Sorte mit einem Schuss Indianerblut. Sie musste lächeln: Indianerblut in dieser durchsichtigen Gestalt, das war ein Widerspruch. Oder war es ein Mongole, ein Mann der Steppe? Nun lächelte auch die Erscheinung, Marcy fühlte die Bewegung der Muskeln in ihrem Gesicht. Nein, dachte sie, bitte keinen Doppelgänger, ohne zu wissen, was sie damit meinte. Aber da bewegte die Figur auch schon den Kopf in einer langsamen verneinenden Bewegung, was Marcy augenblicklich erleichterte.

Die beiden musterten sich regungslos, in sicherer Distanz. Minuten verrannen. Marcy versagte sich jede Bewegung, aus Angst, dass der Weiße diese als Echo wiederholen würde. Da klopfte es an die Haustür. Marcy fuhr zusammen und beobachtete, wie die Figur leise in Unsichtbarkeit verblasste. Im Zeitlupentempo stand sie auf und schleppte sich zur Tür, an die inzwischen noch einmal heftig gepoltert wurde. Halb betäubt öffnete sie.

Draußen stand, dick verpackt, eine Dame mittleren Alters, gestikulierte mit einem Päckchen in der Hand und sprach mit einer lauten Stimme schnelle Worte, die Marcy im Moment nicht erfassen konnte. Sie ließ die Frau widerstandslos eintreten. Diese schälte sich, immer redend, aus ihrem Anorak, nachdem sie Marcy das Päckchen in die Hand gedrückt hatte.

"Sie sind ganz frisch gebacken." Marcys Gehirn schaltete sich wieder ein und sie begriff, dass es Zeit sei, sich zusammenzureißen. "Bitte nochmals alles von vorn", sagte sie nun mit fester Stimme, während sie den Besuch ins Wohnzimmer führte, "ich habe vor lauter Verblüffung gar nicht richtig zugehört."

"Oh", erwiderte Alice, denn so hieß sie, drehte sich zu Marcy um und sah ihr sorgenvoll ins Gesicht.

20

Die Brownies waren feucht und schwer und klebten an Fingern und Gaumen. Marcy blickte versunken in das angebissene Gebäck und meinte Humus zu sehen, schwarze Walderde, statt mit Nüssen durchsetzt von kleinen Lebewesen. Alice redete fast ununterbrochen und der Redestrom ging wie ein leichter Wind, ein Rauschen, an Marcy vorbei. Sie nickte, murmelte Zustimmung oder manchmal eine nachlässige Frage, die Alices Stimme weiterfließen ließ. Es wurde schon wieder dämmrig im Raum und endlich riss Marcy sich zusammen und stand auf um das Licht anzuzünden.

"Sie sind also Heilerin?", stellte sie dazu mit endlich deutlicher Stimme fest und es war eine Feststellung und keine Frage. Alice hatte nämlich erzählt, dass sie Besitzerin des nächsten Hauses sei – es lag, fast unsichtbar, eine halbe Meile entfernt hinter Birken und Tannen – und gekommen war, um sich vom Stress ihrer Tätigkeit zu erholen. In Windeseile ließ sie ihre Ausbildung bei diesem und jenem Schamanen und Heiler passieren, sprach von ihrem Guru in Indien, ihren buddhistischen Retreats in Kalifornien, Sri Lanka und den österreichischen Alpen und würzte alles mit Fallbeispielen von Heilerfolgen, samt Lebensgeschichten ihrer Patienten. Sie schien sich ihrer Person und ihrer Kräfte sehr sicher und Marcy, die schon viele Menschen sterben gesehen hatte, denen sie nicht hatte helfen können, fragte sich, ob Alice wohl wisse, dass sie Ärztin sei, und ob sie dann ebenfalls so unbefangen mit ihren Heilkünsten prahlen würde.

”Als Ärztin”, stoppte sie schließlich Redefluss der Heilerin, ”habe ich natürlich einen etwas anderen Zugriff zu den Dingen. Ich lege Wert auf eine möglichst genaue Diagnose und dazu brauche ich gerne die Hilfsmittel, die die moderne Medizin bietet.”

Das Licht der Begeisterung erlosch in Alices Gesicht. ”Ach”, sagte sie, ”Sie sind also Ärztin.” Es schien ihr nicht richtig zu gefallen. ”Wissen Sie, eigentlich dachte ich, Linda sei hier, als ich gestern das Licht sah. Darum bin ich rübergekommen. Ich wollte Sie nicht belästigen.”

”Sie haben mich nicht belästigt.” Marcy brachte es fertig, überzeugend zu sein. Tatsächlich war etwas Abwechslung in dem grauen Einerlei des Dämmerlichts nicht unangenehm. Auch wenn Alice nicht gerade als brillante Gesprächspartnerin erschien. ”Leben Sie schon lange hier im Norden und besitzen Sie Ihr Waldhaus schon länger?”

”Nein”, sagte Alice, ”dies ist erst der vierte Winter in diesem Land und ich muss Ihnen sagen, es fällt mir verdammt schwer, es zu lieben. Aber hier ist der Markt einfach nicht so überlaufen, hier kann ich von meiner Arbeit leben. Im Süden hat es einfach viel zu viel Konkurrenz.”

Marcy nickte. Auch sie hatte die Stelle am Flughafen nur mit Schwierigkeiten erhalten. Es gab in dieser Gesellschaft offensichtlich von allem zu viel. Viel zu viele Kranke und auch zu viele Heiler und Ärzte.

”Sind Sie denn auf ein Gebiet spezialisiert?” fragte Marcy nun höflich um das Gespräch wieder in Gang zu bringen und tatsächlich brachte dies Alice wieder zum Erzählen. Und das ging so, bis die Heilerin sich zur Heimkehr entschloss, glücklich über diesen Nachmittag, an dem sie eine Ärztin hatte beeindrucken können.

21

Es vergingen ein paar Tage, die Marcy mit Lesen und Nachsinnen verbrachte, bis es wieder an die Tür klopfte. Diesmal kam Alice nicht mit Brownies, sondern mit einem großen Schnupfen. Dankbar nahm sie das Angebot an, Tee zu trinken. Sie war an diesem Tag wortkarg und so saßen sich die Frauen schweigsam gegenüber. Als Marcy die Stille mit einer Frage unterbrechen wollte, tauchte plötzlich der Weiße hinter Alice auf und legte den Finger auf seine durchsichtigen Lippen. Marcy war verblüfft. Noch nie hatte sich der Weiße gezeigt, wenn sie mit einem anderen Menschen zusammen war, außer in jener Nacht, als sie neben dem schlafenden Robert lag und er sie so lange fixierte, bis sie wusste, dass die Zeit gekommen war, aufzubrechen.

Abrechen, aufbrechen.

Marcy hatte, nachdem sie endlich dem Gefängnis entronnen war, versucht, ein möglichst normales Leben zu führen. Zwar wiederholten sich die Angstträume, aber sie mischten sich immer mehr mit den Bildern aus ihrem und den Leben ihrer Patienten, so dass sie die Vergangenheit immer besser von sich weg schieben konnte. Sie blickte nicht zurück, schaute nach vorn, folgte instinktsicher und fast gefühllos einem Sog, der sie weiter zog: Robert kam und sie ging mit ihm und alles schien selbstverständlich. Es schien sogar perfekt. Sie glaubte sich glücklich und, so sagte sie sich jetzt, war sie es wahrscheinlich auch. Sie war glücklich gewesen. Doch dann kam dieses Signal des Aufbruchs. Und der Bruch.

‚Bruch, brechen, zerbrechen.' Die Worte fuhren Marcy durch den Kopf, während sie auf Alice schaute, die ihren Tee mit leisem Geräusch schlürfte. Alice, diese freundliche, dickliche Heilerin, die nun die Augen aufschlug und Marcy mit Kinderaugen ansah, die flehten und bettelten. Doch Marcy verstand nicht, worum Alice bat.

Sie saß still, fühlte den Bruch in sich und in der anderen. Und die Unvereinbarkeit von Tisch mit Teetasse und der durchsichtigen, weißen Gestalt. Wieder meldete sich die Panik aber es gelang Marcy, diese zurückzudrängen. Wenn auch nicht ins Vergessen. Nun war ihr der Bruch bewusst. Sie würde darüber nachdenken.

Alice hatte die Augen wieder niedergeschlagen und bat nun um ein Medikament gegen ihre laufende Nase. Marcy bedauerte, dass sie ihren Arztkoffer nicht dabei habe, aber ihr mit etwas Aspirin aushelfen könne. Auch bot sie ihr Honig an, der sich in Mengen in der Vorratskammer befand und der, in heißem Tee getrunken, Erkältungen, wenn nicht lindern so doch wenigstens angenehmer machen konnte. Und dann sagte sie etwas Schreckliches:

"Aber die Erkältung ist ja wohl nicht das eigentliche Problem."

Dieser Satz, kühl und neutral geäußert, schlug mit der Brutalität einer Bombe ein. Alices Blick wurde wässrig. Sie sagte nichts, nestelte nach einem Taschentuch und hielt es sich an die Augen. Sie begann haltlos zu Schluchzen. Marcy, jetzt ganz Ärztin, ließ sie gewähren. Sie wusste, dass sie abwarten musste und da Alice über genügend Taschentücher verfügte, sah sie keinen Grund, einzugreifen. Und ohnehin gebot der Weiße mit einer abwehrenden Gebärde Bewegungslosigkeit.

Und so saß Marcy still, blickte hinaus in die dämmrige Landschaft, auf die bläulich schimmernde Fläche des Sees, war sich der Weite der Landschaft bewusst, die sich draußen öffnete und hörte auf das Schluchzen, das endlich in ein leises Wimmern überging und schließlich versiegte.

Und dann begann Alice zu erzählen. Von ihrer Einsamkeit, von ihren Bemühungen, vom Scheitern ihrer Ehen und von ihrer einzigen Tochter, die nichts mehr von ihr wissen wollte.

Das Auf und Ab der sich dahinziehenden Geschichte eines unerfüllten Lebens wurde plötzlich unterbrochen: Es klopfte ans Fenster: Joey.

Er machte eine Geste um anzuzeigen, dass er zur Haustüre hereinkommen wollte und Marcy ging, ihm diese zu öffnen. Er stapfte herein, schälte sich ohne Umstände aus seinem Anorak und seinen wattierten Überhosen und ging Marcy voran ins Wohnzimmer. Alice war verschwunden. Wahrscheinlich wusch sie sich im Badezimmer die verweinten Augen aus.

Joey ließ sich mit einem tiefen Seufzer auf den Stuhl fallen. "Ich werde alt", murmelte er, "ich spür meine Knochen."

Marcy lachte. "Heute sind alle unglücklich", erwiderte sie und erschrak, als Joey wie aus der Pistole geschossen fragte: "Sie auch?"

War sie unglücklich? War sie glücklich?

Als sie eben antworten wollte, dass sie sich auch schon besser gefühlt hätte, kam Alice zurück. Was immer sie unternommen hatte, es hatte nicht viel bewirkt. Sie sah noch immer verweint und zerknittert aus. "Hi", sagte sie und ging zu Joey. Sie beugte sich auf ihn herunter und küsste ihn auf den Mund.

Marcy war erstaunt. Vielleicht fühlte sie sogar einen Hauch Eifersucht, aber sie hätte sich dies niemals eingestanden. Sie hatte schon seit langem beschlossen, dass Männer sie nicht interessierten. ‚Was interessiert Sie denn?' meinte sie Joey Stimme zu hören, aber sie wusste, dass er nichts gesagt hatte, denn er hatte die Tasse am Mund. Hilfesuchend sah sich Marcy um, doch der Weiße war verschwunden und keine Hilfe in dieser seltsamen Situation.

"Sie kennen sich? – Hier kennen sich wohl alle."

”Nein, nein”, fuhr Alice dazwischen, ”Joey ist eine Ausnahme. Natürlich kennen sich die Nachbarn, aber die Leute vom Dorf halten sich von uns fern. Aber ich bin hingegangen, denn ich interessiere mich für die Alteingesessenen hier und ihre Bräuche. Wissen Sie, ich finde, die Menschen hier sollten dazu ermuntert werden, ihr altes schamanistisches Wissen zu gebrauchen, darum habe ich das Dorf besucht. Und so wurden Joey und ich Freunde.”

Joey sagte nichts und saß steinern dabei.

Und nun verwickelte sich Alice erneut in ihre Erzählungen über ihre Heilkünste, über ihr Wissen und die großartigen Menschen, die sie getroffen hatte, so lange, bis Joey aufstand und sagte, dass er jetzt gehen müsse.

”Es war nett, Sie zu sehen”, sagte Marcy, der die Situation etwas peinlich war.

”Deswegen bin ich nicht gekommen.” Joey tönte fast barsch. ”Meine Mutter bittet Sie, am nächsten Dienstag zu kommen. Es ist Vollmond.”

Und Marcy staunte einmal mehr, während Alice erbleichte.

22

Eine leichte Hochnebelschicht verschleierte den Himmel, ließ aber das helle Licht des Vollmondes durchscheinen und ein diffuses Licht verbreiten, das die seltsame Szenerie noch unwirklicher erscheinen ließ. Auf dem Motorschlitten knatternd hatte Joey Marcy zu einer nicht all zu weit entfernten Waldlichtung gebracht, in deren Mitte ein großes Feuer brannte. Von dicker Kleidung vermummte Menschen saßen im Kreis darum und einige von ihnen schlugen vom Alter geschwärzte, flache Trommeln, die erst hörbar wurden, als Joey den Motor abschaltete. Joey führte Marcy in den Zirkel, wo ein Pelz für sie ausgebreitet lag, setzte sich selbst aber nicht, sondern ging zu seinem Gefährt zurück, zündete den lauten Motor und fuhr davon. Man konnte der Spur des Lärms noch eine Weile folgen, bis sie sich mit dem Dröhnen der Trommeln vermischte und verschwand.

Marcy erschrak nicht über Joeys Abgang und eher wunderte sie sich, dass sie sich nicht wunderte. Sie saß einfach da, achtete nicht auf die dunklen Gestalten, sondern starrte ins Feuer. Es gab keinen Widerstand in ihr, kein Gefühl für Gefahr, keine Erwartung. Sie war leer. Und in diese Leere trat nun das rhythmische Dröhnen der Trommeln. Sie spürte die Vibration im Zwerchfell, nur dieses Gefühl, während sich noch mehr Leere in ihr ausbreitete. Sie saß aufrecht und fest und schien doch zu versinken. Sie fing an, in den dumpfen Schlägen Obertöne zu hören, hohes Sirren, auf und abschwellende Stimmen, Flugzeuggebrumm, Tierlaute, Brandung am Felsen, sausenden Wind. Und das Blut in ihren Ohren.

Dann erhob sich eine Gestalt und fing an zu singen. Ein stark rhythmisierter Singsang der die Figur selbst erzittern ließ. Immer wieder schüttelten Wellen den singenden Körper durch und manchmal schien sich die Wellenbewegung durch die Trommler hindurch fortzusetzen, die diese Bewegung mit gelegentlichem Stöhnen aufnahmen. Marcy verstand kein Wort, achtete auch nicht auf das was vorging, sondern starrte in die Flammen, die vom Wind angefacht, ebenfalls in rhythmische Bewegungen zu verfallen schienen. Eine seltsame Faszination für dieses tanzende Licht erfasste Marcy. Es schien ihr lebendig, schien mit ihr zu kommunizieren, ohne dass sie hätte sagen können, was vorging. Genau wie der Singsang in der unbekannten Sprache schien die Bewegung des Feuers von höchster Bedeutung. Sie musste diese aufspüren und in sich aufnehmen.

Sie atmete schon lange im Rhythmus der Trommeln, sie zitterte mit den andern ohne es zu bemerken, sie schreckte erst auf, als eine dunkle Gestalt vor ihr stand und ihr einen Gegenstand reichte. Sie nahm ihn in die Hände und sah gleichzeitig, dass die Gestalt Joeys Mutter war und dass sie Glut in den Händen hielt. Sie erschrak nicht, sie sah nur das glimmende Rot, blies leicht hinein bis es golden aufleuchtete, und reichte es dann an die alte Frau zurück. Ihre Hände waren heiß, brannten aber nicht. Mehr Schmerz war in ihrem Herzen, denn sie spürte einen tiefen Verlust in sich. Sie sah in die schwarzen Augen der Alten, als ob daraus Hilfe kommen könnte und tatsächlich lächelte diese jetzt ein plötzliches Lächeln, das in Marcys Hilflosigkeit wie Balsamtropfen fiel. Dann drehte sich die Alte zu den andern – erst jetzt wurde Marcy bewusst, dass das Trommeln aufgehört hatte – und sprach ein paar gewichtige Sätze, die die Runde mit beifälligem Murmeln entgegennahm. Sie hielt das Kohlestück, das nun kaum mehr glühte, in die Luft und warf es schließlich ins Feuer. Mit dem Kinn gebot sie Marcy aufzustehen, was dieser fast nicht gelang, weil sie so in sich versunken war. Zwei Männer stützten sie, während sie auf das Feuer zuging. Die Trommeln dröhnten wieder. Die Drei umkreisten, ineinander verklammert, in schleppenden Schritten das Feuer während sich die Trommelschläge beschleunigten. Als sie bei Marcys Platz angekommen waren, ließen die Männer sie los. Marcy blickte in die Flammen und sie fühlte eine solche Liebe für diese, dass sie ihnen nahe sein wollte. Sie ging in langsamen Schritten auf das Feuer zu. Die Wärme erhitzte sie und die Augen begannen zu brennen. Doch sie ging weiter, gezogen von ihrem Wunsch. Als sie schließlich ins Feuer ging, hörte sie den gellenden Schrei der Runde und sah über sich den Vollmond, der nun an einem ganz klaren Himmel stand.

23

Das erste, was sie wahrnahm, als sie aus ihrer Trance erwachte, waren die schwarzen Augen der Alten, und Marcy wurde sich bewusst, dass sie in deren stickiger überheizten Hütte lag. Vor dem kleinen Fenster war Tag, so dass sie das aufmunternde Lächeln von Joeys Mutter gut wahrnehmen konnte. Diese sagte etwas Unverständliches und entfernte sich. Marcy hörte die Tür klappen und Stimmen rufen.

Sie war noch so benommen, dass sie sich nicht rühren konnte. Sie glaubte noch in den Flammen stehen, glaubte Bitternis zu riechen und fühlte in sich einen unglaublichen Triumph aufsteigen: Da stand sie, sie hatte gesiegt, das Feuer umflammte sie mit Liebe, sie starb und sie wurde geboren in einem einzigen Augenblick.

Ganz offensichtlich lebte sie. Die Hütte war ein Ort, den Marcy kannte. Die Fragen, die sich ihr aufdrängten, waren verwirrend. Marcy verspürte den Impuls, ihre Hände zu sehen. Waren sie schwarz, waren sie verbrannt? Sie glaubte zuerst, dass sie gefesselt sei, als sie die Arme nicht bewegen konnte, doch dann hörte sie Joeys Stimme neben sich, der sich über sie beugte.

"Meine Mutter lässt Ihnen sagen, dass Sie sich nicht bewegen sollen. Sie sind im Moment gelähmt. Sie sagt ihnen aber, es wird vergehen. Wenn der Mond verschwunden sein wird, wird auch die Krankheit gegangen sein. Es besteht keine Gefahr, seien Sie ganz ruhig. Das ist das Beste."

Die Mutter stand hinter Joey und fixierte Marcy scharf. Der Blick erinnerte sie an die Weißen. Das Wort ‚gelähmt' schockierte sie, ihre Gedanken begannen zu rotieren. Sie suchten verzweifelt nach einem Ausweg aus diesem Alptraum, doch sie fand keinen.

Der Schrecken war groß. Wo war die Euphorie, die

sie vor wenigen Stunden ins Feuer getragen hatte?

Noch einmal glaubte Marcy zu sterben, unter den beobachtenden Blicken der Alten und unter Joeys besänftigenden Worten. Sie fühlte sich kalt und steif und die Panik packte sie erneut. Sie spürte, wie der kalte Schweiß aus ihren Poren schoss. Die Zähne klapperten. Sie versuchte um sich zu schlagen, war aber tatsächlich unfähig, sich zu bewegen. Ihr Atem beschleunigte sich, sie begann zu hecheln.

Joey setzte sich neben Marcy aufs Bett und nahm sie in den Arm. Er schaukelte sie leicht wie ein Wiegenkind, lange, ohne müde zu werden, bis Marcy sich endlich beruhigte und sich in ihre Lage ergab. Sie war nun ganz still und er ließ sie hinunter aufs Sofa gleiten.

Da lag sie nun, verschlossen in sich. Und dass sie dabei so etwas wie Behaglichkeit fühlte, gestand sie sich erst sehr viel später ein.

Marcy dämmerte weg. Sie sah vor sich das Bild des Sees. So leer wie seine Fläche war sie nun, und so erbarmungslos wie die kalten Berge standen die Tatsachen um sie herum. Da war sie, die Welt und da war Marcy und ihr Leben. Angehalten an einer unbekannten Station. Bei ihrer ganzen Verwirrung fühlte Marcy so etwas wie eine große Kraft und eine Folgerichtigkeit in allem, das sie im Moment nicht einordnen mochte.

Später lag sie, umsorgt von Alice, auf dem Sofa in ihrem Haus und wartete auf ihre Genesung. Es fiel ihr leicht, sie hatte jeden Widerstand aufgegeben.

Sie erinnerte sich an ihre Reisen in unwegsamem Gelände, sie hatte dabei Ergebenheit und Geduld gelernt, auch im Angesicht von Krankheiten, die sie nicht heilen konnte, weil ihr die notwendigen Medikamente oder medizinischen Geräte fehlten. Sie sah Menschen leiden und sterben und fühlte noch einmal, wie sie Schmerz und Angst, die sie lähmen wollten, in Schach gehalten hatte. Sie hatte geübt, sich zu panzern. Bis sie hart genug geworden war, um alles auszuhalten, was um sie herum geschah, die verzweifelten Mütter, die weinenden Kinder, das Abschlachten unschuldiger Zivilisten, die Seuchen, die längst hätten ausgerottet sein können, wenn nur ein kleiner Teil des Geldes, das für Waffen ausgegeben wurde, für Impfaktionen abgezweigt worden wäre.

Nun spürte sie, dass es dieser sorgfältig angelegte Panzer war, der ihr jetzt jede Bewegung verbot. Sie empfand ihren Körper als Leichnam, nasskalt und schwer. Dass sie ruhen konnte, endlich ruhen konnte, gefiel ihr, aber gleichzeitig rührte sich etwas, das sich wehrte, etwas Warmes, Lebendiges, das sich nicht mit der Situation abfinden wollte, etwas das nun langsam in ihre Hände wanderte. Und siehe, sie bewegten sich. Es gelang ihr, die Hände ein wenig zu heben und die Finger zu strecken und zu beugen. Wie auf ein Wunder blickte sie auf die kleinen Bewegungen und spürte Erleichterung und Rührung – so etwas wie Glück.

Alice kam herbei und strich ihr übers Haar. "Nur Ruhe, es wird alles gut", sprach sie in süßer, hoher Stimme wie zu einem Kind, nicht ahnend, dass Marcy keines Trostes bedurfte. Doch das Missverständnis störte die Kranke nicht, sie genoss Alices warme Hände und den freundlichen Ton ihrer Stimme. Wie alt war sie gewesen, als sie das letzte Mal umsorgt und getröstet wurde? Zwölf vielleicht? Als sie diese schreckliche Grippe hatte und vor lauter Gliederschmerzen nicht schlafen konnte. Leise war sie durch die Wohnung geschlichen, hatte jeden Stuhl erprobt, in der Hoffnung, die Schmerzen erträglicher zu machen, bis endlich die Mutter kam, sie aufs Sofa bettete, in den Arm nahm und ihr beruhigend und tröstend zusprach. Marcy hatte fast vergessen, dass sie jemals ein Kind gewesen war. Jetzt übermannte sie die Sehnsucht nach der Mutter, die zerbrochen vom Exil, nichts anderes wusste, als

Vorwürfe zu machen, sie und den Vater anzuschuldigen, dass sie mit ihrer politischen Tätigkeit ihr Leben versaut hätten. Ach, Mama, sie war so schön und fröhlich gewesen, einstmals. Sie waren alle so glücklich gewesen, damals. Irgendwo gab es noch eine Fotografie, Marcy als kleines Mädchen zwischen den beiden, die Mutter strahlend vor Zufriedenheit, der Vater bereits etwas hager mit diesem Zug von Verzweiflung um den Mund. Lange waren die beiden nun schon tot, zerrieben von den Umständen und dem Leiden aneinander, sie, die fröhliche, die nichts wissen wollte, er, getrieben von einer verzweifelten Ernsthaftigkeit, sich weigernd, die Dinge zu akzeptieren, so wie sie sind.

Und Marcy dazwischen. Schon damals sich steif und still haltend, voller Angst, dass sie im Zusammenprall dieser zwei Welten erdrückt würde.

24

Aus der Küche drangen verführerische Gerüche. Butter wurde gebräunt, Zwiebeln gedünstet. Alice hatte sich der Vorräte bemächtigt und kochte. Das Klappern von Pfannen und Geschirr wurde durch ihr Summen untermalt. Sie sang Kirchen-, Kinderlieder und Schlager wahllos durcheinander, alles ohne Worte.

Marcy genoss die Duftwolken und die Geräusche. Ihr wurde bewusst, wie still und unfroh sie in den letzten Jahren gelebt hatte. Tagsüber Patienten, Patienten, Patienten. Danach, in ihrer kleinen, karg eingerichteten Wohnung eine schnelle Mahlzeit, etwas Hausarbeit, ein Blick in die Zeitung und rasch ins Bett. Diese Routine hielt sie streng durch, sah kaum jemanden außerhalb ihrer Arbeitsstunden, hatte keine Zeit. Sie wollte keine Zeit haben. Sie hetzte sich durch die Tage. Aber jetzt lag sie. Jetzt war sie in Unbeweglichkeit gebannt. Zum

Grübeln und Nachdenken verurteilt. Und da war er wieder:

Der Weiße stand an der Wand und musterte sie.

Und plötzlich war sie wieder dort, sah die schmutziggrauen Wände der Zelle, das kleine, verkratzte Fenster, spürte die Pritsche unter sich, die Härte, die sich in ihre Knochen bohrte. Und dann hörte sie die Schreie, entsetzliche Schreie. Und sie war angenagelt, konnte sich nicht bewegen, es gab keine Öffnung, keine Möglichkeit, sie war eingesperrt, in sich, in das unselige Geschehen. Und es war kein Albtraum, es war Realität. Marcy war einer Ohnmacht nahe. Sie fühlte, wie etwas in ihr sterben wollte, wie etwas in ihr aufgab, sich zusammenzog, tot stellte. Sie sog die Luft mit einem schluchzenden Seufzer ein, wusste nicht, wie sie Schrecken und Schmerz ertragen sollte, wollte rennen, um sich schlagen, würgen, stechen – und war doch unbeweglich, gefangen, eingesperrt, damals und jetzt, doch jetzt war es keine Zelle, jetzt war es ihr Körper. Alles in ihr bäumte sich auf gegen diese Ungerechtigkeit, stemmte sich gegen das Unerträgliche, wollte gegen Mauern und Türen schlagen, sich einen Ausgang bahnen und ob der Unmöglichkeit explodieren, sich und die Welt in Stücke reißen. Doch plötzlich, auf dem Höhepunkt ihrer Erregung und Zerrissenheit, sah sie die Augen des Alten und wusste: Jetzt war jetzt. Sie war nicht mehr dort, sie war hier. Damals war nicht jetzt.

Die Erkenntnis explodierte in ihr und sie fiel in sich zusammen, ausgelaugt von all den Gefühlen begann sie hilflos zu weinen, aus Erleichterung oder Erschöpfung, das war nicht auseinanderzuhalten. Und nun flossen die Tränen ungebremst und die Schluchzer fuhren in Wellen durch Marcys Körper. Es dauerte eine Weile, bis sie sich dessen bewusst wurde, doch plötzlich konstatierte sie mit kühlem Verstand, dass ihr Zwerchfell die Herrschaft übernommen hatte, es zuckte nach Belieben, selbst wenn Marcy innezuhalten versuchte. Sie spürte, wie sich das Zucken in ihrem Oberkörper ausdehnte, fühlte der leisen Bewegung der Schlüsselbeine nach, merkte, wie sich ihre Schultern entspannten, wie die Vibrationen den Arm hinunter, bis in die Finger liefen. Dann folgte sie dem Schütteln in ihren Bauch, in ihr Geschlecht, in ihre Oberschenkel und spürte es wie warmes Wasser hinunterfließen in die Füße. Und mit Verwunderung konstatierte sie, dass es sich gut anfühlte. Ihr Körper war lebendig, das hatte sie schon fast nicht mehr gewusst. Ihre Muskeln hatten sich selbständig gemacht, sie konnten beben und zucken. Und sie taten es nach Belieben, schienen sich schütteln zu wollen, ausschütten zu wollen, befreiten sich von allem, was ihre Bewegung behinderte.

Und so weinte Marcy, auf seltsame Weise zufrieden. Sie spürte Lebendigkeit trotz ihrer Lähmung. Vor allem aber war sie müde. Sie schlief endlich ein, während Alice weiter nichts ahnend mit den Töpfen klapperte und summte und sang.

25

Marcy ging durch ein lockeres Wäldchen. Das Gras war sattgrün, doch standen darüber die trockenen Halme des vergangenen Jahres und die Gerippe vertrockneter Dolden hingen geknickt an langen Stängeln. Kleine Mengen getrockneter Blätter kuschelten sich an die Stämme, hingen in den Zweigen der noch kahlen Büsche und bedeckten streckenweise den Pfad, aufraschelnd, wenn Marcy durch sie hindurchschritt.

Sie kam leicht voran, ohne Gedanken an irgend ein Ziel, doch genau wissend, dass sie eines verfolgte. Sie blickte auf den kleinen Weg vor sich um zu vermeiden, über eine Wurzel oder einen größeren Stein zu stol-

pern. Die Luft war herrlich frisch. Und jetzt hörte sie
Vögel singen.

Endlich sah sie das graue Dach zwischen den Stämmen der Eschen und Birken aufschimmern, eine Lichtung öffnete sich und gab den Blick auf ein stattliches
Holzhaus frei, dunkelbraun gegerbt von Sonne und
Jahren. Altmodische Schnitzereien im russischen Stil
zogen sich um die zwei Stockwerke und die Fenster
glänzten frisch geputzt im Sonnenlicht.

Der Empfang war unspektakulär. Sie war eine von
etwa zwölf Personen, die sich um ihn versammelten,
sie wusste nicht, war er ein Dichter oder ein Lehrer,
aber sie waren alle zu ihm gekommen um ihn zu hören,
zu sehen, zu besuchen. Oder hatte er sie bestellt?
Marcy wusste es nicht, verspürte lediglich, dass sie erwartet worden war, dass sie dazugehörte, dass alles seine Richtigkeit hatte. Sie freute sich, hier zu sein. Es war
wie ein Familientreffen. Dabei hätte sie nicht sagen
können, wer die anderen Frauen und Männer waren.

Sie waren alle nicht mehr jung, Marcy war vielleicht
die Jüngste. Auch trugen sie alle seltsam altmodische
Kleider. Lange Röcke die Damen, die Herren enge Hosen, Westen und Halstücher um den Hals. Marcy fühlte
sich seltsam in ihren Jeans und ihrer lockeren Bluse.
Alle begrüßten sich herzlich, einige umarmten sich heftig, als hätten sie sich lange vermisst, andere nickten
sich einfach ernsthaft zu, indem sie sich die Hand
drückten.

Und dann gingen alle ins Haus.

Als Marcy erwachte, wusste sie nicht, was im braun-
gebrannten Holzhaus geschehen war. Sie meinte sich
zu erinnern, dass Er zu ihnen gesprochen hatte, und sie
sah ihn vor sich, lang, hager, mit diesem intensiven
Blick. Sie hörte seine Stimme ohne die Worte verstehen
zu können, die in ihrem Ohr zu klingen schienen. Es
war alles ganz nahe da und doch nicht zu greifen. Jedes

Detail rief Erinnerungen wach, doch konnte sie nicht fassen, welche Bilder sich aufdrängen wollten. Wie Parfum hingen vielfältige Gefühle um sie, sie wusste, dass sie sie kannte, aber es war unmöglich, sie zu benennen. Was zurückblieb, war lediglich das Wissen, um einen Abschied. Aber sie wusste nicht einmal, wovon. Und dass sie den Weißen nach diesem Traum nie mehr sehen würde, wurde ihr erst viele Monate später bewusst.

Nun aber holte Alice Marcy resolut in die Realität zurück, schüttelte die Kissen, setzte die Kranke auf so gut wie es ging, und fing an, ihr löffelweise Gemüsesuppe einzuflößen. Die leichte Säuerlichkeit der Tomaten, die Würze von Sellerie und Zwiebeln, weckten Marcy nun vollends auf. Die Suppe war köstlich. Dankbar lächelte Marcy Alice zu und sprach zum ersten Mal wieder.

"Das Salz des Lebens", sagte sie.

26

"Das Salz des Lebens." Tom legte die Papiere mit einem Seufzer auf den Tisch und stemmte sich hoch. Es war Zeit, Holz nachzulegen. Er liebte das Geräusch des Feuers und heizte darum den schwarzen Eisenofen regelmäßig ein, auch wenn dies nicht mehr nötig gewesen wäre, nachdem die Regierung das Dorf mit einem Dieselkraftwerk versorgt hatte, das genügend Strom zum Heizen produzierte.

Die Zentralbehörde hatte wieder einmal Fragebogen zum Ausfüllen geschickt. Und wieder einmal ärgerte sich Tom, das die wichtigen Fragen nicht gestellt wurden. Seine Berichte wurden ganz offensichtlich nicht gelesen oder falls doch, nicht verstanden.

Das mächtige Birkenholzscheit war im Ofen platziert und Tom setzte sich wieder an die Arbeit. Er schaute grimmig auf die Bergkette, über die in der letzten Nacht ein heftiger Wind hinweggefegt war. Der saubere, lockere Neuschnee war weggeblasen und graue Rippen streiften die Steilhänge. Sie stachen unangenehm ins Auge. Auch das Meer war grau. Die Ebbe hatte schmutzige Strände freigelegt, auf denen schwarzbraune Eisklumpen aufgetürmt lagen, manche groß wie ein Haus. Weit draußen kehrte die Strömung zurück und führte frische, weiße Schollen mit sich: Ein riesiger, tödlicher Eisturm, eben mit Getöse von einem Gletscher losgebrochen, nun in Stücke zerfallen, segelte vorbei. Die Schollen fuhren langsam landeinwärts, bedächtig wie die betenden Mönche einer Prozession. Der Frühling war zu schnell gekommen in diesem Jahr, manche sagten sogar, es sei gar nie Winter gewesen. Tatsächlich gab es viel weniger Schnee als in anderen Jahren und immer wieder fegten warme Südwinde durchs Land, machten die Menschen nervös und ließen Regen fallen. Und das Eis taute an und gefror kurz darauf zu glitschigen Spiegeln. Selbst die holprigsten Pfade wurden zu glänzenden Eisrinnen, größere Flächen wirkten wie Kunsteisbahnen, bereit für eine Eishockey-Meisterschaften. Die Menschen bewegten sich mit den Trippelschritten alter Leute und wussten kein anderes Thema mehr zu bereden als das Wetter. Und die Elche, die in den Wäldern genügend Nahrung fanden, blieben den Dörfern und den Jägern fern. Dafür zeigten sich Wale im Meer, die sonst vor dem Winter in den Süden flüchten.

Graue Wolken hingen tief, und Tom besah unwillig den grauen Himmel, in dem nichts zu sehen war, als ein zerfetzter heller Streifen über dem Horizont und zwei schwarze Punkte: Vögel, die in wellenförmigem Flug ein wenig Bewegung in die Farblosigkeit brachten.

Plötzlich blickte Tom hellwach aus seinem Grübeln auf, eine Bewegung am Waldrand fesselte seine Aufmerksamkeit. Ein Truck mit eingeschalteten Scheinwerfern manövrierte hin und her, fuhr über längere Strecken immer wieder die schmalen Küstenstraße entlang. Dahinter folgte ein Zweiter. Fischer oder Jäger, dachte sich Tom und kümmerte sich nicht weiter darum. Die Wälder hier waren wildreich und in den gefrorenen Teichen konnte man selbst im Winter noch Fische fangen wenn man sich die Zeit nahm, ein Loch ins Eis zu bohren. Doch dann sah Tom, dass die Fahrzeuge angehalten hatten. Mehrere Personen stiegen aus und waren nun als kurze Striche neben den Bäumen zu sehen. Sie standen und standen, schienen unschlüssig. Tom wurde neugierig und holte sein Fernglas.

Jetzt konnte er deutlicher sehen: Ein Mann trug einen roten Anorak und am Boden lag ein schwarzes Bündel. Tom konnte nicht erraten, was es war. War es ein Mensch, war es ein Tier oder einfach irgendwelches Material, das die Leute gefunden oder mitgebracht hatten? Als schließlich Bewegung in die Gruppe kam, sah Tom, dass sie einen Menschen hochhoben und auf den einen Truck aufluden. Offensichtlich war jemand liegengeblieben und erfroren. ‚Schon der Dritte in diesem Winter', dachte Tom grimmig, ‚in dieser kleinen Ansiedlung'. Dabei war es gar nicht besonders kalt. Aber wahrscheinlich machte genau das die Leute leichtsinnig. Tom schüttelte den Kopf. Der verdammte Alkohol. Doch bevor er einmal mehr in pessimistische Gedanken verfallen konnte, klopfte es an der Tür. Er kannte den Mann, das ganze Dorf kannte ihn, er war ein berüchtigter Einzelgänger, vor dem sich viele fürchteten. Keiner wusste genau, wo er lebte, Tom hatte ihn auch nie danach gefragt und gelernt, es einfach hinzunehmen, dass er gelegentlich aufkreuzte.

"Foster", sagte er, "komm herein. Wie geht es Dir?"

"Ganz gut", grummelte der Mann, "krieg ich einen Tee?"

Tom knipste den Wasserkocher an, legte einen Tee-
beutel in eine große Tasse und langte in den Schrank
nach der Schnapsflasche. Er knallte diese mit Nach-
druck auf den Tisch. Dann füllte er die Tasse mit dem
inzwischen laut brodelnden Wasser.

"Dein Problem", singsangte der Ankömmling, "ist,
dass du kein richtiger Indianer mehr bist. Das macht
dir so miese Laune." Und nach einer Weile, die er damit verbrachte, energisch auf einem Hölzchen herum-
zukauen, während er vor sich hin stierte: "Nein. Das
Problem ist, dass Du kein Indianer mehr sein willst."

"Hör auf damit", sagte Tom, nun schon besser ge-
launt, "sonst nehm ich Dir den Schnaps weg." Und
beide lachten auf.

Foster war ein langer, hagerer Mann mit dunklen Ge-
sichtszügen. Sein Alter war nicht abzuschätzen. Zwar
war seine Haut verrunzelt und sein Gesicht von tiefen
Furchen durchzogen, doch sein Haar war pechschwarz
und seine Haltung straff und aufrecht. Er hatte lange,
elegante Hände. Eine davon ließ er hängen, die andere
lag auf seiner Brust. Sein Blick schien leer, doch Tom
wusste, dass er alles genau beobachtete.

"Hier ist Dein Tee. Setz dich!"

Foster schien aus einer Art Erstarrung aufzuwachen
und bewegte sich geschmeidig zum Tisch.

"Was gibt es Neues?" fragte Tom.

27

Sie waren sich zum ersten Mal auf der Straße begegnet. Foster stand als Anhalter an der Straße und Tom
hatte wie selbstverständlich angehalten.

"Wohnst du da draußen?" hatte Foster gefragt.

"Seit einem Jahr", hatte Tom geantwortet.

"Ach", meinte Foster. "Und vorher die Stadt?"

”Ja, die Stadt, diese und andere Städte”, bestätigte Tom.

”Mächtig einsam hier”, murmelte Foster, ”keine Läden, keine Leute, kein nichts.”

”Aber ich liebe diesen Ort”, warf Tom ein, ”die See, den Wald und den Teich hinter dem Haus.”

Foster sah nicht überzeugt aus. ”Den Teich?” fragte er.

”Die Vögel im Sommer”, erklärte Tom, ”Enten, Schwäne und vor allem die Taucher.”

”Du liebst die Taucher?” Foster fragte es fast scharf und eigentlich war es keine Frage, sondern eine Feststellung, die seine schlimmsten Befürchtungen zu bestätigen schien.

”Sehr”, sagte Tom. Ihr melancholischer Ruf rührte ihn jeweils in einer ganz besonderen Weise an.

”Ich esse Taucher”, sagte Foster nun grausam gemütlich. ”Und ich esse Schwäne.”

Es wurde still im Auto. Tom wurde sich plötzlich bewusst, dass er ein ungewöhnliches Unbehagen empfunden hatte seit Foster im Auto war – nun steigerte sich dieses in Abscheu und, was schlimmer war, in Angst. Tom fühlte ein unerklärliches Entsetzen, das ihn steif werden ließ. Er steuerte sein Auto in dumpfer Wut und saß doch wehrlos da wie ein begossener Pudel.

”Schwäne, musst Du wissen, sind gefährlich. Sie essen unsere Träume. Darum esse ich sie.”

Tom erwiderte nichts. Doch Abneigung und Wut steigerten sich. Und es schien, als ob der Anhalter es spüren würde.

”Ich steig da vorne aus, bitte sehr”, sagte er mit fester Stimme. Und als Tom anhielt, schwang er sich mit Elan von seinem Sitz, bedankte sich und beugte sich unter der offenen Tür noch einmal hinunter zu Tom.

”Übrigens, mein Name ist Foster Fear. Es war mir ein Vergnügen, dich kennen zu lernen.” Er zeigte ein strahlendes, aufmunterndes Lächeln, doch in seinen Augen funkelte ein amüsierter, fast boshafter Schein. Dann knallte die schwere Autotür zu und Tom war wieder allein auf der Straße unterwegs.

Aber er war aufgebracht. Er fühlte sich auf eine höchst unangenehme Art herausgefordert. Gleichzeitig meinte er, im Wagen einen Geruch wahrzunehmen, der ihn an Nächte unter Sternen, an Wald, Wildnis und Freiheit erinnerte.

‚Geh zur Hölle, Foster Fear', dachte er und gab Gas. Er hatte keine Zeit zu verlieren.

28

Das war damals gewesen, als er noch glaubte, dass das, was er tat, wichtig war. Als er noch meinte, dass er etwas zum Erhalt seines wunderbaren Landes beitragen könne, als er den Versprechungen der Regierung noch traute. Er fühlte sich als Beschützer der Natur und er dachte, dass er damit das Erbe seiner Ahnen ehrte, die von dieser Natur gelebt hatten. Tatsächlich wurden die Wildbestände des Landes nicht weiter dezimiert, manche Populationen der vierbeinigen Leute hatten sogar beträchtlich zugenommen. Auch die Wale vermehrten sich wieder. Aber im Süden wurden Wälder abgeholzt, weggrasiert. Uralte Baumriesen, älter als jede Erinnerung, wurden dahingerafft. Eine Motorsäge und ein paar Minuten genügten. Und die Erde lag nackt und ungeschützt der Erosion und den heftigen Wettern ausgesetzt. Die zarte Humusschicht hatte Jahrtausende gebraucht um sich mühsam zu entwickeln, aus Flechten und Moos zuerst, dann aus Tundragräsern, bis schließlich kleine Büsche und endlich erste Birken und Espen Fuß fassen konnten. Erst dann kamen die Immergrünen und durften über Jahrtausende ungestört wachsen. Zusammen mit der Vegetation wuchs die Erde, eine dünne Haut zuerst, dann Lebensraum für Insekten, Würmer, Pilze, für Mäuse, Füchse, Elch und Bär. Und das war jetzt alles gefährdet. Denn was die Motorsägen übrig ließen, wurde durch schwere Maschinen zerdrückt. Sie suchten nach Gas und Öl und sie fanden es. Die Ausbeutung war nicht aufzuhalten. Es war unvermeidlich und er wusste es. Die Natur war zu reich um der Gier zu entgehen.

Tom hatte im Osten studiert und mit Auszeichnung abgeschlossen. Seine Professoren anerkannten seinen analytischen Verstand und seinen wissenschaftlichen Eifer. Schon als Student entwickelte er mehrere patentfähige Verfahren, die ihm und den beteiligten Firmen viel Geld einbrachten. Dann berief die Regierung ihn in ein wichtiges Amt und das wurde der Höhepunkt seiner Karriere. Damals war er kein Indianer mehr. Meinte er. Doch es kam alles anders.

Seine Erfolge befriedigten ihn nicht. Er war und blieb unruhig. Etwas schien nicht zu stimmen und er meinte zu wissen, dass etwas mit ihm falsch sei. Was immer ihm Gutes zustieß, er hielt es für ein Missverständnis, was immer er leistete, der Erfolg schien Zufall zu sein. Sie lobten ihn nur, weil er ein Indigener war, ein Abkömmling der Ureinwohner. Jedenfalls glaubte er das. Sie benützten ihn um ihr schlechtes Gewissen zu beruhigen.

Er wich dem dumpfen Unbehagen aus und begann, seine Gefühle mit Alkohol zu beschwichtigen. Zuerst nur ein Bierchen zum Einschlafen, dann zwei, drei und mehr. Und als die Wirkung nachließ, stärkere Sachen. Er erkannte die Gefahr und stieg auf Medikamente um. Die Doktoren verschrieben sie willig, bis er von diesen so krank war, dass er wieder zum Alkohol zurückkehrte. So vergingen Jahre. Er wiederholte das Leben seiner Vorfahren, er wurde zum Opfer.

Doch eines Tages war Schluss damit. Tom wachte auf und wusste, dass es Zeit war, umzusteigen. Er gab seinen Job auf und kehrte ins große Land zurück, in sein Land, das nicht mehr seines war, in diese riesige Natur, an deren Ränder die Zivilisation mit unerbittlichen Zähnen nagte. Noch fraß sie nur am leicht zugänglichen Rand, doch es war eine reine Frage der Zeit, bis die alte Freiheit, bis die große Wildnis weggeputzt sein würde. Denn die Winzlinge, die Menschen, hatten sich Maschinen zu Hilfe geholt. Sie überwanden die ungeheuren Distanzen mit Flugzeugen und bauten diese so groß, dass sie ihre Waren überall hin verstreuen konnten. Sie heizten mit Diesel die unerbittliche Kälte weg und sie scheuten selbst den Gang in den Weltraum nicht, um auch die hinterste Ecke der Welt mit den Bildern ihrer Zivilisation zu überschütten. Die Inuit- und Indianerdörfer hatten kein fließendes Wasser aber Elektrizität. So war nicht nur die Heizung gesichert, sondern auch der Zugang zur Fernsehwerbung.

Das angestammte Recht auf Land hatte sich in ein Bündel Aktien verwandelt. Diese immerhin verbrieften Toms Recht, dazuzugehören.

Aber es gelang ihm nicht mehr, dies auch zu fühlen.

29

Zuerst waren die Russen gekommen, auf der Jagd nach Seeotter- und Robbenfellen. Sie erklärten den vorhandenen Völkern, dass sie nun unter dem Schutz des großen Zaren stünden und seinen Gesetzen gehorchen müssten. Und als dies den Stämmen nicht einleuchtete, ließen die Eroberer die Gewehre sprechen. Die vielen Toten überzeugten schließlich. Die Einheimischen beugten sich den Stärkeren.

Aber sie ließen sich auch durch den Zauber der Zivilisation verführen. Die großen Schiffe beeindruckten, die Kanonen sowieso. Und dann wollten auch sie knallende Gewehre besitzen, die das Jagen erleichtern und Feinde in Schach halten. Sie benötigten eiserne Angelhaken und scharf geschliffene Stahlklingen. Und sie verlangten nach bunten Glasperlen, die ihre Frauen zu Kunstwerken verstickten. Das Leben war hart und gefährlich und darum waren die neuartigen Materialien und Artikel, die den Alltag erleichterten, mehr als willkommen. Aber das Begehren führte in Abhängigkeit.

Zum Teil wurde erpresst, zum Teil getauscht: Pelze gegen Zivilisation. Aber es blieb nicht dabei. Männer wurden versklavt und zur Zwangsarbeit gezwungen, Frauen entführt. Der Dünkel der Weißen war enorm und er wurde von den Missionaren geschürt, die im Namen des Christentums Überlegenheit predigten. Es war ein Kampf um Reichtum und Macht und die Einwanderer waren die Überlegenen. Das Entsetzliche war: Viele Einheimische begannen es zu glauben. Sie hielten die Sieger auch für moralisch überlegen. Deren Bräuche und Gesetze schienen die besseren zu sein.

Es ist eine grauenhafte Tatsache, dass Opfer sich auf oft die Seite der Täter stellen. Das geschlagene Kind vermutet, es sei ungehorsam gewesen, die geprügelte Frau glaubt, sie hätte provoziert, der gefolterte Gefangene erlebt sich als Unterhund und akzeptiert schließlich erschöpft diese Rolle, und der unterjochte Naturmensch vermutet eine von Göttern und Geistern gegebene Unterlegenheit seines Volkes. Vielleicht ist es ein Versuch, sich einen ungeheuerlichen, unverständlichen Vorgang zu erklären. Der Mensch will verstehen, sucht nach Sinn selbst im Unsinnigen, nach Recht im Unrecht. Nur so ist es ihm möglich, seinem Schicksal zu vertrauen und weiter zu leben. Darum ist er bereit, selbst auf eigene Kosten zu erklären, zu deuten und umzudeuten, was sich niemals begründen lässt: die menschliche Grausamkeit. Und damit wird er zweifach zum Opfer und doppelt gequält: von seinem Peiniger und seinem Gefühl von Schuld und Ungenügen.

Nicht alle fügten sich willig. Widerstandskämpfe flackerten auf. Auch einige der Eroberer kamen auf grauenhafte Weise um. Aber die Weißen hatten die besseren Waffen. Und hatten zudem Grippe, Tuberkulose und andere Infektionskrankheiten auf ihrer Seite. Die Krankheiten dezimierten die Völker, manche verloren die Hälfte, andere achtzig Prozent ihres Stammes. Die Hilflosigkeit demütigte die Zurückgebliebenen zusätzlich, sie fühlten sich vom Schicksal verfolgt, von allen guten Geistern verlassen. Eltern weinten um ihre Kinder, Kinder um ihre Eltern und Großeltern, Männer und Frauen verwitweten, Geliebte trauerten um ihre Partner. Das über Jahrhunderte sorgfältig geflochtene Netz von Verwandtschaftsbeziehungen zerriss. Ganze Generationen gingen verloren. Wissen wurde nicht mehr weitergegeben, Werte verloren ihren Sinn.

Der Alkohol versprach Vergessen. Er dämpfte die Trauer und die Depression, er ließ Gedanken versiegen, half Schmerzen betäuben und erleichterte das harte Tagwerk, die Kälte und die lange Dunkelheit im Winter. Und er unterbrach die Verwirrung, die die Missionare stifteten, indem sie die alten Sitten zu Sünden erklärten. Alkohol tötete die Seelen der Menschen, so dass sie weniger leiden mussten. Aber er wurde zur Geißel dieser bereits geschlagenen Gesellschaft.

Im Lauf der Zeit mischten sich Amerikaner unter die Russen, Walfänger, Pelzhändler, Trapper. Für einige Stämme verbesserte sich die Lage, weil sie sich mit den Amerikanern verbündeten. Aber auch diese Neuankömmlinge beuteten das Land und seine Völker aus.

1867 verkauften die Russen Alaska für 7,2 Mio. Dollars an die Vereinigten Staaten. Mehr schien das Land damals nicht wert, denn es gab keine Wale mehr und viele Pelztiere waren praktisch ausgerottet. Doch Alaska war nach wie vor ein unbesiegtes, wildes Land, das nur an seinen Rändern, an den Küsten und Flussläufen, Zivilisation angesetzt hatte. Der Befall war begrenzt. Mit Ausnahme von einzelnen Trappern, die die Freiheit der Wildnis suchten, beschränkte sich die Besiedlung auf wenige kleine Städte im Süden, deren Häfen weitgehend eisfrei blieben und auf ein paar gottverlassene Stationen entlang den schiffbaren Flüssen, auf deren Eis im Winter einsame Hundeschlitten schepperten.

Doch dann ergoss sich ein Strom von Goldsuchern über das Land. Der Spuk begann1880 und hielt knappe dreißig Jahre lang an. Abenteurer zogen durch die vorher stillen Täler, die Zivilisation biss tiefer ins Fleisch des riesigen Landes. Winzige Indianeransiedlungen wurden in wenigen Wochen zu großen Zeltstädten aufgebläht. Dort herrschte wildes Treiben und wenig Gesetz. Alles war zu haben, denn es gab Gold und das hieß Geld in Hülle und Fülle, und die Leute, die es unter schwierigsten Umständen aus der matschigen Erde geschaufelt und aus eiskaltem Wasser herausgewaschen hatten, suchten nun ihre Belohnung.

Gleichzeitig kamen die Konservenfabriken. Ein neues Verfahren erlaubte die Konservierung von Lachs und die Fabriken wuchsen aus dem Boden, oft auf dem Land der Stämme. Einige erhielten zwar Arbeit, doch ihre Flüsse wurden leer gefischt. Eine neue Art der Abhängigkeit entstand. Lebensmittel mussten eingekauft werden.

Es galten die Gesetze der USA, doch Alaska blieb besetztes Land. Das Militär regierte mit grober Hand. Missionare und Lehrer kamen, verspotteten die Sitten und verboten den Inuits und Indianern ihre Sprache. Wer nicht weiß war, galt nichts. Wer nicht weiß war, sollte es im Schnellzugstempo werden.

30

Tom hatte das alles nicht erlebt und seine Eltern hatten ihm auch nichts davon erzählt. Er hatte einmal, als Junge, seine Großmutter nach der Vergangenheit gefragt, aber sie hatte nur geweint und sich geweigert, zu sprechen. Still saß sie in ihrer Ecke vor dem Fernsehapparat und sagte kaum jemals ein Wort. So hatte er sich Bücher besorgt.

Tom wusste, dass er unter privilegierten Umständen aufgewachsen war. Seine Eltern arbeiteten, tranken nicht und verhinderten, dass er zu trinken anfing. Sie kämpften seit er sich erinnern konnte für die Sache der Indianer, die rechtlos waren, genau wie die Inuit. Die Vereinigten Staaten hatten alles Land zu ihrem Besitz erklärt und nun verteilten sie es, wem sie wollten und zu den Bedingungen, die ihnen passten. So konnten sich Zuwanderer Landstücke sichern, die mitten im Jagdgebiet eines Stammes lagen. Und der Stamm hatte kein Recht, vor Gericht zu gehen und zu klagen, denn die Eingeborenen waren rechtlos, keine Bürger.

Allerdings veränderte der Zweite Weltkrieg vieles. Eine Einwanderungswelle schwappte über das Land. Die Armee baute Flughäfen und Überwachungsstationen. Die Städte wuchsen und mit ihnen das Selbstbewusstsein der Zugewanderten. Sie liebten die Freiheit und die Schönheit des großen Landes. Aber sie wollten auch Geschäfte machen, mit den Bodenschätzen, mit den Touristen, die zu strömen begannen, mit den tausend Möglichkeiten, die dieses noch wenig entwickelte Land bot. Sie gaben sich mit dem Status als Bürger zweiter Klasse nicht länger zufrieden. Sie wollten die Regierung in Washington wählen können, sie wollten im Heimatland mitbestimmen. So wurde Alaska 1958 zum 49. Staat der USA. Doch die Landrechte der Urbewohner wurden dabei missachtet. Doch diesmal wehrten sie sich. Toms Vater erzählte stolz von der Gründung des AFN, der Alaska Federation of Natives. Zusammen hatten sich die Stämme nun endlich eine geeinte Stimme verschafft, die in Washington gehört wurde: Die Landverteilung wurde suspendiert.

Und diesmal half das Schicksal den Schwächeren. 1968 wurde jenseits des Polarkreises Öl entdeckt. Die Funde konnten nicht ausgebeutet werden, solange die Frage der Landrechte nicht geklärt war. Jetzt, wo Gewinne in Aussicht standen, waren die Weißen bereit, Konzessionen zu machen: 1971 wurde der ANCSA (Alaska Native Claims Settlement Act) von Präsident Nixon unterzeichnet.

Zwölf Regional- und zweihundert Dorf-Genossenschaften wurden gegründet, die ein Startkapital von weit über 900 Mio. Dollar und von 44 Mio. Morgen Land erhielten. Genossenschafter wurden alle Ureinwohner, die vor 1972 geboren worden waren. Sie erhielten von der Genossenschaft, in der sie lebten oder wo sie geboren wurden, 100 Anteile. Als Gegenleistung übereigneten die Genossenschafter dem Staat alle weitergehenden Land-, Jagd- und Fischereirechte, wobei zugesichert wurde, dass die zum Lebensunterhalt notwendige Jagd und Fischerei erlaubt bleiben sollen.

31

Die Erde war die Mutter, sie war heilig, sie gehörte niemandem und wurde mit Dankbarkeit genutzt. So war es früher gewesen, so hatten Toms Eltern gehandelt, so las Tom es in seinen Büchern. Doch nun wurde das Land parzelliert. Es wurde zu Eigentum, zu Besitz.

Die Zivilisation fraß sich nicht nur immer tiefer in die Wälder hinein, sondern auch in die Seelen der Bewohner. Flugzeuge zogen schwarze Abgasfahnen durch die durchsichtige Luft und brachten Markenartikel, Bierbüchsen und Plastikflaschen in die entlegensten Gegenden. Unrat begann die heilige Erde zu sprenkeln. Und unter den Menschen entwickelte sich Neid und Missgunst.

Über Jahrtausende hatten die Ureinwohner unter schwierigsten Umständen überlebt. Sorgfältige Naturbeobachtung und Zusammenarbeit innerhalb der Stammesgemeinschaft machten es möglich. Doch nun gab es Besitz zu verteilen und zu verteidigen und die alte Ordnung brach zusammen. Es entstand Streit darüber, wer indigen genug ist um Anrecht auf Genossenschaftsanteile zu haben, wer berechtigt ist für seinen Unterhalt zu jagen. Der Streit entzweite Dörfer und Familien. Schlaumeier nutzen die Gesetze für sich aus, andere resignierten angeekelt, konnten aber den Groll, den sie empfanden, nicht überwinden.

Toms Eltern hatten in dieser schwierigen Situation durchgehalten. Sie hatten Unterstützung und Hilfe für ihren ehemaligen Stamm gefordert und stießen mit der Zeit auf Zustimmung von Regierungsstellen und Hilfsorganisationen. Es gab endlich Impfaktionen gegen Tuberkulose, medizinische Hilfe in den Dörfern und bessere Schulen. Und die Genossenschaften und Dörfer errichteten Beratungsstellen mit Hilfsangeboten, sie veranstalteten Tanz- und Trommelkreise und versammelten die Stammesmitglieder bei kostenlosen Essen zweimal im Monat. Der Stamm konnte sich, mit Hilfe der Gelder der Genossenschaft endlich organisieren.

Tom aber war geflohen. Als er, von seinem Lehrer empfohlen und durch seine außerordentlichen Leistungen, ein Stipendium für eine Hochschule in Boston erhielt, reiste er ab. Er wollte keine betrunkenen Indianer mehr sehen, er wollte nicht mehr wissen, wer von seinen Schulkollegen sich umgebracht hatte, er konnte den Anblick seiner stillen Großmutter nicht mehr ertragen. Und den Kampf seiner Eltern, die für eine Kultur kämpften, welche die meisten Stammesmitglieder bereits aufgegeben hatten: Sie waren brav konsumierende Mitglieder der weißen Welt geworden, die ja tatsächlich ein bequemeres Leben bot.

An der Universität im Osten gab es keine Diskriminierung, die Leute waren zu aufgeklärt. Tom wurde freundlich aufgenommen, die Professoren honorierten seine Leistungen, die Mädchen lächelten ihm zu. Aber Tom konnte es nicht genießen. Das böse Wort vom Quotenindianer ging ihm nicht aus dem Kopf. Und die Mädchen, so dachte er, interessierten sich für ihn, weil er ein Exot war, mit seiner etwas dunkleren Haut und seinen mandelförmigen Augen. Er wollte es ihnen zeigen, beschloss er, halbwegs unbewusst. Und er warf sich mit noch mehr Eifer in sein Studium und erzielte noch bessere Leistungen und glaubte bei jedem Lob, dass es nicht seiner Arbeit galt, sondern der Tatsache, dass er ein Indianer war.

Darum konnte Tom nur lachen über die Anwürfe von Foster Fear. Er war ein Vollblutindianer, während Foster einen weißen Vater hatte, einen frömmelnden Missionar, der seine fünfzehnjährige Mutter verführt und halbwegs vergewaltigt hatte und ihr danach Schweigen gebot, was sie eingehalten hatte, obwohl das ganze Dorf wusste, von wem ihr Kind war. Sie hatte ihn großgezogen unter der Fuchtel eines trinkenden Stiefvaters. Und darum wusste Foster vielleicht tatsächlich mehr von Indianerleben als Tom. Aber so weit dachte dieser nicht, obwohl er Fosters Geschichte kannte.

32

"Es hat sich wieder einmal so ein Trottel umgebracht", sagte Foster und zeigte mit dem Kinn in die

Richtung, wo Tom vorhin die Leute beobachtet hatte, "ein netter junger Mann."

Foster knallte die Schnapsflasche auf den Tisch, aus der er eben einen kräftigen Schluck in den Tee gegossen hatte.

"Du musst ihn reiten wie einen Stier, diesen verdammten Alkohol", brummte er, nahm die Flasche erneut vom Tisch, schüttelte sie und knallte sie wieder hin. "Bruder Alkohol", singsangte er weiter, "der meine Glieder wärmt und mich killt, wenn ich es ihm erlaube." Er sah Tom scharf ins Gesicht. Dieser starrte vor sich auf den Tisch, unbeteiligt, als ob er nicht hörte.

"Bruder Tom", fuhr Foster fort, "dich hat der Alkohol nicht gekillt, aber dich killt die Furcht."

"Hör auf damit". Tom hatte sich an Fosters Litaneien gewöhnt, an seine Hänseleien, an seine Seltsamkeit. Mehr als das sogar: Des geheimnisvollen Mannes ungewöhnliches Benehmen fesselte ihn. Die Furcht, die er am Anfang empfunden hatte, war einer seltsamen Faszination gewichen. Er ahnte etwas in dem anderen, nach dem er gierte – ohne es klar zu benennen. Wahrscheinlich war es Freundschaft.

"Hast Du den Jungen gekannt?"

"Teufel ja, und ich musste ihn auch noch finden. Ich hab die Troopers alarmiert. Der Junge stammt vom Hahnensee, dieser Arsch. Flitzt mit dem Scheemobil in die Stadt, säuft sich voll, flitzt zurück, bricht sich das Genick. Natürlich ohne Helm unterwegs. Sie sind ja unverletzlich, diese Trottel." Und dann nach einer Pause, in dem er schwermütig vor sich hin blickte, sagte er: "Seine Großmutter ist eine große Frau. Es wird ihr weh tun."

Die beiden Männer schwiegen, bedrückt von dem Leid, das so unsinnig schien und so häufig war. Nach einer langen Pause langte Tom nach der Schnapsflasche. Er goss einen kleinen Schluck in die leere Tasse, hob diese und prostete Foster zu. Dieser brummelte:

"Wie ein Stier, ja, Baby, steig ein, es ist Rodeo-Zeit."
Es war so leise, dass Tom nicht wusste, ob er wirklich
gehört hatte, was er zu hören meinte. Denn in seinem
Kopf sprach eine Stimme weiter, während er Foster ins
Gesicht sah, der mit zusammengepressten Lippen auf
das graue Wasser des Inlet schaute. ‚Reite‘, sagte die
Stimme, ‚reit auf den Schwingen des Elends und schau,
wohin es dich trägt.‘ Wie ein Lied zogen diese Worte
durch seinen Kopf, beschleunigten und verlangsamten
sich und er fühlte eine seltsame Losgelöstheit in seinem
Körper, ein Schweben. ‚Das ist der Alkohol‘, sagte nun
eine andere Stimme schroff. Aber Tom wusste, dass es
nicht stimmte. Tom spürte, dass er in diesem Moment
furcht- und bedürfnislos war. Und dass er dieses Gefühl nie mehr hatte, seit er ein kleiner Junge war.

"Auf geht's", polterte Foster plötzlich in die Stille,
langte nach Jacke und Kappe und verschwand durch
die Tür, nachdem er Tom kräftig auf die Schulter gehauen hatte. Dieser blieb reglos sitzen und schaute hinaus. Unter der Wolkendecke lag ein dunkelorangeroter
Streifen. Ein einsamer Rabe flog durch die unbewegte
Luft. Es begann zu dunkeln.

Tom seufzte. "Schon wieder ein Tag herum."

33

"Schon wieder ein Tag herum." Alice stellte die Teetasse auf den kleinen Beistelltisch neben Marcy. Diese
saß am Feuer, mit einer Decke auf den Knien, und lächelte still in sich hinein. Seit dem Neumond konnte sie
sich wieder frei bewegen, war aber noch schwach. Ihr
Leben bewegte sich zwischen Bett und Lehnstuhl und
den Geschichten von Alice. Auch Linda telefonierte
gelegentlich.

Die Tage waren schon merklich länger geworden, aber noch beherrschte das graue Frühmorgenlicht den Raum, in dem nur das Feuer und eine Lampe in der Ecke leuchtete. Doch langsam wurde es heller und der Himmel hinter den durchsichtigen Birken färbte sich rot, zuerst salmrosa am Horizont, dann übergehend in himbeer und lila, bis dieses in dem farblosen Grau des noch unbeleuchteten Himmels verschwand. Doch das Rosa stieg nun langsam auf, bildete Streifen in der Ferne und färbte ein paar höher liegende Wolkenfetzen. Das Grau wandelte sich immer deutlicher zu Blau, während der Schnee auf dem See stellenweise eine zartrosa Tönung annahm, eine Widerspiegelung der Wolken über ihm.

"Guck Dir das an", sagte Alice und drehte Marcys Sessel, so dass diese besser sehen konnte.

Marcy trank die Farben, zusammen mit dem Tee. Sie spürte einen noch nie gekannten Frieden. Es war, als ob die Farben des Himmels sie mit der Zartheit berührten, mit der sie sich nun auf die Berge legten, ein rosa Hauch, der sie ein bisschen deutlicher aus ihrer schwarzweißen Ruhe heraustreten ließ, so zart, dass man nicht sicher war, ob es Wolken waren, oder diese bedrohlichen Massen aus Stein, in denen man sich verlieren konnte und die totbringende Lawinen zu Tale schickten.

Der Himmel hatte nun ein durchsichtiges Blau angenommen und die wenigen Schleierwolken erhielten langsam ihre Weiße zurück. Das Blut am Horizont war mattem Gelb gewichen. Und nun erloschen auch die Berge wieder, denn eine Wolke hatte sich vor die Sonne geschoben. Aber es war nur ein kurzer Aufschub, denn schon sprangen die Konturen der Berge wie Neonleuchten hervor, rotgoldene Striche im ungewissen Blaugrau. Und langsam, majestätisch aber gut zu verfolgen, wanderte die Farbe nach unten und ließ die breiten Schneefelder rötlich aufleuchten, während die Kerben der Täler in immer tieferem Dunkel hervortraten. Marcy spürte die Drehung des Planeten und fühlte Feierlichkeit, denn nun lag die ganze Gebirgskette im morgendlichen Glühen, während der östliche Horizont langsam verblasste und dann wurde auch das Rosa der Berge schon wieder matter, die Schatten der Täler grösser und schließlich erlosch die Schönheit, von einer Wolke verdrängt, die sich erneut vor die Sonne schob.

Aus dem Westen, der in blauviolettem Dunst lag, war jetzt ein Knattern zu hören und wie eine Wespe stach ein schwarzes Schneemobil auf die ungestörte Fläche des Sees. Joey kam mit bleiernem Gesicht herein, schob Alice fast grob zur Seite und brachte die Nachricht vom Tod seines Sohnes.

34

Die Frauen sagten lange nichts, nachdem Joey gegangen war. Sie blickten hinaus in das diffuse Weiß, auf dem nun ein mattes Sonnenlicht lag, jede in ihre eigenen Gedanken versunken. Marcy dachte nicht an die vielen Toten, die sie in ihrem Leben gesehen hatte, sondern an die Kinder, die sie nicht geboren hatte. Als ungewisse Schemen standen sie vor ihr, ungeheure Potentiale. Sie schienen erwachsen und ernst. Sie spürte keinen Vorwurf, nur Trauer. Und ein wenig Erleichterung, dass ihr weder Sohn noch Tochter wegsterben konnten. Alice war innerlich starr, erschrocken über die Grobheit, mit der Joey sie zur Seite geschoben hatte. Noch war sie nicht fähig, die Demütigung, die darin lag, entgegenzunehmen und verharrte in einer dumpfen Anspannung, aus der sie sich schließlich löste, indem sie aufsprang und bitter hervorstieß:

"Ich wusste nicht einmal, dass er einen Sohn hat."

Marcy erwiderte nichts. Sie war leer und sich bewusst, dass sie einer unbekannten Welt gegenüber stand.

Alice' Augen wurden feucht.

"Komm zu mir, Alice", sagte Marcy einfach, "ich will Dich umarmen."

Und nun kniete Alice vor Marcys Lehnstuhl und verbarg ihren Kopf in deren Schoss. Sie wimmerte wie ein kleines Tier, während Marcy über ihre Haare strich. Sie fühlten sich weich und fein an. Und Marcy spürte das Elend dieser Frau, die allen half, weil sie sich selbst nicht zu helfen wusste; die alle liebte, weil sie sich selbst verachtete; die sich von vielen missbrauchen ließ, weil sie selbst andere dazu benützte um die Leere ihres Lebens zu füllen. Eine kranke Heilerin war Alice. Sie konnte allen helfen, nur nicht sich selbst.

Langsam beruhigte sich Alice und lag wie leblos auf Marcys Knien. Und nun tat diese etwas, was sie selbst erstaunte. Sie begann zu summen, leise und zart am Anfang, wie bei einem Wiegenlied. Dann aber wurde ihre Stimme immer kräftiger, ihr schien, als höre sie Trommeln, den Rhythmus, der um das Feuer im Wald gedröhnt hatte. Silben drängten sich auf ihre Zunge und sie gab schließlich nach und sang sie. Sie sang in unbekannten Worten, doch sie ahnte, was sie sang, erstaunt über das Fremde, das sie ergriffen hatte und das doch so selbstverständlich erschien. ‚Bruder Adler kreise, kreise und öffne den Himmel für mein Gebet. Lass mein Lied aufsteigen zum Großen Geist. Lasst Heilung geschehen, Großväter.'

Es blieb lange still, als Marcy geendet hatte. Draußen vergraute die Landschaft in einer weiteren, frühen Dämmerung. Schließlich bewegte sich Alice, schnäuzte sich, streckte vorsichtig ihre Glieder und setzte sich mit gekreuzten Beinen vor Marcy auf den Boden.

"Du gehörst also zu ihnen."

Sie sagte es in einem trockenen, feststellenden Ton.

Marcy sah sie fragend an und zuckte schließlich die Schultern.

"Ich habe alles getan um so weit zu kommen", fuhr Alice fort, "aber sie wollten mich nicht." Es klang nicht einmal bitter.

Wieder wusste Marcy nichts zu erwidern.

"Sie haben dich aufgenommen und du weißt es nicht einmal. Seit ich hier bin warte ich darauf. Ich hab gedacht, Joey würde mir dabei helfen. Und das habe ich nun davon. Dich hat er zum Potlach für seinen Sohn eingeladen und mich hat er kaum angesehen."

"Hast Du ihn geliebt?"

"Und falls ich es getan hätte", die Antwort kam steinern, "was hätte ich nun davon?"

Alice stand auf und sah Marcy streng in die Augen. "Ich muss mein Leben ändern." Es klang ernst und bestimmt. Und nun erhob sich auch Marcy und ging mit festen Schritten, kräftig wie seit langer Zeit nicht mehr, auf Alice zu und umarmte sie.

"Es wird alles gut werden", flüsterte sie.

35

Sie sterben, auch wenn die Erde gefroren ist. Sie starben an Unfällen, Kriegsverletzungen, an Geburten, am Alter. Dann in Massen an den von den Weißen eingeführten Infektionskrankheiten. Manche Stämme schmolzen von ein paar Tausenden zu einem verlorenen Häufchen in der riesigen, leeren Landschaft, die keine Antwort auf ihre Verzweiflung gab.

Wenn das Gefühl nicht gewesen wäre, bestraft worden zu sein.

Wenn sich die Frage nach dem Warum hätte anhalten lassen.

Wenn man doch selbst gestorben wäre, statt der, das oder die Liebste.

Sie blieben zurück, entsetzt und schockiert. Und das Trauma setzte sich fort bis zum heutigen Tag.

Damals banden sie ihre Toten auf hohe Gestelle, unerreichbar für Tiere. Dort waren sie den Geistern nahe und brauchten nur etwas Schutz vor den Vögeln. Heute werden die Verstorbenen kremiert oder in Kühlhäusern aufbewahrt, bis zum Frühling, wenn sich die Erde bearbeiten lässt.

Joeys Sohn aber sollte augenblicklich in die Erde, so beschloss es die Großmutter, vielleicht weil sie seinen wilden, erschrockenen Geist fürchtete, der seinen Körper so ungestüm verlassen hatte.

Freunde meldeten sich, wollten ihre Verbundenheit zeigen, ihren Schmerz abarbeiten, indem sie die unbarmherzig harte Erde schlugen. Allerdings holten sie eine Baumaschine herbei, aber auch mit dem Bulldozer war es eine brutale, harte Arbeit im Kalten. Zuerst den Platz vom Schnee räumen, dann die Erde öffnen, die hart war wie Metall.

Die Frauen brachten heiße Getränke und Essen. Die Männer aßen draußen, wärmten ihre klammen Finger an heißen Suppentassen, einige ihre Seele mit großen Schlucken von Schnaps. Im Lichte von Autoscheinwerfer arbeiteten sie durch, aber noch so dauerte es zwei Tage und eine Nacht, bis das Loch groß genug war, groß genug, um einen jungen Mann mit einer vielversprechenden Zukunft aufzunehmen. Oder wäre seine Zukunft so schwarz gewesen wie der bedeckte Himmel über dem Friedhof? Was wussten sie schon? Einer der als junger Trunkenbold begann, endete als angesehener Politiker, einer der die Schulen mit Bravour beendet hatte, drehte plötzlich durch, wurde von alten, unzufriedenen Geistern besessen und rettete sich in Beruhigungsmittel und Alkohol.

Joeys Sohn lag in seinen besten Kleidern im Sarg. Die Frauen hatten ihn nett hergerichtet. Nur die Schuhe fehlten noch. An ihnen stickte die Großmutter, besetzte sie mit Glasperlen in vielen Farben, Vögel flogen auf ihnen und die Zeichen für Götter und Geister schmückten sie. Mit diesen herrlichen Mokassins sollte ihr Lieblingsenkel ins Reich der Geister tanzen.

36

Nach der Abdankung in der überheizten russisch-orthodoxen Kirche war das eigentliche Begräbnis ein schnelles Erledigen. Ein eisiger Wind blies und verwundete die Haut im Gesicht und wo immer er einen Eingang in die dicken Kleider fand. Die Trauernden erschauerten und scharten sich um das Loch, in das nun die gefrorenen Erdklumpen polterten. Die ersten verursachten hohle Trommelschläge als sie auf dem Sarg aufschlugen, dann, als sich die ersten Trauergäste bereits wegwandten, wurde das Geräusch sanfter, blieb aber ein trockenes Grollen.

Marcy stand an Alice gelehnt und vermochte sich nicht zu rühren. Es war ihr, als ob sie wie eine Zeugin beglaubigen müsse, dass die Arbeit des Beerdigens sorgfältig zu Ende geführt würde. Die dunkle Gruppe der Menschen um das Grab lockerte sich, einzeln verschwanden sie im Vorabendgrau, Joey hatte seine Mutter bereits weggeführt, noch einer ging und noch eine, über den gefrorenen Weg zum Versammlungsgebäude. Am Schluss waren nur noch die Arbeiter übrig, die zwei Frauen und ein Mann mit mandelförmigen Augen, der einer Statue gleich da stand und vor sich hin starrte. Als Marcy sich endlich bewegte und aufbrach, traf sich ihr Blick mit dem des Erstarrten, über dem frisch aufgeschütteten Grab, kalt und unbeteiligt wie die gefrorenen Erdklumpen zu ihren Füssen war sein Blick.

Das Versammlungsgebäude war ein schmuckloses Blockhaus mit langen Tischen und Plastikstühlen, mit ein paar Schnitzereien und aufmunternden Parolen an den Wänden. In der Ecke blubberte ein großer Ölofen und zeigte lodernde Flammen in der rußigen Glastür. Die Wärme und die Bewegung im Raum überfiel Marcy wie eine Bedrohung. Stimmen sumsten und schwirrten durcheinander, Menschen begrüßten sich und sprachen aufeinander ein, Kinder rannten zwischen den Tischen herum, junge Mädchen servierten Getränke und in der Küche rumorten ein paar Frauen, rührten in mächtigen Töpfen und klapperten mit Geschirr. Und schon wurden riesige Platten hereingeschoben, darauf aufgehäuft Rauchlachs, Käse und Trockenfleisch, Schüsseln mit Kartoffelchips wurden auf die Tische geknallt, und die halb erfrorenen Hände griffen gierig zu.

Marcy und Alice hatten an einem Tisch gleich beim Eingang Platz gefunden, Alice hatte eine Bekannte gesehen und sich zu einem Schwatz entfernt, so dass Marcy Muße hatte, die Versammlung zu betrachten. Joey saß mit seiner Mutter am anderen Ende des Saals, sie waren still und gesammelt und wirkten abwesend. Neben der Alten fiel Marcy ein hagerer Mann auf. Er trug das lange, bereits ergraute Haar im Nacken zusammengebunden, sein kariertes Hemd umschloss eng seinen sehnigen Hals.

Nun öffnete sich die Tür, ein kalter Luftzug ließ Marcy hinsehen. Der Mann vom Grab kam herein, sah sich kurz um und steuerte auf den Tisch von Joey zu. Er legte dem Hageren die Hand auf die Schulter. Marcy sah einen Adlerblick, als dieser aufschaute. Sie begrüßten sich. Und dann griff Joeys Mutter ein. Sie beugte sich zu dem Paar, das ihr gegenüber saß. Die beiden standen auf und kamen, mit Joey voran, auf Marcys Tisch zu, wo es noch Platz gab.

„Meine Mutter bittet Sie, sich zu uns zu setzen."

Und so kam es, dass Marcy Tom und Foster kennen-lernte.

37

Das nächste Mal trafen sie sich zufällig in der Stadt. Marcy war gekommen um ein paar Einkäufe zu ma-chen und hatte auf Empfehlung Lindas das Aussichts-restaurant im obersten Stock eines Hotels besucht. Sie war in der Hotellobby auf dem Weg zum Ausgang, als sie auf Tom stieß. Beide zuckten zusammen, schienen aus einer Trance ihrer Beschäftigungen zu erwachen und kratzten schließlich die Kraft zusammen, sich an-zulächeln.

„So ein Zufall", sagte Tom, „wollen Sie schon ge-hen?"

Marcy hob hilflos die Schultern und murmelte etwas von Besorgungen, die sie gemacht hatte oder machen wollte.

„Keine Zeit für einen Drink?" Toms Mandelaugen zogen sich ein wenig zusammen. Marcy beobachtete sie gespannt.

„Doch, warum nicht?"

Sie gingen an die Bar in der Lobby und setzten sich an einen der kleinen Tische, unter Harpunen und Schneeschuhen, mit denen die Wand geschmückt war. Das Lokal war fast leer, ein müder Kellner schlurfte herbei und das Licht der Kugellampen wirkte düster. Auch begann es draußen vor der Glastür bereits zu dämmern.

„Wie kommen Sie zurecht in unseren Gefilden?"

Tom hatte an der Beerdigung erfahren, dass Marcy vorübergehend in einem einsamen Haus am See wohn-te und dort nachdenken und schreiben wollte.

Sie wollte lächeln und etwas wie „erstaunlich gut" antworten, aber sie blieb ganz ernst und sagte leise.

„Es geschehen seltsame Dinge."

Diese Antwort brachte Tom aus dem Gleichgewicht. Sein leichter Konversationston schien plötzlich unangebracht. Auch er wurde ernst und schwieg.

So saßen sie still. Marcy ließ die Eiswürfel in ihrem Glas kreisen und hörte versunken auf ihr Geräusch. Tom blieb ganz in sich gekehrt, die Lider gesenkt, sodass seine Augen zu Schlitzen wurden.

Seltsamerweise störte die Stille beide nicht. Eine Starre besetzte Marcy, die ihr jede Regung, jedes Handeln unmöglich machte. Und Tom spürte einem Etwas nach, das zu fühlen er sich schon lange nicht mehr erlaubt hatte. Es war, als ob diese ungebrochene Gegenwart ihre Fluchten zum Stillstand gebracht hätte.

Schließlich begann Marcy mit dem Finger Muster in ihr beschlagenes Glas zu zeichnen. Tom räusperte sich und sagte fast flüsternd:

„Ich finde es schön, dass wir uns wieder getroffen haben."

Marcy nickte geistesabwesend. Sie beobachtete eine Familie mit drei Kindern, die durch die Drehtür des Hotels kamen, die kleinen mit schwarzen Bubiköpfen, runden Gesichtern und den schmalen Augen, die sie auch an Tom so interessant fand.

„Es wird nicht das letzte Mal sein", sagte sie, wie aus einem Traum heraus, aber voller Überzeugungskraft.

„Darf ich dich besuchen?" fragte Tom und Marcy nickte. Dann machten sie sich auf den Weg. Sie hatten in verschiedenen Richtungen zu gehen. Draußen war Nacht und es schneite leise.

38

Marcy hatte sich wieder an den See zurückgezogen,
Alice war für ein paar Tage verreist. Joey kam nicht
vorbei. Und so hatte Marcy Muße, das heraufdäm-
mernde Tageslicht zu beobachten, die langen Schatten
in der Mittagssonne und das Versickern des farbigen
Lichts in einem Grau, das schließlich in Dunkelblau
und Schwarz mündete. Sie hörte den Wind in den
Bäumen ums Haus, manchmal einen Motorschlitten in
der Ferne, auch mal einen Geländewagen, der auf der
nahen Straße vorbeifuhr. Sonst nur das Klirren, das sie
selbst mit dem Geschirr verursachte, wenn sie sich einen Tee kochte oder etwas zum Essen herrichtete.

Sie war untätig. Sie saß einfach da, schaute auf den
See und spürte in sich hinein. Die Geschehnisse der
vergangenen Wochen verlangten nach Erklärungen: das
seltsame Ritual im Wald, ihre Krankheit, Toms schmale
Augen, Robert, dessen Herz unter ihren Händen wieder zu schlagen begonnen hatte. Es war zu viel und ihr
Verstand konnte keine Ordnung in all diese Bilder
bringen. Hilfesuchend blickte sie nach der Wand, in der
Hoffnung, der Weiße käme ihr zu Hilfe. Aber da war
nichts.

Manchmal flüchtete sie sich in einen Dämmerzu-
stand, eine Art Halbschlaf, aus dem sie mit dem Bedürfnis zu trinken und sich zu strecken aufwachte,
manchmal packte sie eine Schläfrigkeit, die sie dazu
zwang, sich augenblicklich aufs Sofa zu werfen und
wirklich zu schlafen, manchmal stierte sich vor sich hin
und hatte das Gefühl, dass etwas in ihr vorging, das sie
nicht kontrollieren konnte.

Sie versuchte es auch mit Logik, zählte sich auf, was
sie erlebt hatte und erklärte es sich tapfer: Es war verständlich, dass sie durcheinander geriet, als der Mann
auftauchte, der ihr einziger gewesen war und den sie

verlassen hatte, aus Gründen, die sie bis jetzt noch nie hinterfragt hatte. Die Affäre mit Joey erklärte sich mit seiner Exotik und mit Indianerromantik. Und mit der Art, wie er Wärme in ihren Körper schießen ließ. Nur die Erinnerung an die Szene am Feuer vermied sie. Darüber nachzudenken schien verboten.

So vergingen die Tage. Marcy hatte weder Lust zu lesen noch zu schreiben. Etwas arbeitete in ihr, etwas das sich nicht beeinflussen ließ. Abwechslung brachte ein leichter Schneefall nach drei Tagen. Alles wurde flauschig, ihre Spuren vor dem Fenster zeigten sich nur noch als weiche Vertiefungen und verschwanden schließlich ganz. Alles war weiß und verschwamm mit dem grauen Nebel, aus dem es rieselte. Und das passte zu Marcys Psyche: ein Ort voller Unwägbarkeiten, voller Unklarheit.

Marcy war sich klar darüber und fühlte sich überfordert. Sie verkroch sich vor sich selbst.

39

Alice war zurück, strahlend, mit einem glatten Gesicht und lachenden Augen. Sie kam um sich für immer zu verabschieden.

„Ich habe mich mit meiner Tochter versöhnt. Ich ziehe zu ihr und helfe ihr meine Enkel groß zu ziehen."

Sie erzählte, dass ihr Schwiegersohn davon gelaufen sei und die Tochter mit ihren drei halbwüchsigen Kindern nicht zurechtkomme. Sie, Alice, habe so vielen Menschen geholfen in ihrem Leben, nun sei es Zeit, an die eigene Familie zu denken. Eigentlich habe sie genau das nicht sein wollen, eine sorgende Großmutter. Wahrscheinlich sei sie auch eine zu wenig sorgende Mutter gewesen. Dies jedenfalls hätte ihr ihre Tochter immer vorgeworfen. Aber nun hätten sie sich ausgesprochen und sie hoffe, dass sie nun miteinander zugange kämen.

„Du hast mir so geholfen, Marcy. Ich bin dir so dankbar."

Marcy blickte verblüfft auf Alice. „Wie kommst Du darauf? Du bist es gewesen, die mir geholfen hat! Du hast für mich gesorgt, hast mich gepflegt, geduldig wie ein Engel. Wie soll ich dir geholfen haben?"

„Du warst so stark in deiner Stille. Du warst so sehr bei dir, dass ich merkte, dass ich in meinem ganzen Leben noch nie bei mir gewesen bin."

Der Satz füllte den Raum und es wurde ganz still. Marcy hing diesen Worten nach, erwog ihr Gewicht und spürte ihm nach. Schließlich wagte sie leise und sanft zu sagen:

„Und jetzt, bist du bei dir angekommen?"

„Wer weiß, ," sagte Alice, „wer weiß." Und nach einer Pause: „Wer weiß, was ich überhaupt bin."

Das brachte Marcy zum Lachen: „Ja, wer weiß, wer oder was man überhaupt ist." Und die beiden Frauen lachten mit Tränen in den Augen die Schwere ihrer Worte weg, konnten sich kaum mehr fassen und kicherten wie zwei junge, dumme Mädchen. Dann umarmten sie sich fest, dankten sich nochmals gegenseitig und versprachen, sich zu schreiben.

Und dann war Alice aus Marcys Leben verschwunden. Mails und Briefe blieben unbeantwortet und schließlich gab Marcy auf.

40

Die Tage waren schon merklich länger geworden und Marcy begann an ihre Heimreise zu denken. Dann kam Tom.

Er legte ein Paket auf den Tisch, Lachs, selbst gefangen, selbst geräuchert, wie er nicht ohne Stolz vermerkte. Daneben eine Flasche Whisky:

„Damit ich mir Mut antrinken kann", lachte er, „denn ich war schon lange nicht mehr allein mit einer Frau in einem Zimmer."

Marcy ging in die Küche um Gläser zu holen. Im Spiegel des dunklen Fensters sah sie, dass Tom ihr gefolgt war und im Türrahmen stand. Und mit einem Mal wurde ihr klar, dass sie ihn berühren wollte. Sie drehte sich zu ihm hin und fuhr ihm mit den Fingerspitzen ganz leicht über die Stirn. Tom schnappte sich ihre Hand hielt sie fest und griff mit seiner andern Hand in ihr Haar, fasste sie am Nacken und zog sie an sich.

Jahrzehntelang hatte Marcy keinen Mann mehr geküsst. Toms Lippen waren trockener, als sie erwartet hatte, seine Zunge im ersten Augenblick seltsam und fremd. Aber dann überließ sie sich dem Geschehen, drückte sich an seinen sehnigen Leib und genoss einfach nur jede Berührung, die er ihr schenkte.

„Wow", sagte Tom, als er nach einer langen Weile von ihr abließ um Atem zu holen. Und dann fasste er sie wieder fester und es ging weiter und weiter bis Marcy sich schließlich frei machte und meinte, sie brauche jetzt wirklich einen Whisky.

Sie saßen eng beieinander auf dem Sofa, Tom berührte einen von Marcys Schenkel und sie legte ihre Hand auf seinen. Beide atmeten schwer und wussten nicht, was sagen. Sie tranken in kleinen Schlucken. Dann stellte Marcy ihr Glas hin, Tom seines, und schon fielen sie sich wieder in die Arme. Als Tom anfing, Marcys Bluse aufzuknöpfen, schob sie ihn zurück. „Komm ins Schlafzimmer", flüsterte sie und ineinander verknotet schoben sie sich die Treppe aufwärts und aufs geräumige Bett, wo sie sich gegenseitig die Kleider vom Leib rissen. Dann verlangte Marcy einen Halt:

„Leg dich hin", befahl sie, „ich will dich anschauen."

Tom breitete sich bereitwillig aus, legte seine Arme weit von sich, zeigte seinen kräftigen Körper, das sanfte Hellbraun seiner Haut, die schlanken langen Beine und sein Geschlecht, das senkrecht stand und mit seiner dunklen Eichel glänzte.

Marcy genoss den Anblick. Sie quälte seine Gier mit ein paar sanften Tupfern mit der Fingerspitze und fing an, seinen Körper mit kleinen Küssen nachzuzeichnen, beginnend an der Hand, endend bei den Füssen, bis es Tom nicht mehr litt. Er hob sie hoch und setzte sie sich auf seine strotzende Männlichkeit. Marcy stöhnte auf und dann waren sie nicht mehr zu halten.

41

Die Ekstase dauerte drei Tage. Streicheln, küssen, lieben, unterbrochen von etwas Schlaf, von einer schnellen Mahlzeit, einem Whisky oder einem Glas Wasser gegen den Durst. Dann schienen sie erst einmal gesättigt von ihrer Liebe. Erschöpft saßen sie auf dem Sofa, sahen sich im Spiegel des Fensters und waren peinlich berührt. Sie zogen sich etwas über.

„Jetzt will ich Deinen Lachs probieren", sagte Marcy.

Sie aßen still. Sie wussten nicht, wie es weitergehen sollte. Sie wussten nicht, ob es weitergehen sollte.

„Ich schätze, ich müsste mal nach Hause gehen", meinte Tom schließlich, „morgen ist unser monatliches Meeting auf der Behörde."

Marcy war fast erleichtert, dass Tom die Initiative ergriff. Sie war leer und müde und spürte nur noch das Bedürfnis zu schlafen. Doch als Tom gegangen war, vermisste sie ihn.

42

Als Tom sein Haus betrat, saß Foster am Küchentisch, die Whiskyflasche vor sich.

„Hallo, ich wusste gar nicht, dass ich dich eingeladen habe" meinte Tom trocken.

„Hast du nicht." Foster zeigte keine Schuldgefühle. „Es war ja keiner da um mich einzuladen. Und da ergriff ich halt Eigeninitiative."

Tom fischte sich ein Glas und setzte sich mit einem Seufzer dazu. Sie tranken eine Weile ruhig. Schließlich sagte Foster:

„Du warst bei der Ärztin."

Tom sagte nichts.

„Ich sah Dein Auto. War ja nicht zu übersehen."

„Tja" sagte Tom, „so ist das eben."

„Was ist wie?"

„Was weiß ich."

Danach tranken sie wieder still und ohne sich anzusehen. Foster schnäuzte sich die Nase und sah danach aus dem Fenster. Es gab nichts zu sehen als ein paar Tannen, bläulichen Schnee und einen fast weißen Himmel.

„Sieht nach Schnee aus" meinte er.

Darauf schenkte sich Tom neu ein, füllte sein Glas fast auf und sagte:

„Sieht nach Scheiße aus."

Nun war es an Foster still zu sitzen. Eine ganze Weile war es sehr ruhig. Schließlich nahm Tom einen tiefen Schluck und sagte: „Was soll ich denn hier mit einer Frau."

„Was sollst du mit einer Frau" echote Foster, „aber deshalb brauchst Du nicht gleich wieder anfangen zu saufen."

„Meinst Du?"

Tom rieb sich die Nase und schaute ins Leere.

„Alles macht immer Probleme" fluchte er schließlich, „Frauen, Alkohol, alles dasselbe. Alles macht süchtig, alles ist ungesund."

„Selbstmitleid auch."

„Da hast Du Recht."

„Du musst was essen." Foster machte sich hinter Toms Kühlschrank und holte mit Suchen und Schnuppern Butter und Käse heraus. Brot lag auf der Theke. Er schnitt ein paar Scheiben ab, beschmierte sie und belegte sie mit Käse und stellte sie vor Tom hin. Selber aß er nichts.

Tom kaute, sah auf seine Hände, seinen Tisch, seine Hände, seinen Tisch.

„Ich kann keine Frau unterhalten." Er sprach leise und mit vollem Mund.

„Sie ist Ärztin. Sie kann sich selber durchbringen."

Tom griff automatisch zum nächsten Brot, biss ein großes Stück heraus und kaute wild.

„Will sie denn überhaupt bleiben?"

„Eben das weiß ich nicht" donnerte Tom plötzlich drauf los.

43

Marcy schlief elf Stunden am Stück. Dann taumelte sie aus dem Bett, duschte sich und machte Tee.

‚Was war das gewesen?', fragte sie sich. ‚Was hatte das für Konsequenzen?' Sie wusste nichts von Tom, außer dass er wunderbare Hände hatte, die sie genau so berührten, wie sie berührt sein wollte. Sie wusste, dass er kräftige Arme hatte, die ihr ein Gefühl von Schutz und Sicherheit vermittelten. Und dass er zärtlich und liebevoll sein konnte. Und lustig. War sie verliebt?

‚Unsinn', sagte sie sich, ‚Unsinn. Ich kenn ihn ja gar nicht, ich kann unmöglich verliebt sein, außerdem…

ich und die Männer.' Sie genoss den Tee in kleinen Schlucken, bewegte ihren Körper und spürte, dass sich alles leicht und angenehm anfühlte, lebendig.

Schließlich zog sie sich an und machte sich für einen Spaziergang fertig. Danach setzte sie sich an den Tisch und begann endlich ernsthaft zu arbeiten.

Es war schon dunkel, als sie aufstand. Sie sah nach draußen, ob jemand käme, aber sie sah nur sich auf der dunklen Scheibe. Tom hatte morgen eine Sitzung, er würde nicht kommen. Oder doch?

Leicht deprimiert ging sie zu Bett. Schlief wieder viele Stunden durch, stand auf, spazierte, arbeitete, wartete. Vergeblich, nichts geschah, niemand kam. Nach drei Tagen, alle Artikel waren geschrieben, beschloss sie, es sei Zeit, abzureisen. In einer Art Trotz telefonierte sie Linda und bat, ihr einen Flug zu buchen.

An diesem Nachmittag kam Joey. Marcy sagte ihm, dass sie nicht mehr lange hier bleibe.

„Das trifft sich gut, dass ich heute gekommen bin" sagte Joey, und fast im Befehlston: „Meine Mutter möchte Sie sehen."

Also verpackte sich Marcy in viele Schichten. Eine vage Hoffnung trieb sie dazu, einen Zettel zu schreiben und auf die Tür zu kleben: Bin im Dorf. Dann setzte sich auf den Motorschlitten hinter Joey, umklammerte die Seitenlehnen und weg waren sie.

44

Ausgerechnet an diesem Nachmittag sprang Toms Wagen nicht an. In seiner Verzweiflung telefonierte er Foster, er solle ihn zu Marcys Haus fahren. Dort fanden sie den Zettel.

„Pech gehabt" sagte Foster und setzte sich wieder ans Steuer. Tom stieg niedergeschlagen dazu. „Was will sie denn überhaupt im Dorf?" fragte er ungehalten, „Was hat sie dort zu suchen?"

„Sie war doch bei der Großmutter. Die hat für sie getrommelt."

„Hör bloß auf mit dem Quatsch." Tom war jetzt wirklich wütend.

„Sag das nicht. Die Alte weiß mehr als ich und du."

„Ja, ja, was sie von den kalifornischen Hippie-Schamanen abgeguckt hat. Hör mir bloß auf damit."

„Du solltest respektieren, dass die Leute hier ihre alten Traditionen wieder aufnehmen und pflegen wollen." Nun war Foster verärgert.

„Welche Traditionen und von welchem Stamm? Von den Yupik, den Athapasken, den Haida, den Russen? Das ist doch jetzt alles nur noch ein Mischmasch aus Mache und Aberglauben. Die alten Zeiten sind vorbei. Wer weiß schon noch genau von seiner Herkunft und seinem Stamm? Unser Blut ist vermischt, unsere Erde versaut und die Gedanken sind es ebenso. Es gibt keine Gemeinsamkeit mehr. Das einzige, was hier noch hilft, ist Vernunft."

„Und der Whisky" sagte Foster böse, „wenn die Vernunft nicht mehr ausreicht." Denn er hatte einen schwer verkaterten Tom angetroffen.

45

Die Alte hatte Joey gebeten, dabei zu bleiben um beim Übersetzen zu helfen, falls sie sich nicht klar genug ausdrücken könne. Sie begann aber in klarem Englisch.

„Ich habe in meiner Ahnenreihe Inuits und Russen, das ist bewiesen. Ich bin also nicht von reinem Blut." Lange Pause. Und dann fing sie an, in einer anderen Sprache zu sprechen. Joey übersetzte:

„Die Ahnen sind immer mit uns, ob wir es wissen oder nicht, ob wir es glauben oder nicht. Sie nähern sich uns aber nur, wenn wir in höchster Not sind. Und auch dann nicht immer."

Marcy fühlte instinktiv, dass sie dies vor allem für ihren Sohn gesagt hatte, damit er dieses alte Wissen oder diesen alten Glauben in seinen Worten wiederholen musste. Denn nun fuhr die Alte wieder für Marcy verständlich weiter:

„In Ihrer Ahnenreihe gibt es ebenfalls Russen, ob Sie es wissen oder nicht, spielt keine Rolle. Einer Ihrer Urahnen ist zu mir gekommen und hat mich gebeten, mich um Sie zu kümmern."

Marcy starrte sie mit aufgerissenen Augen an, die sowohl Staunen als auch Ungläubigkeit signalisieren konnten.

„Ich sehe ihn, er steht neben Ihnen. Ein großer, alter, weißer Mann, in Kniehosen, Stiefeln und einem Halstuch." Wieder eine Pause, als ob die Alte irgendwo hin hören würde. „Er sagt, sie brauchen ihn nun nicht mehr, sie hätten ja überlebt. Sie seien nun stark genug um nicht mehr davonrennen zu müssen. Er sagt, er hat großen Respekt vor Ihnen und liebe Sie."

Und dann erzählte sie Marcy noch einige Szenen aus deren Kindheit, die sich als wahr erwiesen, sprach von Mutter und Vater und von der schrecklichen Zeit im Gefängnis. Sie schien alles zu wissen und Marcy nahm es stoisch hin. Sie war zu verblüfft um reagieren zu können. Schließlich schloss die Alte: „Haben Sie noch Fragen?"

Marcys Stimme versagte zunächst, bis sie schließlich fast krächzend fragte, ob Großmutter etwas Genaueres über ihren Urahn sagen könne.

„Er war ein großer Mann", sagte die Alte, „die Leute kamen von weit her um seinen Rat zu hören. Er lebte vor langer, langer Zeit. Nur ganz starke Seelen können sich nach so langer Zeit noch offenbaren. Er muss sehr stark sein, sonst hätte er mich nicht gefunden. Er bat mich, Ihnen zu helfen und ich tat, was ich konnte, ohne zu wissen, ob es das Richtige ist."

„Es war das Richtige", sagte Marcy nun und griff nach den Händen der alten Frau. „Ich bin Ihnen und allen hier sehr dankbar." Und nun kamen ihr doch noch die Tränen.

Marcy war in die Kälte gekommen und war hier aufgetaut.

46

Als sie aus dem Haus traten, sagte Joey: „Jetzt brauch ich aber einen Drink." Sonst sagte er nichts.

Sie gingen in die Bar, nahmen sich ein Bier aus dem Eisschrank und setzten sich still. Die Frau mit dem Steingesicht kam hinter dem Vorhang hervor, der in ihre Privatabteilung führte, und setzte sich zu ihnen. Sie griff Joey an den Arm.

„Geht es dir schon etwas besser, Joey?"

Der sagte nichts, zuckte mit den Achseln, nahm einen Schluck aus der Dose. Seine Augen waren wässrig.

„Ja, das Leben ist hart" fuhr die Frau fort, „Stück um Stück bricht es aus uns heraus. Und jedes Mal weiß man nicht, wie weiterleben. Mal ist es eine Person, mal eine Hoffnung, die weg brechen. Man wird immer weniger. Und wenn man Pech hat, bricht man sich selber weg. Dann kann man sich nicht einmal mehr fragen, wer man eigentlich ist."

Sie tätschelte Joey Arm und stand seufzend auf, denn von hinter dem Vorhang rief eine Stimme nach ihr. „Ihre Mutter" kommentierte Joey, „sie hat Alzheimer."

Marcy legte einen Geldschein für die Biere auf den Tisch. Dann fuhr Joey sie zurück.

Es war eine Nacht voller Sterne, weit und breit kein Mond. Doch es war nicht dunkel, der Schnee reflektierte ein irgendwo vorhandenes Restlicht. Plötzlich drehte sich Joey nach Marcy um und deutete nach oben. Ein grüner Streifen lag quer in Richtung Osten, nicht besonders hell, ohne Bewegung. Und dann plötzlich verschwand er wieder, wie von Geisterhand weggeblasen. Er verblasste nicht, er war einfach nicht mehr da.

So schnell geht es, dachte Marcy.

47

Die nächsten zwei Tage hatte Tom Verpflichtungen, dann aber kam er endlich wieder bei Marcy an. Sie war dabei, das Haus in Ordnung zu bringen. Sie bat ihn ziemlich kühl herein, bot ihm Tee an und stellte die Whiskyflasche auf den Tisch.

„Und wie geht's?" fragte sie neutral.

„Schlecht" brummte Tom, „schlecht".

Marcy sah ihn einfach an und sagte nichts. Sie musterte ihn genau und registrierte das gleichzeitig Fremde und Vertraute.

„Ich habe Dich vor drei Tagen verpasst und dann konnte ich nicht mehr kommen – bis heute."

„Aber jetzt bist Du da." Marcy sagte es freudlos.

Tom griff nach ihrer Hand. „Marcy…"

Sie sahen sich an bis ihre Sicht unscharf wurde, bis die Augen zu tränen begannen.

„Marcy, ich weiß nicht was sagen."

„Ich auch nicht."

„Marcy ich weiß nicht, was tun."

„Ich auch nicht."

Doch zart begannen die zwei Hände, sich zu kneten. Nach einer Weile riss Marcy sich los. „Lass uns was trinken." Sie stand auf und holte Gläser, schenkte zwei

Finger breit ein und hob das Glas: „Bleib gesund, Tom."

„Ja, Frau Doktor, du auch."

Sie tranken mit gesenkten Augen. Dann stellte Tom sein Glas hin und sagte: „Ich möchte Dich nicht verlieren, Marcy."

Es dauerte eine ganze Weile, bis Marcy erwidern konnte: „Ich dich auch nicht." Und es war nicht so, dass sie in diesen Sekunden viel gedacht hätte. Sie hing vielmehr in einer Art luftleerem Raum und versuchte, irgendwo und in irgend etwas Halt zu finden. Und aus dieser Ungewissheit heraus waren die Worte als das Naheliegenste hervorgegangen.

„Aber ich weiß nicht, wie das gehen soll, Marcy."

Diesmal kam die Antwort schnell: „Ich auch nicht."

Und nach ebenfalls kurzer Zeit, in neckischem Ton: „Warum küssen wir uns nicht erst einmal?"

Und dann war alles wieder, als ob es keinen Unterbruch gegeben hätte. Sie liebten sich und sie ruhten sich aus und sie liebten sich und sie ruhten sich aus. Schließlich lag Marcy an Toms Schulter und streichelte seinen Hals. Sie drehte sich auf den Rücken, sah zur Decke, betrachtete die Lampe, die im Dämmerlicht kaum mehr zu sehen war.

„Ich fliege nächste Woche", sagte sie mit flacher Stimme.

Eine Weile blieb es so, als ob sie nichts gesagt hätte. Eine Art Vakuum dehnte sich im Zimmer aus. „Ich fliege nächste Woche", wiederholte sie.

„Ich hab es gehört." Lange Pause. „Was willst Du, dass ich jetzt sage?"

Marcy stand auf und ging ins Bad. Als sie wieder ins Zimmer kam, war Tom angezogen.

„Dann kann ich ja jetzt gehen."

„Jetzt sei doch nicht so."

„So bin ich nun mal."

Sie trennten sich mit diesem Misston. Immerhin hatten sie ihre Adressen ausgetauscht.

48

Fluchten, nichts als Fluchten – Marcy dachte es, als sie durch die Halle des Flughafens ging, in dem sie vor ein paar Wochen Falkner liegen gesehen hatte, gealtert, von der Krankheit verkrümmt. Sie fühlte wieder die Kälte an ihren Knien, Erinnerungen als sie vor ihm zu Boden ging, seinen Kragen aufriss, seinen Brustkorb bearbeitete und ihre Lippen auf seine legte um ihn zu beatmen. Sie spürte ihre Arme, die damals vor Anstrengung brannten und ihre Erschöpfung und Verwirrung, die durch die neusten Erlebnisse noch gewachsen waren. Zuerst einmal nach Hause, schlafen, dachte sie mit ärztlichem Sachverstand.

Am nächsten Morgen saß sie am Küchentisch beim Frühstück. Die Küche schien fremd. Ein paar Pflanzen standen vertrocknet herum, nur die Kakteen hatten überlebt. Die Bilder am Kühlschrank schienen aus einem anderen Zeitalter zu stammen. Es störte sie, dass vor ihrem Fenster andere Häuser standen. Sie fühlte geballtes Unbehagen. ‚Zuerst einmal Koffer auspacken und staubsaugen', befahl sie sich und versuchte mit Tätigkeit, die üblen Gefühle zu verscheuchen.

Sie duschte, zog sich an, erstaunt über die leichten Kleider in ihrem Schrank, und dann verbrachte sie ein paar Stunden in gedankenleerem Haushalten. Das tat ihr gut. Doch als sie sich wieder an den Tisch setzte, um eine Einkaufsliste zusammenzustellen, wurde ihr klar, dass sie weiterreisen würde. Sie musste Falkner sehen. Lebte er überhaupt noch? War seine Adresse noch gültig?

Sechs Wochen war sie im Norden gewesen, doch es

257

kam ihr sehr viel länger vor. So vieles hatte sich für sie verändert und darum schien es unglaublich, dass hier noch alles beim Alten war. Sie rief den Kollegen an, an den sie Falkner vermittelt hatte.

„Hallo Howard, da ist Marcy, ich bin wieder hier."

„Marcy! Willkommen daheim. Wie geht es Dir? Ich weiß inzwischen alles. Falkner hat mir alles erzählt. Ich kann wirklich verstehen, dass dir alles zu viel geworden ist."

„Vergiss es. Wie geht es ihm?"

„Er hat's überstanden. Eigentlich müsste er noch in der Reha sein. Das hab ich ihm jedenfalls empfohlen. Hast Du seine Nummer?"

„Deshalb ruf ich an."

Und so kam Marcy zur Telefonnummer von Falkner, dem Mann, den sie einmal geliebt und den sie verlassen hatte. Einfach so.

Sie wagte aber noch nicht, anzurufen, sondern beschloss, zuerst einmal etwas zu essen und danach zu Bett zu gehen.

Sie träumte wild und unzusammenhängend und erwachte ermüdet. Doch immer noch schien die Stimme der Alten aus dem Dorf in ihren Ohren zu klingen. Marcy ließ einige Zeit verstreichen, bis sie es fertig brachte, zum Telefon zu greifen und Falkners Nummer einzustellen. Es läutete lange, dann kam die Computerstimme, die sie aufforderte, eine Nachricht zu hinterlassen.

„Da ist Marcy." Sie musste sich räuspern. „Ich möchte Dich gerne sehen."

Und nun galt es, abzuwarten. Es dauerte lange Stunden nervösester Anspannung bis sich Falkner endlich zurückmeldete. Er hatte den ganzen Tag über Therapien gehabt. Er zeigte sich sehr überrascht. Er freute sich, dass sie ihn besuchen wollte.

Marcy war fast ein bisschen enttäuscht, dass das Gespräch so undramatisch verlaufen war. Sie lachte auf: Die ganze Anspannung für nichts. Was hatte sie eigentlich erwartet? Was wollte sie überhaupt?

49

Er kam ihr in der Eingangshalle der Klinik entgegen. Marcy war erstaunt, wie groß und schlank er war. Sie hatte ihn anders in Erinnerung, gedrungener, athletischer. Jetzt wirkte er fast zerbrechlich in seiner Magerkeit. Trotzdem erkannte sie ihn sofort.

„Robert!"

Er zog sie in eine lockere Umarmung und drückte ihr einen leichten Kuss auf die Wange.

„Gut siehst du aus. Wollen wir uns draußen hinsetzen?" Er schien kein bisschen verlegen, im Gegensatz zu Marcy, die zu benommen war, um das Gespräch zu beginnen.

„Ich habe gehört, Du hast mir das Leben gerettet. Dafür möchte ich mich in aller Form bedanken." Was er nicht aussprach war: Ein Leben, das mir seit langer Zeit zur Qual geworden war und das ich noch vor kurzem fröhlich aufgegeben hätte – Dabei amüsierte sich ein Teil von ihm über sein Selbstmitleid.

Sie sprachen über seinen Zusammenbruch auf dem Flughafen, über seinen Spitalaufenthalt, über die Therapien, die er jetzt erhielt. Er fühlte sich gut, die Ärzte geben ihm gute Chancen, dass er noch einige angenehme Jahre vor sich haben könnte. Er hatte im Sinn, in sein Haus zurückzukehren und dort in Ruhe an seinem Buch und seinen verschiedenen Artikeln zu schreiben, die er ein paar Fachzeitschriften versprochen hatte.

„Und du, Marcy?"

„Ich?"

Sie erzählte ihm ihr Leben, in welchen Dschungeln und Slums sie gearbeitet hatte, für welche Organisationen. Sie sagte, sie sei noch immer eine leidenschaftliche Ärztin, sie liebe die Medizin, auch wenn sie deren Grenzen erkannt hätte. Und sie sei glücklich, dass sie im Lauf ihres Lebens Gelegenheit gehabt hätte, den Ärmsten zu helfen.

Und dann tat sich Stille auf und beide wussten nicht, was sagen. Aber beiden war klar, dass sie an die Trennung dachten.

„Warum?" sagte Falkner endlich, verstummte sogleich und gab Marcy damit die Gelegenheit, auf jede beliebige Frage zu antworten. Er spürte, dass sie ähnliche Gedanken hatten, wollte ihr trotzdem weiten Raum lassen.

„Ja, warum. Ich weiß es bis heute nicht. Es war wie eine Flucht."

Sie saßen in der Sonne auf einer Parkbank. Falkner schaute gerade vor sich hin auf den Rasen und fragte sich, wovor sie geflohen war, sie, die immer wieder gesagt hatte, wie glücklich sie mit ihm sei.

„Ich konnte es Dir nie erzählen: Ich war ein Opfer des Regimes von damals. Sie hatten mich eingesperrt."

Falkner schnappte nach Luft. Sie hatte gelitten und er wusste von nichts. Sie steckte allein und einsam in ihrem Trauma und wusste sich nicht zu helfen. Und er hatte nichts gemerkt. Er musste sich zur Ordnung rufen, sich in diesem Moment nicht zu hassen.

„Marcy, das ist schrecklich."

„Ja."

Sie konnten nicht weiter reden. Robert griff nach Marcys Hand und behielt sie in der seinen. Sie waren sehr lange sehr still und sahen gerade aus in den sonnendurchfluteten Park, in dem sich flockige Büsche im Wind bewegten. Man sah in der Ferne flanierende Menschen, Paare, Krankenschwestern mit Rollstühlen.

„Möchtest du erzählen?" Robert sprach behutsam.

„Nicht jetzt."

Sie saßen und die Schatten wuchsen. Endlich gingen sie hinein um etwas zu trinken. Sie redeten kaum mehr, doch als sie sich verabschiedeten, hielt Robert Marcy eine Weile im Arm und flüsterte: „Komm wieder, wenn du magst."

50

Es war so wenig gesagt worden und doch war alles gesagt. Falkner ahnte, dass Marcys Flucht nichts mit ihm zu tun gehabt hatte. Sie war vor sich davon gerannt, vor ihren Verletzungen, ihrem Leiden. Das Glück ihrer Zweisamkeit war ihr unerträglich geworden. Sie konnte nicht in der gemütlichen Alltäglichkeit leben so lange der Horror in ihr herrschte.

Falkner fragte sich, warum sie jetzt kam, warum sie jetzt sprechen konnte. Es dauerte Monate, bis er es erfuhr.

Es wurde ein heißer und schwüler Sommer. Marcy arbeitete wieder in den kühlen Hallen des Flughafens. Sie gewöhnte sich an, am Wochenende von Zeit zu Zeit zu Falkner hinauszufahren, der wieder in seinem Haus an der Küste lebte. Dort gab es Luft, frische Winde und einen herrlichen Ausblick aufs Meer.

Der Umgang war freundschaftlich aber leicht distanziert. Falkner servierte Drinks bei den Liegestühlen und bereitete kleine, leichte Mahlzeiten zu, die sie bei Sonnenuntergang auf der Terrasse genossen, während das Meer sich in orangegoldene Streifen legte. Sie sprachen ruhig über dies und das, was sie gerade lasen, was die Politik gerade hergab. Sie tranken Cocktails unter Sternen und legten sich danach in getrennte Zimmer zum

Schlafen. Manchmal dachte Marcy an Tom, mit einer leichten Sehnsucht und etwas größerem Bedauern.

Sie hatte ihn einmal angerufen, ohne besondere Absicht, aus einer Laune heraus. Er war offensichtlich betrunken, jedenfalls lallte er. Er überschüttete sie mit Komplimenten und Liebesworten. Marcy blieb einsilbig und legte nach einer kurzen Verabschiedung leicht angeekelt auf. Seither war ihr klar geworden, wie einsam sie war. Ihr Leben hatte es ihr nicht erlaubt, Freunde zu machen. Oder hatte sie es sich nicht erlaubt?

Wie eine Schülerin am Klavier Tonleitern und Etüden wiederholt hinauf und hinunter klimpert, so übte sie Freundschaft ein und fuhr zu Robert Falkner. Sie brachte einen Korb Gemüse mit oder ein Buch, gelegentlich einen Blumenstrauß. Als es langsam Herbst wurde, fing sie auch wieder an zu kochen. Zuerst kleine Mahlzeiten bei sich zu Hause. Dann wagte sie es, Gekochtes mitzubringen und schließlich stellte sie sich bei Robert in die Küche. Er sah ihr lächelnd zu, wie sie hoch konzentriert schnippelte und rührte und würzte. Wie einst bewunderte er ihre traumhafte Sicherheit und wunderte sich, wie sie zusammenschrak, wenn er sie ansprach. Es war, also ob sie sich beim Kochen in einer anderen Welt bewegen würde.

Gemeinsam erlebten sie viele unspektakulär angenehme Wochenenden. Robert hatte sich wieder vollkommen erholt, Marcy war froh, eine Art Geborgenheit bei ihm zu finden und dankbar, dass er ihr nicht zu Nahe trat. Es hätte noch lange so weiter gehen können, aber eines Abends, als Marcy in ihre kleine Wohnung zurückkehrte, saß ein Mann auf der Treppe. Tom.

51

Als Tom sich damals von Marcy verabschiedet hatte, war er beklommen nach Hause gefahren, mit dem starken Gefühl, versagt zu haben, obwohl er nicht hätte sagen können, was wirklich geschehen war. Finster verbrachte er die kommenden Wochen, ging mürrisch seinen Pflichten nach. Dann eines Tages wurde ihm die Straße zum Verhängnis, er rutschte mit dem Wagen in ein Tobel und brach sich ein Bein.

Man fand ihn, bevor die Kälte ihn töten konnte, und der Bruch war nicht besonders kompliziert. Trotzdem war Tom aus der Bahn geworfen.

Nach wenigen Tagen im Spital war er wieder zu Hause. Sein Bein behinderte ihn und seine Laune erlaubte nichts als dumpfes Brüten. Es dauerte nicht lang, bis er zu trinken anfing. Der Griff zu Flasche versprach Erleichterung und schon bald kam Tom nicht mehr aus der Welt zurück, die zwar auch nicht angenehmer war als die Realität, aber immerhin anders. Die Gedanken rotierten nicht mehr so schnell. Der erneute Verlust einer Hoffnung, das Leiden an einem Leben zwischen Stuhl und Bank, die Trauer um seine verlorene Selbstachtung und die seines Volkes, verwandelten sich in einen grauen Gedankenbrei, der im Alkoholdunst leichter zu ertragen schien. Aber die Frage stellte sich schon gar nicht mehr, denn nun hatte ihn die Sucht in den Fingern und er suchte nach keinem Grund mehr um nach der Flasche zu greifen.

Eine Nachbarin sorgte dafür, dass er zu essen hatte und Foster Fear schaute gelegentlich nach ihm und versuchte, ihn zurück in die Nüchternheit zurück zu lotsen, aber weder seine Scherze noch seine Vorhaltungen verfingen.

„Lass mich in Ruhe, Mischling", fauchte Tom einmal, „es ist alles vergebens. Bei uns ist das genetisch.

Wir brauchen nun mal den Alkohol, unsern Bruder Alkohol."

„Du weißt, dass das nicht wahr ist."

Tom versank mehr und mehr in seiner grauen Wolke. Auch als er nach ein paar Wochen wieder gehen konnte, vermochte er nicht, sich aufzuraffen. Er blieb der Arbeit fern und trank weiter.

Eines Tages fand Foster seinen Freund in der Stadt, in der kleinen Anlage, wo sich regelmäßig die kaputten Trinker des Orts versammelten. Tom lag unter einem Busch, bereits halb erfroren. Foster zog ihn hervor, doch Tom wehrte sich, schlug fluchend um sich. Da wurde Foster von einem gewaltigen Zorn gepackt und platzierte eine gezielte Faust an Toms Kinn und als dieser zusammensackte, schleppte er ihn zu seinem Wagen. „So mein Junge, jetzt kommst Du auf Entzug" murmelte er.

Als Tom erwachte, fand er sich an unbekanntem Ort wieder. Er lag in einer Blockhütte. Aus den Wänden zwischen den Stämmen quollen Flechten und Moos. Es gab ein winziges Fenster und einen Haken an der Wand, an dem Toms Jacke hing. Darunter standen seine Stiefel.

Tom setzte sich auf und versuchte, sich zu orientieren. Sein Kopf war leer, sein Gefühl flau, er zitterte. Durst, Durst war das einzige deutliche, was er wahrnehmen konnte. Er wollte aufstehen, taumelte aber. Neben dem Bett standen ein Krug und ein Becher. Wasser. Tom trank. Danach fühlte er sich aber nicht besser.

Mühsam rappelte er sich hoch und tappte zur Tür. Sie war verschlossen. Diese Tatsache fuhr ihm gehörig ein. So etwas wie Wachheit stellte sich ein. Er polterte an die Tür.

„Beruhige Dich." Das war Fosters ruhige Stimme.

„Du kriegst sofort was Währschaftes zwischen die Zähne."

Tom setzte sich wieder. Er hörte rumoren und klappern. Endlich ging die Tür auf. Foster brachte ein Tablett mit einem Krug voll dampfendem Kaffee, einer Schüssel Haferbrei und einem Becher voll Milch. Er stellte alles aufs Bett und sagte:

„Einen schönen guten Tag wünsche ich. Es ist halb fünf und du hast zwei Tage geschlafen."

Tom zuckte mit den Schultern und goss sich Kaffee ein. Foster setzte sich auf den Boden und lehnte sich mit dem Rücken an die geschlossene Tür.

„Ich brauche was in den Kaffee", sagte Tom, „du hast doch sicher etwas hier."

„Vergiss es, Du bist auf Entzug".

Tom ließ sich nichts anmerken. Er trank und aß ein paar Löffel vom Brei. Schließlich stand er auf.

„Ja, dann gehe ich jetzt. Danke für den Kaffee."

„Du gehst nirgendwo hin."

Tom blieb ruhig. Es stellte das Tablett auf den Boden, legte sich aufs Bett und schloss die Augen. Er hörte, wie Foster den Raum verließ und die Tür von außen mit einer Kette verschloss. Tom schlief ein. Als er das nächste Mal erwachte, stand Foster neben dem Bett mit der Jacke in den Händen. Er zeigte auf die Stiefel.

„Toilette?"

Er führt Tom hinaus in den Schnee, wo ein kleines Kabäuschen stand. Sonst gab es nur Tannen zu sehen, zwischen ihnen hohe Schneeverwehungen, Fosters Wagen und der Weg, der in die Freiheit führte. Aber Tom war zu schwach um an Flucht zu denken. Das kam erst nach ein paar Tagen.

Inzwischen hatte sich eine seltsame Art von Zusammenleben eingependelt. Wenn Tom nicht im Bett lag, setzte er sich zu Foster ans Feuer. Er wurde nur noch eingeschlossen, wenn Foster außer Haus oder mit Kochen und Holzhacken beschäftigt war. Gesprochen wurde noch immer nichts, das heißt, Foster wünschte guten Morgen, gute Nacht und guten Appetit, aber Tom sagte kein Wort. Am Anfang war er zu kaputt gewesen und danach war er wütend. Die Gedanken aber kreisten. Wer war er, sich eine solche Behandlung bieten zu lassen? Wie sollte er hier entkommen?

Er versuchte, wegzurennen, als sie einmal auf dem Rückweg vom Kabäuschen waren, aber Foster holte ihn ein. Tom griff ihn an und es kam zum Kampf. Sie prügelten sich gnadenlos bis es Foster gelang, Tom niederzuschlagen. Er schleppte ihn ins Haus und sperrte ihn ein. Nachdem er sich überzeugt hatte, dass Kette und Schloss hielten, schenkte er sich einen Whisky ein. Er setzte sich ans Feuer, trank in kleinen Schlucken und dachte nach.

52

Das Feuer prasselte lauter als sonst als Foster in den verschlossenen Raum hinüber rief:

„Tom, wir müssen reden."

Kein Ton.

„Tom, ich bin dein Freund."

„Ich weiß."

Foster stand seufzend auf und nahm Kette und Schloss von der Tür. „Komm heraus, mein Freund."

Es dauerte eine Weile, bis sich die Türe öffnete und Tom ans Feuer kam.

Sie starrten beide in die Flammen.

„Du hast jetzt das Schlimmste hinter dir", sagte Foster endlich, schon bald kannst du es alleine schaffen, wenn du wirklich willst." Tom sagte nichts.

Foster: „Ich weiß, dass du es willst, denn du willst nicht ein gottverdammtes kaputtes Arschloch sein."

Tom saß reglos, zuckte schließlich mit den Schultern.

„Dass du dich wie eines aufführst heißt noch lange nicht, dass du eines bist."

„Meinst du?"

Tom blieb noch einmal zehn Tage bei Foster. Sie gingen zusammen auf die Jagd, kochten auf dem offenen Feuer und beschäftigten sich mit allerlei um die Hütte herum. Dann zog Tom wieder in sein Haus zurück. Der späte Frühling kam, es taute. Taucher und Singschwäne kehrten zurück. Es grünte. Tom arbeitete wieder. Er dachte auch wieder öfter an Marcy und mit den Blättern an den Ästen wuchs seine Sehnsucht. Aber er schluckte sie tapfer hinunter und verzichtete auf Betäubung durch Alkohol. Foster kam regelmäßig zu Besuch und sie hatten gute Gespräche über dies und das.

Eines Abends, das Licht hatte schon längst vom winterlichen Violettblau auf gelbes Gold gewechselt, stießen sie auf einem Spaziergang am See auf einen toten Schwan. Er lag am Ufer wie ein Haufen Lumpen, den Hals lang ausgestreckt und der Kopf bewegte sich leicht mit den Wellen. Foster trat ihn grob mit dem Fuß.

„Tot", sagte er. „Wohl an einem zu großen Traum erstickt."

An diesem Abend trank Tom wieder und es war an diesem Abend, als Marcy anrief und ihn lallen hörte.

Am nächsten Morgen fuhr Tom in die Stadt und meldete sich bei den Anonymen Alkoholikern.

53

Sie hatte ihn kaum erkannt, wie er da im Halbdunkel saß. Marcy ging an ihm vorbei und öffnete die Tür.

„Komm herein." Erst als sie ihm voran in die Küche ging und ihn hinter sich fühlte, fragte sie sich, ob sie unklug sei. Sie kannte ihn ja kaum. Sie bot ihm zu trinken an, er wollte nur Wasser.

„Ich bin gekommen um mich zu entschuldigen", sagte Tom, als sie sich schließlich am Tisch gegenüber saßen und die Wassergläser verlegen in den Händen drehten.

Marcy sah ihn erstaunt an.

„Wir hatten in der Stadt eine Tagung zum Artenschutz und da dachte ich, ich schau mal, ob du da bist. Ich wollte mich entschuldigen wegen damals am Telefon, als ich so betrunken war."

Marcy wollte eigentlich sagen, dass er sich nicht zu entschuldigen brauche, aber sie sagte nichts.

„Du musst wissen, ich bin Alkoholiker und ich hatte damals aus verschiedenen Gründen einen Rückfall. Aber jetzt bin ich wieder trocken. Seit damals."

Marcy wusste noch immer nichts zu sagen. Dass Tom so offen zu seiner Schwäche stand, berührte sie sehr und löste etwas in ihr, was sie bisher weit innen versteckt gehalten hatte.

„Ich war peinlich damals am Telefon und dafür wollte ich mich entschuldigen. Das hast Du nämlich nicht verdient. Und jetzt geh ich wieder."

Tom machte Anstalten, aufzustehen. Groß wirkte er in Marcys Küche, groß und stark.

„Setz dich." Marcys Stimme klang belegt. Sie schluckte. Sie sagte: „Das ist eine schlimme Krankheit. Kann ich dir helfen?"

Sie hätte nicht so richtig gewusst, wie und so nahm sie es mit Erleichterung entgegen als Tom erwiderte, dass er bei den Anonymen Alkoholikern sei und denke, dass er sich in der Zukunft durchschlagen könne. Er habe ja seine Arbeit und seinen Freund Foster, der seinetwegen neuerdings auch auf Alkohol verzichte. Er hätte das Gefühl gehabt, dass er ihr alles sagen müsse, es sei ihm daran gelegen, dass sie ihn respektiere.

„Es gibt wenige Menschen, die nicht irgend ein Problem haben, und ich gehöre nicht zu diesen." Marcy war kaum hörbar. „Ich schleppe eine fürchterliche Vergangenheit mit mir herum."

Jetzt war es gesagt. Jetzt waren diese Worte herausgekommen und Marcy begann zu weinen, denn sie hörte sie wieder, die Schreie. Sie saß still am Tisch, die Tränen liefen ihr die Wangen hinunter, Tom hatte ihre Hand ergriffen und hielt sie fest, während sie noch einmal hilflos das ganze Leid und das Entsetzen verspüren musste, das sie so lange abgewehrt hatte.

Es war inzwischen dunkel geworden. Endlich riss sich Marcy los, ging zum Ausguss und wusch sich das Gesicht. „Ich war eine politische Gefangene", murmelte sie als Erklärung, aber mehr vermochte sie nicht zu sagen.

Als Tom schließlich ging – sie waren zum Abschied eine lange Weile in enger, liebevoller Umarmung gestanden – warf sich Marcy auf Sofa und schlief fast augenblicklich ein. Es war alles zu viel gewesen.

54

Es ging gegen Weihnacht als Marcy wieder einmal Robert Falkner besuchte. Sie hatte Brot und geräucherten Lachs mitgebracht und eine Flasche französischen Weißwein.

„Ich bin gekommen um mich zu entschuldigen."

Robert sah Marcy verständnislos an.

„Was hast Du denn verbrochen", scherzte er. Doch er sah sogleich an Marcys Miene, dass es nicht der richtige Moment zum Scherzen war. Er sah Marcy ernst an.

„Ich habe Dich damals ohne Erklärung verlassen und

das war nicht richtig von mir. Du hast dich sicher gefragt, warum ich gegangen bin."

Falkner seufzte nur.

„Ich habe Dir nie gesagt, dass ich in meiner Jugend politisch aktiv war und dass ich teuer dafür bezahlt habe. Ich war im Gefängnis der Obristen, kurz gefoltert und lang in Einzelhaft und mir ist erst vor kurzem klar geworden, dass ich wohl einen Schaden davon getragen habe."

Falkner saß still, aber seine Augen wurden wässrig.

„Ich war sehr glücklich mit dir, ich habe dich geliebt, wie nie jemanden zuvor oder nachher. Trotzdem bin ich davon gerannt, ich kann dir nicht sagen, wieso. Vielleicht war das Glück zu groß. Vielleicht lief ich vor der Möglichkeit davon, dass das Glück sich ändern könnte. Ich weiß es nicht. Aber es tut mir leid, dass ich dich verletzt habe."

Jetzt waren Falkners Wangen nass, aber er saß noch immer gerade auf seinem Stuhl und bewegte sich nicht. Er begann, sich auf seinen Atem zu konzentrieren. Er schloss die Augen und blieb einfach still. Auch Marcy sagte kein Wort.

Als Falkner endlich die Augen wieder öffnete, war sein Blick klar und strahlend.

„Ach Marcy. Was sollen wir mit der Vergangenheit! Das liegt doch alles so weit zurück. Ja, dass ich dich verloren habe, hat mein Leben schwer überschattet, aber es war trotz allem ein gutes Leben. Und vor allem: Es war **mein** Leben. Und dass ich es noch habe, verdanke ich erst noch dir."

Marcy lächelte: „Ja, das war ein seltsamer Zufall."

Sie tranken sich zu, glücklich über die Offenheit, die neu zwischen ihnen entstanden war, froh darüber, beide davon gekommen zu sein. Draußen schrien zwischen den Wolken ein paar Möwen vor einem sich eindunkelnden Himmel.

„Übrigens", sagte Robert in die Stille, „was machst du über die Festtage? Ich fliege nach Japan einen Freund besuchen. Kommst Du mit?"

„Nein", antwortete Marcy und es sah so aus, als ob sie leicht errötete, „ich will noch einmal nach Alaska. Ich muss mir dort noch einmal etwas genauer ansehen." Und dabei dachte sie, Tom würde ihr wahrscheinlich schon verzeihen, dass sie ihn ein Etwas nannte.

Und einmal mehr war sie über sich selbst erstaunt.

Von der gleichen Autorin:

Auf den Schwingen des Pendels
Die Königin der Feuersalamander
Im Labyrinth der Kraft
Von Menschen und Geistern
Liebe überlebt
Arkana
Das Licht der Wüste
Im Schnittpunkt der Dimensionen

Alle auch als e-book bei kindle-bookshop